www.ingramcontent.com/pod-product-compliance
Lightning Source LLC
LaVergne TN
LVHW010554070526
838199LV00063BA/4970
9789358728606

لازوال اردو افسانے

(حصہ دوم)

ادارہ کتاب گھر

© Taemeer Publications LLC
Lazawaal Urdu Afsaney : part-2
by: Idara Kitaabghar
Edition: July '2023
Publisher & Printer:
Taemeer Publications LLC (Michigan, USA / Hyderabad, India)

ISBN 978-93-5872-860-6

9 789358 728606

مصنف یا ناشر کی پیشگی اجازت کے بغیر اس کتاب کا کوئی بھی حصہ کسی بھی شکل میں بشمول ویب سائٹ پر اَپ لوڈنگ کے لیے استعمال نہ کیا جائے۔ نیز اس کتاب پر کسی بھی قسم کے تنازع کو نمٹانے کا اختیار صرف حیدرآباد (تلنگانہ) کی عدلیہ کو ہو گا۔

© تعمیر پبلی کیشنز

کتاب	:	**لازوال اردو افسانے** (حصہ دوم)
مصنف	:	ادارہ کتاب گھر
صنف	:	فکشن
ناشر	:	تعمیر پبلی کیشنز (حیدرآباد، انڈیا)
کمپوزنگ	:	قادر بخش
سالِ اشاعت	:	۲۰۲۳ء
تعداد	:	(پرنٹ آن ڈیمانڈ)
طابع	:	تعمیر پبلی کیشنز، حیدرآباد – ۲۴
صفحات	:	۱۰۰
سرورق ڈیزائن	:	تعمیر ویب ڈیزائن

فہرست

(۱)	کفن	منشی پریم چند	7
(۲)	مٹی کی مونالیزا	اے۔حمید	12
(۳)	وہ بڈھا	راجندر سنگھ بیدی	19
(۴)	بلاؤز	سعادت حسن منٹو	28
(۵)	ستاروں سے آگے	قراۃ العین حیدر	34
(۶)	اوور کوٹ	غلام عباس	38
(۷)	ماں جی	قدرت اللہ شہاب	43
(۸)	تیسرا آدمی	شوکت صدیقی	50
(۹)	پسماندگان	انتظار حسین	65
(۱۰)	توبہ شکن	بانو قدسیہ	74
(۱۱)	لوہے کا کمر بند	رام لعل	88
(۱۲)	ٹیلی گرام	جوگندر پال	96

پیش لفظ

اردو میں مختصر افسانہ مغرب کے اثرات کی دین ہے جس کا آغاز ۱۸۷۰ء کے لگ بھگ اس وقت ہوتا ہے جب سرسید کے ہاتھوں 'گزرا ہوا زمانہ' وجود میں آیا۔ یہ بھی کہا جاتا ہے کہ سجاد حیدر یلدرم یا خدیجہ نصیر کے ذریعے اس صنف کا آغاز ہوا۔ اردو کے اولین افسانوں میں سب سے اہم نام پریم چند کا ہے۔ اردو افسانے میں حقیقت نگاری کی روایت بھی انہی سے شروع ہوتی ہے۔ ۱۹۳۶ء میں جب ترقی پسند تحریک کا آغاز ہوا تو افسانہ نگاروں کی تعداد میں بھی اضافہ ہوا مثلاً کرشن چندر، بیدی، منٹو، عصمت چغتائی، حسن عسکری، ممتاز مفتی وغیرہ۔ پھر جدیدیت کے رجحان کے زیر اثر افسانہ نگاروں کی تعداد میں مزید اضافہ کے ساتھ افسانے میں نت نئے موضوعات بھی داخل ہوئے۔ ان قلمکاروں کی فہرست میں قرۃ العین حیدر، انتظار حسین، ہاجرہ مسرور وغیرہ نام شامل ہیں۔

افسانہ زندگی کا ادبی عکس ہے۔ یہ مختصر نثری بیانیہ صنف ہے جس میں زندگی کے کسی ایک گوشہ یا کسی ایک پہلو یا کسی ایک واقعہ کو موثر انداز میں بیان کیا جاتا ہے اور جو قاری کو مسرت وانبساط کے ساتھ ساتھ بصیرت بھی عطا کرتا ہے۔

زیر نظر کتاب اردو کے مشہور اور لازوال افسانوں کے ایک انتخاب کا دوسرا حصہ ہے۔

کفن

پریم چند

جھونپڑے کے دروازے پر باپ اور بیٹا دونوں ایک بجھے ہوئے الاؤ کے سامنے خاموش بیٹھے ہوئے تھے اور اندر بیٹے کی نوجوان بیوی بدھیا دردزہ سے پچھاڑیں کھا رہی تھی اور رہ رہ کر اس کے منہ سے ایسی دلخراش صدا نکلتی تھی کہ دونوں کلیجہ تھام لیتے تھے۔ جاڑوں کی رات تھی، فضا سناٹے میں غرق۔ سارا گاؤں تاریکی میں جذب ہوگیا تھا۔

گھسو نے کہا ''معلوم ہوتا ہے بچے گی نہیں۔ سارا دن تڑپتے ہوگیا، جا دیکھ تو آ۔''

مادھو دردناک لہجے میں بولا ''مرنا ہی ہے تو جلدی مر کیوں نہیں جاتی۔ دیکھ کر کیا آؤں۔''

''تو بڑا بیدرد ہے بے! سال بھر جس کے ساتھ زندگانی کا سکھ بھوگا اسی کے ساتھ اتنی بے وفائی۔''

''تو مجھ سے تو اس کا تڑپنا اور ہاتھ پاؤں پٹکنا نہیں دیکھا جاتا۔''

چماروں کا کنبہ تھا اور سارے گاؤں میں بدنام۔ گھسو ایک دن کام کرتا تو تین دن آرام، مادھو اتنا کام چور تھا کہ گھنٹے بھر کام کرتا تو گھنٹے بھر چلم پیتا۔ اس لئے اسے کوئی رکھتا ہی نہ تھا۔ گھر میں مٹھی بھر اناج بھی موجود ہو تو ان کے لئے کام کرنے کی قسم تھی۔ جب دو ایک فاقے ہو جاتے تو گھسو درختوں پر چڑھ کر لکڑی توڑ لاتا اور مادھو بازار سے بیچ لاتا۔ وہ جب تک وہ پیسے رہتے، دونوں ادھر ادھر مارے مارے پھرتے جب فاقے کی نوبت آجاتی تو پھر لکڑیاں توڑتے یا کوئی مزدوری تلاش کرتے۔ گاؤں میں کام کی کمی نہ تھی۔ کاشتکاروں کا گاؤں تھا۔ محنتی آدمی کے لئے پچاس کام تھے مگر ان دونوں کو لوگ اسی وقت بلاتے جب دو آدمیوں سے ایک کا کام پا کر بھی قناعت کر لینے کے سوا اور کوئی چارہ نہ ہوتا۔ کاش دونوں سادھو ہوتے تو انہیں قناعت اور توکل کے لئے ضبط نفس کی مطلق ضرورت نہ ہوتی۔ یہ ان کی خلقی صفت تھی۔ عجیب زندگی تھی ان کی۔ گھر میں مٹی کے دو چار برتنوں کے سوا کوئی اثاثہ نہیں۔ پھٹے چیتھڑوں سے اپنی عریانی کو ڈھانکے ہوئے دنیا کی فکروں سے آزاد۔ قرض سے لدے ہوئے گالیاں بھی کھاتے مار بھی کھاتے مگر کوئی غم نہیں۔ مسکین اتنے کہ وصولی کی مطلق امید نہ ہونے پر لوگ انہیں کچھ نہ کچھ قرض دے دیتے تھے۔ مٹر یا آلو کی فصل میں کھیتوں سے مٹر یا آلو اکھاڑ لاتے اور بھون بھون کر کھاتے۔ یا دن پانچ ایکھ توڑ لاتے اور رات کو چوستے۔ گھسو نے اسی زاہدانہ انداز میں ساٹھ سال کی عمر کاٹ دی اور مادھو بھی سعادت مند بیٹے کی طرح باپ کے نقش قدم پر چل رہا تھا بلکہ اس کا نام اور بھی روشن کر رہا تھا۔ اس وقت بھی دونوں الاؤ کے سامنے بیٹھے ہوئے آلو بھون رہے تھے جو کسی کے کھیت سے کھود لائے تھے۔ گھسو کی بیوی کا تو مدت ہوئی انتقال ہو گیا تھا، مادھو کی شادی پچھلے سال ہوئی تھی۔ جب سے یہ عورت آئی تھی اس نے اس خاندان میں تمدن کی بنیاد ڈالی تھی۔ پسائی کر کے گھاس چھیل کر وہ سیر بھر آٹے کا انتظام کر لیتی تھی۔ اور ان دونوں بے غیرتوں کا دوزخ بھرتی رہتی تھی۔ جب سے وہ آئی یہ دونوں اور بھی آرام طلب اور آلسی ہو گئے تھے۔ بلکہ کچھ اکڑنے بھی لگے تھے۔ کوئی کام کرنے کو بلاتا تو بے نیازی کی شان میں دوگنی مزدوری مانگتے۔ وہی عورت آج صبح سے دردزہ میں مر رہی تھی اور یہ دونوں شاید اسی انتظار میں تھے کہ وہ مر جائے تو آرام سے سوئیں۔

گھسو نے آلو نکال کر چھیلتے ہوئے کہا ''جا دیکھ تو کیا حالت ہے'' اس کی چڑیل کا پھنساؤ ہوگا اور کیا، یہاں تو اوجھا بھی ایک روپیہ مانگتا ہے۔ کس کے گھر سے آئے۔''

مادھو کو اندیشہ تھا کہ وہ کوٹھری میں گیا تو گھسو آلوؤں کا بڑا حصہ صاف کر دے گا، بولا ''مجھے وہاں ڈر لگتا ہے۔''

''ڈر کس بات کا ہے؟ میں تو یہاں ہوں ہی''

''تو تمہیں جا کر دیکھونا۔''

''میری عورت جب مری تھی تو میں تین دن تک اس کے پاس سے ہلا بھی نہیں، اور پھر مجھ سے لجائے گی کہ نہیں، کبھی اسکا منہ نہیں دیکھا، آج اسکا گھرا ہوا بدن دیکھوں۔ اسے تن کی سدھ بھی تو نہ ہوگی۔ مجھے دیکھ لے گی تو کھل کر ہاتھ پاؤں بھی نہ پٹک سکے گی۔''

''میں سوچتا ہوں کہ کوئی بال بچہ ہو گیا تو کیا ہوگا۔ سونٹھ، گڑ، تیل، کچھ بھی تو نہیں ہے گھر میں۔''

''سب کچھ آ جائے گا۔ بھگوان بچہ دیں تو، جو لوگ ابھی ایک پیسہ نہیں دے رہے ہیں، وہی تب بلا کر دیں گے۔ میرے تو لڑکے ہوئے، گھر میں کچھ بھی نہ تھا، مگر اس طرح ہر بار کام چل گیا۔''

جس سماج میں رات دن محنت کرنیوالوں کی حالت ان کی حالت سے کچھ بہت اچھی نہ تھی اور کسانوں کے مقابلے میں وہ لوگ جو کسانوں کی کمزوریوں سے فائدہ اٹھانا جانتے تھے کہیں زیادہ فارغ البال تھے وہاں اس قسم کی ذہنیت کا پیدا ہو جانا کوئی تعجب کی بات نہیں تھی۔ ہم تو کہیں گے گھسو کسانوں کے مقابلے میں زیادہ باریک بین تھا اور کسانوں کی تہی دماغ جمعیت میں شامل ہونے کے بدلے شاطروں کی فتنہ پرداز جماعت میں شامل ہو گیا تھا۔ ہاں اس میں یہ صلاحیت نہ تھی کہ شاطروں کے آئین و آداب کی پابندی بھی کرتا۔ اس لئے یہ جہاں اس کی جماعت کے اور لوگ گاؤں کے سرغنہ اور مکھیا بنے ہوئے تھے۔ اس پر سارا گاؤں انگشت نمائی کر رہا تھا پھر بھی اسے یہ تسکین تو تھی ہی کہ اگر وہ خستہ حال ہے تو کم سے کم اسے کسانوں کی سی جگر توڑ محنت تو نہیں کرنی پڑتی اور اس کی سادگی اور بے زبانی سے دوسرے بیجا فائدہ تو نہیں اٹھاتے۔

دونوں آلو نکال نکال کر جلتے جلتے کھانے لگے۔ کل سے کچھ بھی نہیں کھایا تھا، اتنا صبر نہ تھا کہ انہیں ٹھنڈا ہو جانے دیں۔ کئی بار دونوں کی زبانیں جل گئیں۔ چھل جانے پر آلو کا بیرونی حصہ تو زیادہ گرم نہ معلوم ہوتا تھا لیکن دانتوں کے تلے پڑتے ہی اندر کا حصہ زبان اور حلق اور تالو کو جلا دیتا تھا اور اس انگارے کو منہ میں رکھنے سے زیادہ خیریت اسی میں تھی کہ وہ اندر پہنچ جائے۔ وہاں اسے ٹھنڈا کرنے کے لئے کافی سامان تھے۔ اس لئے دونوں جلد جلد نگل جاتے تھے حالانکہ اس کوشش میں ان کی آنکھوں سے آنسو نکل آتے۔

گھسو کو اس وقت ٹھاکر کی برات یاد آئی جس میں بیس سال پہلے وہ گیا تھا۔ اس دعوت میں اسے جو سیری نصیب ہوئی تھی، وہ اس کی زندگی میں ایک یادگار واقعہ تھی اور آج بھی اس کی یاد تازہ تھی۔ وہ بولا ''وہ بھوج نہیں بھولتا۔ تب سے پھر اس طرح کا کھانا اور بھر پیٹ نہیں ملا۔ لڑکی والوں نے سب کو پوڑیاں کھلائی تھیں، سب کو۔ چھوٹے بڑے سب نے پوڑیاں کھائیں اور اصلی گھی کی چٹنی، رائتہ، تین طرح کے سوکھے ساگ، ایک رسے دار ترکاری، دہی، چٹنی، مٹھائی اب کیا بتاؤں کہ اس بھوج میں کتنا سواد ملا۔ کوئی روک نہیں تھی جو چیز چاہو مانگو۔ اور جتنا چاہو کھاؤ لوگوں نے ایسا کھایا، ایسا کھایا کہ کسی سے پانی نہ پیا گیا، مگر پروسنے والے ہیں کہ سامنے گرم گول گول مہکتی ہوئی کچوریاں ڈال دیتے ہیں۔ منع کرتے ہیں نہیں چاہیے مگر وہ ہیں دیے جاتے ہیں، اور جب سب نے منہ دھو لیا تو ایک ایک بڑا پان بھی ملا مگر مجھے پان لینے کی کہاں سدھ تھی۔ کھڑا نہ ہوا جاتا تھا۔ جھٹ پٹ جا کر اپنے کمبل پر لیٹ گیا۔ ایسا دریا دل تھا وہ ٹھاکر۔''

مادھو نے ان تکلفات کا مزا لیتے ہوئے کہا ''اب ہمیں کوئی ایسا بھوج کھلاتا۔''

''اب کوئی کیا کھلائے گا؟'' وہ جمانا دوسرا تھا۔ اب تو سب کو کفایت سوجھتی ہے۔ سادی بیاہ میں مت کھرچ کرو، کریا کرم میں مت کھرچ کرو۔ پوچھو گریبوں کا مال بٹور بٹور کر کہاں رکھو گے۔ مگر بٹورنے میں تو کمی نہیں ہے۔ ہاں کھرچ میں کفایت سوجھتی ہے۔''

''تم نے ایک بیس پوڑیاں کھائی ہوں گی۔''

بیس سے جیادہ کھائی تھیں۔''

''میں پچاس کھا جاتا۔''

''پچاس سے کم میں نے بھی نہ کھائی ہوں گی، اچھا پٹھا تھا۔ تو اس کا آدھا بھی نہیں ہے۔'' آلو کھا کر دونوں نے پانی پیا اور وہیں الاؤ کے سامنے اپنی دھوتیں اوڑھ کر پاؤں پیٹ میں ڈال کر سو رہے۔ جیسے دو بڑے بڑے اژدھا کنڈلیاں مارے پڑے ہوں اور بڑھیا ابھی تک کراہ رہی تھی۔

صبح کو مادھو نے کوٹھری میں جا کر دیکھا تو اس کی بیوی ٹھنڈی ہو گئی تھی۔ اس کے منہ پر مکھیاں بھنک رہی تھیں۔ پتھرائی ہوئی آنکھیں اوپر ٹنگی ہوئی تھیں۔ سارا جسم خاک میں لت پت ہو رہا تھا۔ اس کے پیٹ میں بچہ مر گیا تھا۔

مادھو بھاگا ہوا گھسو کے پاس آیا اور پھر دونوں زور زور سے ہائے ہائے کرنے اور چھاتی پیٹنے لگے۔ پڑوس والوں نے یہ آہ وزاری سنی تو دوڑتے ہوئے آئے اور رسم قدیم کے مطابق غمزدوں کی تشفی کرنے لگے۔

مگر زیادہ رونے دھونے کا موقع نہ تھا کفن کی اور لکڑی کی فکر کرنی تھی۔ گھر میں تو پیسہ اس طرح غائب تھا جیسے چیل کے گھونسلے میں بانس۔

باپ بیٹے روتے ہوئے گاؤں کے زمینداروں کے پاس گئے۔ وہ ان دونوں کی صورت سے نفرت کرتے تھے۔ کئی بار انہیں اپنے ہاتھوں پیٹ چکے تھے۔ چوری کی علت، میں وعدے پر کام نہ کرنے کی علت میں۔ پوچھا ''کیا ہے بے گھسوا۔ روتا کیوں ہے۔ اب تو تیری صورت ہی نظر نہیں آتی۔ اب معلوم ہوتا ہے تم اس گاؤں میں نہیں رہنا چاہتے۔''

گھسو نے زمین پر سر رکھ کر آنکھوں میں آنسو بھرتے ہوئے کہا۔ ''سرکار بڑی بپت میں ہوں۔ مادھو کی گھر والی رات گجر گئی۔ دن بھر تڑپتی رہی سرکار۔ آدھی رات تک ہم دونوں اس کے سرہانے بیٹھے رہے۔ دوا دارو جو کچھ ہو سکا سب کیا مگر وہ ہمیں دگا دے گئی۔ اب کوئی ایک روٹی دینے والا نہیں رہا مالک۔ تباہ ہو گئے۔ گھر اجڑ گیا۔ آپ کا گلام ہوں۔ ب آپ کے سوا اس کی مٹی کون پار لگائے گا۔ ہمارے ہاتھ میں جو کچھ تھا، وہ سب دوا دارو میں اٹھ گیا۔ سرکار ہی کی دیا ہو گی تو اس کی مٹی اٹھے گی۔ آپ کے سوا اور کس کے دوار پر جاؤں۔''

زمیندار صاحب رحمدل آدمی تھے مگر گھسو پر رحم کرنا کالے کمبل پر رنگ چڑھانا تھا۔ جی میں تو آیا کہہ دیں ''چل دور ہو یہاں سے لاش گھر میں رکھ کر سڑا۔ یوں تو بلانے سے بھی نہیں آتا۔ آج جب غرض پڑی تو آ کر خوشامد کر رہا ہے۔ حرام خور کہیں کا بدمعاش۔'' مگر یہ غصہ یا انتقام کا موقع نہیں تھا۔ طوعاً و کرہاً دو روپے نکال کر پھینک دیے مگر تشفی کا ایک کلمہ بھی منہ سے نہ نکلا۔ اس کی طرف تاکا تک نہیں۔ گویا سر کا بوجھ اتار اہو۔

جب زمیندار صاحب نے دو روپے دیئے تو گاؤں کے بنیئے مہاجنوں کو انکار کی جرأت کیونکر ہوتی۔ گھسو زمیندار کے نام ڈھنڈورا پیٹنا جانتا تھا۔ کسی نے دو آنے دیئے کسی نے چار آنے۔ ایک گھنٹے میں گھسو کے پاس پانچ روپیہ کی معقول رقم جمع ہو گئی۔ کسی نے غلہ دے دیا کسی نے لکڑی اور دوپہر کو گھسو اور مادھو بازار سے کفن لانے چلے اور لوگ بانس واس کاٹنے لگے۔

گاؤں کی رقیق القلب عورتیں آ آ کر لاش کو دیکھتی تھیں اور اس کی بے بسی پر دو بوند آنسو گرا کر چلی جاتی تھیں۔

بازار میں پہنچ کر گھسو بولا۔ ''لکڑی تو اسے جلانے بھر کو مل گئی ہے کیوں مادھو۔''

مادھو بولا ''ہاں لکڑی تو بہت ہے اب کفن چاہیے۔''

''تو کوئی ہلکا سا کفن لے لیں۔''

''ہاں اور کیا! لاش اٹھتے اٹھتے رات ہو جائے گی رات کو کفن کون دیکھتا ہے۔''

''کیسا برا رواج ہے کہ جسے جیتے جی تن ڈھانکنے کو چیتھڑا نہ ملے، اسے مرنے پر نیا کفن چاہیے۔''

اور کیا رکھا رہتا ہے۔ یہی پانچ روپے پہلے ملتے تو کچھ دوادارو کرتے۔''

دونوں ایک دوسرے کے دل کا ماجرا معنوی طور پر سمجھ رہے تھے۔ بازار میں ادھرادھر گھومتے رہے۔ یہاں تک کہ شام ہوگئی۔ دونوں اتفاق سے یا عمداً ایک شرابخانہ کے سامنے آ پہنچے اور گویا کسی طے شدہ فیصلے کے مطابق اندر گئے۔ وہاں ذرا دیر تک دونوں تذبذب کی حالت میں کھڑے رہے۔ پھر گھسو نے ایک بوتل شراب لی۔ کچھ گزک لی اور دونوں برآمدے میں بیٹھ کر پینے لگے۔

کئی کجیاں پیہم پینے کے بعد دونوں سرور میں آ گئے۔

گھسو بولا ''کفن لگانے کیا ملتا۔ آ کھر جل ہی تو جاتا۔ کچھ بہو کے ساتھ تو نہ جاتا۔''

مادھو آسمان کی طرف دیکھ کر بولا گویا فرشتوں کو اپنی معصومیت کا یقین دلا رہا ہو۔ ''دنیا کا دستور ہے۔ یہی لوگ باسنوں کو ہجاروں روپے کیوں دیتے ہیں۔ کون دیکھتا ہے۔ پرلوک میں ملتا ہے یا نہیں۔''

''بڑے آدمیوں کے پاس دھن ہے پھونکیں، ہمارے پاس پھونکنے کو کیا ہے۔''

''لیکن لوگوں کو کیا جواب دو گے؟ لوگ پوچھیں گے کہ کفن کہاں ہے؟''

گھسو ہنسا۔ ''کہہ دیں گے کہ روپے کمر سے کھسک گئے بہت ڈھونڈا۔ ملے نہیں۔''

مادھو بھی ہنسا۔ اس غیر متوقع خوش نصیبی پر قدرت کو اس طرح شکست دینے پر بولا۔ ''بڑی اچھی تھی بیچاری مری بھی تو خوب کھلا پلا کر۔''

''آدھی بوتل سے زیادہ ختم ہوگئی۔ گھسو نے دو سیر پوریاں منگوائیں، گوشت اور سالن اور چٹ پٹی کلیجیاں اور تلی ہوئی مچھلیاں۔ شراب خانے کے سامنے دوکان تھی، مادھو لپک کر دو پتلوں میں ساری چیزیں لے آیا۔ پورے ڈیڑھ روپے خرچ ہوگئے۔ صرف تھوڑے سے پیسے بچ رہے۔''

دونوں اس وقت اس شان سے بیٹھے ہوئے پوریاں کھا رہے تھے جیسے جنگل میں کوئی شیر اپنا شکار اڑا رہا ہو۔ نہ جواب دہی کا خوف تھا نہ بدنامی کی فکر۔ ضعف کے ان مراحل کو انہوں نے بہت پہلے طے کر لیا تھا۔ گھسو فلسفیانہ انداز سے بولا۔ ''ہماری آتما پرسن ہو رہی ہے تو کیا اسے پن نہ ہوگا۔''

مادھو نے فرق صورت جھکا کر تصدیق کی ''جرور سے جرور ہوگا۔ بھگوان تم انتر جامی (علیم) ہو۔ اسے بیکنٹھ لے جانا۔ ہم دونوں ہردے سے اسے دعا دے رہے ہیں۔ آج جو بھوجن ملا وہ کبھی عمر بھر نہ ملا تھا۔''

ایک لمحہ کے بعد مادھو کے دل میں ایک تشویش پیدا ہوئی۔ بولا ''کیوں دادا ہم لوگ بھی تو وہاں ایک نہ ایک دن جائیں گے ہی'' گھسو نے اس طفلانہ سوال کا کوئی جواب نہ دیا۔ مادھو کی طرف پر ملامت انداز سے دیکھا۔

''جو وہاں ہم لوگوں سے پوچھے گی کہ تم نے ہمیں کفن کیوں نہ دیا، تو کیا کہیں گے؟''

''کہیں گے تمہارا سر۔''

''پوچھے گی تر جرور۔''

''تو کیسے جانتا ہے اسے کفن نہ ملے گا؟ مجھے اب گدھا سمجھتا ہے۔ میں ساٹھ سال دنیا میں کیا گھاس کھودتا رہا ہوں۔ اس کو کفن ملے گا اور اس سے بہت اچھا ملے گا، جو ہم دیں گے۔''

مادھو کو یقین نہ آیا۔ ''بولا کون دے گا؟ روپے تو تم نے چٹ کر دیئے۔''

گھسو تیز ہوگیا۔ ''میں کہتا ہوں اسے کفن ملے گا تو مانتا کیوں نہیں؟''

''کون دے گا، بتاتے کیوں نہیں؟''

''وہی لوگ دیں گے جنہوں نے اب کی دیا۔ ہاں وہ روپے ہمارے ہاتھ نہ آئیں گیا اور اگر کسی طرح آ جائیں تو پھر ہم اس طرح بیٹھے پئیں گے اور کفن تیسری بار لے گا۔''

جوں جوں اندھیرا بڑھتا تھا اور ستاروں کی چمک تیز ہوتی تھی، میخانے کی رونق بھی بڑھتی جاتی تھی۔ کوئی گاتا تھا، کوئی بہکتا تھا، کوئی اپنے رفیق کے گلے لپٹا جاتا تھا، کوئی اپنے دوست کے منہ سے ساغر لگائے دیتا تھا۔ وہاں کی فضا میں سرور تھا، ہوا میں نشہ۔ کتنے تو چلو میں ہی الو ہو جاتے ہیں۔ یہاں آتے تھے تو صرف خود فراموشی کا مزہ لینے کے لئے۔ شراب سے زیادہ یہاں کی ہوا سے مسرور ہوتے تھے۔ زیست کی بلا یہاں کھینچ لاتی تھی اور کچھ دیر کے لئے وہ بھول جاتے تھے کہ وہ زندہ ہیں یا مردہ ہیں یا زندہ در گور ہیں۔

اور یہ دونوں باپ بیٹے اب بھی مزے لے لے کے چسکیاں لے رہے تھے۔ سب کی نگاہیں ان کی طرف جمی ہوئی تھیں۔ کتنی خوش نصیب ہیں دونوں، پوری بوتل بیچ میں ہے۔

کھانے سے فارغ ہو کر مادھو نے بچی ہوئی پوریوں کا تیل اٹھا کر ایک بھکاری کو دے دیا، جو کھڑا ان کی طرف گرسنہ نگاہوں سے دیکھ رہا تھا اور ''دینے'' کے غرور اور مسرت اور ولولہ کا، اپنی زندگی میں پہلی بار احساس کیا۔ گھسو نے کہا ''لے جا کھوب کھا اور آشیرباد دے''

جس کی کمائی تھی وہ تو مرگئی مگر تیرا اشیرباد اسے جرور پہنچ جائے گا روئیں روئیں سے اشیرباد دے بڑی گاڑھی کمائی کے پیسے ہیں۔''

مادھو نے پھر آسمان کی طرف دیکھ کر کہا ''وہ بیکنٹھ میں جائے گی۔ دادا بیکنٹھ کی رانی بنے گی۔'' گھسو کھڑا ہو گیا اور جیسے مسرت کی لہروں میں تیرتا ہوا بولا۔ ''ہاں بیٹا بیکنٹھ میں نہ جائے گی تو کیا یہ موٹے موٹے لوگ جائیں گے، جو گریبوں کو دونوں ہاتھ سے لوٹتے ہیں اور اپنے پاپ کے دھونے کے لئے گنگا میں جاتے ہیں اور مندروں میں جل چڑھاتے ہیں۔''

یہ خوش اعتقادی کا رنگ بھی بدلا...... نشہ کی خاصیت سے یاس اور غم کا دورہ ہوا۔ مادھو بولا ''مگر دادا بیچاری نے جندگی میں بڑا دکھ بھوگا۔ مری بھی کتنی دکھ جھیل کر۔'' وہ اپنی آنکھوں پر ہاتھ رکھ کر رونے لگا۔

گھسو نے سمجھایا ''کیوں روتا ہے بیٹا! کھس ہو کہ وہ مایا جال سے مکت ہو گئی۔ جنجال سے چھوٹ گئی۔ بڑی بھاگوان تھی جو اتنی جلد مایا کے موہ کے بندھن توڑ دیئے۔''

اور دونوں وہیں کھڑے ہو کر گانے لگے...... ٹھگنی کیوں نیناں جھمکاوے ٹھگنی۔

سارا میخانہ محو تماشا تھا اور یہ دونوں مے کش مخمور محویت کے عالم میں گائے جاتے تھے۔ پھر دونوں ناچنے لگے۔ اچھلے بھی، کودے بھی، گرے بھی، مٹکے بھی، بھاؤ بھی بتائے اور آخر نشے سے بدمست ہو کر وہیں گر پڑے۔

مٹی کی مونالیزا

اے حمید

مونالیزا کی مسکراہٹ میں کیا بھید ہے؟

اس کے ہونٹوں پر یہ شفق کا سونا، سورج کا جشن طلو ہے یا غروب ہوتے ہوئے آفتاب کا گہرا ملال؟ ان نیم وا متبسم ہونٹوں کے درمیان یہ باریک سی کالی لکیر کیا ہے؟ یہ طلوع و غروب کے عین بیچ میں اندھیرے کی آبشار کہاں سے گر رہی ہے؟ ہرے ہرے طوطوں کی ایک ٹولی شور مچاتی امرود کے گھنے باغوں کے اوپر سے گزرتی ہے۔ ویران باغ کی جنگلی گھاس میں گلاب کا ایک زرد شگوفہ پھوٹتا ہے۔ آم کے درختوں میں بہنے والی نہر کی پلیا پر سے ایک ننگ دھڑنگ کالا لڑکا ریتلے ٹھنڈے پانی میں چھلانگ لگاتا ہے اور پکے ہوئے گہرے بسنتی آموں کا میٹھا رس مٹی پر گرنے لگتا ہے۔

سینما ہال کے بک سٹال پر کھڑے میں اس میٹھے رس کی گرم خوشبو سونگھتا ہوں اور ایک آنکھ سے انگریزی رسالے کو دیکھتے ہوئے دوسری آنکھ سے ان عورتوں کو دیکھتا ہوں جنہیں میں نے فلم شروع ہونے سے پہلے سب سے اونچے درجوں کی ٹکٹوں والی کھڑکی پر دیکھا تھا۔ اس سے پہلے انہیں سبز رنگ کی لمبی کار میں نکلتے دیکھا تھا اور اس سے پہلے بھی شاید انہیں کسی خواب کے ویرانے میں دیکھا تھا۔ ایک عورت موٹی، بھدی، جسم کا ہر خم و گوشت میں ڈوبا ہوا، آنکھوں میں کاجل کی موٹی تہہ، ہونٹوں پر لپ سٹک کا لیپ، کانوں میں سونے کی بالیاں، انگلیوں پر نیل پالش، کلائیوں میں سونے کے کنگن، گلے میں سونے کا ہار، سینے میں سونے کا دل، ڈھلی ہوئی جوانی، ڈھلا ہوا جسم، چال میں زیادہ خوشحالی، اور زیادہ خوش وقتی کی بیزاری، آنکھوں میں پرخوری کا خمار اور پیٹ کے ساتھ لگایا ہوا بھاری زرتار پرس...... دوسری لڑکی...... الٹرا ماڈرن، الٹرا سمارٹ، سادگی بطور زیور اپنائے ہوئے، دبلی پتلی، سبز رنگ کی چست قمیض، کٹے ہوئے سنہرے بال، کانوں میں چمکتے ہوئے سبز نگینے، کلائی میں سونے کی زنجیر والی گھڑی اور دوپٹے کی رسی گلے میں، گہرے شیڈ کی پنسل کے ابرو، آنکھوں میں پرکار سحر کاری، گردن کھلے گریبان میں سے اوپر اٹھی ہوئی، دائیں جانب کو اس کا ہلکا سا مغرور خم، ڈورس ڈے کٹ کے بال، بالوں میں یورپی عطر کی مہک، دماغ گزری ہوئی کال کے ملال سے ناآشنا، دل آنے والی کل کے وسوسوں سے بے نیاز، زندگی کی بھرپور خوشبوؤں اور مسرتوں سے لبریز جسم، کچھ رکا رکا سا متحرک سا، کچھ بڑبڑاتا ہوا۔ اس دودھ کی طرح جسے ابال آنے ہی والا ہو۔ سرا اینگلو پاکستان، لباس، پنجابی زبان انگریزی اور دل نہ تیرا نہ میرا۔

بک اسٹال والا انہیں اندر داخل ہوتے دیکھ کر اٹھ کھڑا ہوا اور کٹھ پتلی کی طرح ان کے آگے پیچھے چکر کھانے لگا۔ اس نے پنکھا تیز کر دیا۔ کیونکہ لڑکی بار بار اپنے ننھے ریشمی رومال سے ماتھے کا پسینہ پونچھ رہی تھی۔ موٹی عورت نے مسکرا کر پوچھا۔

''آپ نے ''لک'' اور وہ ''ٹریو سٹوری'' نہیں بھجوائے۔

سٹال وال احمقوں کی طرح مسکرانے لگا۔

''وہ جب اب کے ہمارا مال راستے میں رک گیا ہے۔ بس اس ہفتے کے اندر اندر سرٹنلی بھجوا دوں گا۔''

موٹی عورت نے کہا۔

''پلیز، ضرور بھجوا دیں۔''

لڑکی نے فوٹو گرافی کا رسالہ اٹھا کر کہا۔

''پلیز اسے پیک کر کے گاڑی میں رکھوادیں۔''

بک سٹال والا بولا۔

''کیا آپ انٹرول میں جارہی ہیں۔''

موٹی عورت بولی۔

''یس.....پکچر بڑی بور ہے۔''

انہوں نے ساڑھے تین روپے کے ٹکٹ لئے تھے۔پکچر پسند نہیں آئی۔لمبی کار کا دروازہ کھول دیا۔اور کار دریا کی پر سکون لہروں کی طرح ساتھ روپوں کے اوپر سے گزر گئی۔وہ ساتھ روپے جن کے اوپر سے لوہاری دروازے کے ایک کنبے کے پورے سات دن گزرتے ہیں۔

اور لوہاری دروازے کے باہر ایک گندہ نالہ بھی ہے۔اگر آپ کو اس کنبے سے ملنا ہو تو اس گندے نالے کے ساتھ ساتھ چلے جائیں۔ایک گالی دائیں ہاتھ کو ملے گی۔اس گلی میں سورج کبھی نہیں آیا۔لیکن بدبو بہت آتی ہے۔یہ بدبو بہت حیرت انگیز ہے۔اگر آپ یہاں رہ جائیں تو یہ غائب ہوجائے گی۔یہاں صغراں بی بی رہتی ہے۔ایک بوسیدہ مکان کی کوٹھڑی مل گئی ہے۔دروازے پر میلا چیکٹ بوریا لٹک رہا ہے، پردہ کرنے کے لئے......جس طرح نئے ماڈل کی شیور لیٹ کار میں سبز پردے لگے ہوتے ہیں۔صحن کچا اور نم دار ہے۔ایک چارپائی پڑی ہے۔ایک طرف چولہا ہے۔اپلوں کا ڈھیر ہے۔دیوار کے ساتھ پکانے والی ہنڈیا مٹی کا لیپ پھیرنے والی ہنڈیا اور دست پناہ لگے پڑے ہیں۔ایک سیڑھی چڑھ کر کوٹھڑی کا دروازہ ہے۔ کوٹھڑی کا کچا فرش سیلا ہے۔درودیوار سے نم دار اندھیرا رس رہا ہے۔سامنے دو صندوق ایک دوسرے کے اوپر رکھے ہیں۔صندوق کے اوپر صغراں بی بی نے پرانا کھیس ڈال رکھا ہے۔کونے میں ایک ٹوکرا لٹار کھا ہے۔جس کے اندر دو مرغیاں بند ہیں۔دیوار میں دوسلاخیں ٹھونک کر اوپر لکڑی کا تختہ رکھا ہے۔ اس تختے پر صغراں بی بی نے اپنے ہاتھ سے اخبار کے کاغذ کاٹ کر سجائے ہیں۔اور تین گلاس اور چار تھالیاں ٹکادی ہیں۔ اندر بھی ایک چارپائی بچھی ہے۔اس چارپائی پر صغراں بی بی کے دو بچے سور ہے ہیں۔دو بچے اسکول پڑھنے گئے ہیں۔صغراں بی بی بڑی گھریلو عورت ہے بالکل آئیڈیل قسم کی مشرقی عورت۔ خاوند مہینے کی آخری تاریخوں میں پٹائی کرتا ہے تو رات کو اس کی مٹھیاں بھرتی ہے۔وہ لات مارتا ہے تو صغرا بی بی اپنا جسم ڈھیلا چھوڑ دیتی ہے۔کہیں خاوند کے پاؤں کو چوٹ نہ آجائے۔کتنی آئیڈیل عورت ہے یہ صغرا بی بی.....یقیناً ایسی ہی عورتوں کے سر پر دوزخ اور پاؤں کے نیچے جنت ہوتی ہے۔خاوند ڈاکیہ ہے۔ساٹھ روپے کی کثیر رقم ہر مہینے کی پہلی کو لاتا ہے۔پانچ روپے کوٹھڑی کا کرایہ، پانچ روپے دونوں بچوں کے اسکول کی فیس، بیس روپے دودھ والے کے اور تیس روپے مہینے بھر کے راشن کے......باقی جو پیسے بچتے ہیں ان میں یہ لوگ بڑے مزے سے گزربسر کرتے ہیں۔کبھی کبھی صغرا بی بی ساڑھے تین روپوں والی کلاس میں بیٹھ کر فلم بھی دیکھ آتی ہے اور اگر پکچر بور ہو تو انٹرول میں اٹھ کر لمبی کار میں بیٹھ کر اپنے گھر آجاتی ہے۔بک سٹال والا ہر مہینے انگریزی رسالہ ''لک'' اور ''لائف'' اسے گھر پر ہی پہنچا دیتا ہے۔وہ کھانے کے بعد میٹھی چیز ضرور کھاتی ہے۔دودھ کی کریم میں ملے ہوئے انناس کے قتلے صغرا بی بی اور اس کے خاوند ڈاکیے کو بہت پسند ہیں۔کریم کو محفوظ رکھنے کے لئے انہوں نے اپنی کوٹھڑی کے اندر ایک ریفریجریٹر بھی لا کر رکھا ہوا ہے۔صغراں بی بی کا خیال ہے کہ وہ اگلی تنخواہ پر کوٹھڑی کو ائر کنڈیشنڈ کروالے کیونکہ گرمی حبس اور گندے نالے کی بدبو کی وجہ سے اس کے سارے بچوں کے جسموں پر دانے نکل آتے ہیں اور رات بھر انہیں اٹھ اٹھ کر پنکھا جھلنی رہتی ہے۔ صغراں بی بی نے ایک ریڈیوگرام کا آرڈر بھی دے رکھا ہے۔

مائی گاڈ وٹ اے لولی ہوم از دس

ہوم! سویٹ ہوم!

صغراں بی بی کا رنگ ہلدی کی طرح ہے اور ہلدی ٹی بی کے مرض میں بے حد مفید ہے۔اس کے ہاتھوں میں کانچ کی چوڑیاں ہیں۔مہینے

کے آخر میں جب اس کا خاوند اسے پیٹتا ہے تو ان میں سے اکثر ٹوٹ جاتی ہیں۔ چنانچہ اب وہ اس ہر ماہ کے خرچ سے بچنے کے لئے سونے کے موٹے کنگن بنوا رہی ہے۔ کم از کم وہ ٹوٹ تو نہیں سکیں گے۔ صغراں بی بی کے چاروں بچوں کا رنگ بھی زرد ہے اور ہڈیاں نکلی ہوئی ہیں۔ ڈاکٹر نے کہا ہے انہیں کیلشیم کے ٹیکے لگاؤ۔ ہر روز صبح مکھن، پھل، انڈے، گوشت اور سبزیاں دو۔ شام کو اگر یخنی کا ایک ایک پیالہ مل جائے تو بہت اچھا ہے۔ اور ہاں انہیں جس قدر ممکن ہو گندے کمروں، بد بودار محلوں اور اندھیری کوٹھڑیوں سے دور رکھو۔ صغراں بی بی کا خیال ہے کہ وہ اگلی سے اگلی تنخواہ پر گلبرگ یا کینال پارک میں کسی جگہ ان بچوں کے لئے زمین کا چھوٹا سا ٹکڑا لے کر وہاں ایک چھوٹا سا تین چار کمروں والا مکان بنوالے گی۔ دو چھوٹے بچے اب اسکول بھی نہیں جاتے لیکن انشاء اللہ تعالیٰ وہ بھی ایک دن سکول جانا شروع کر دیں گے اور جو دو بچے مزید پیدا ہوں گے وہ بھی سکول ضرور جائیں گے۔ اب کی دفعہ وہ انہیں کانونٹ میں داخل کروانے کا ارادہ رکھتی ہے۔ جہاں وہ ہر صبح خدا کے بیٹے کی دعا پڑھیں۔ صغراں بی بی کو ممی کہیں، فر فر انگریزی بولیں اور اردو فارسی پڑھ کر تیل بیچنے کی بجائے مقابلے کے امتحان میں بیٹھیں اور اونچا مرتبہ اور لمبی کار اور چوڑے لان والی کوٹھی پائیں۔

کیلشیم کے ٹیکوں کا پورا سیٹ بیس روپے میں آتا ہے۔ یہ تو معمولی بات ہے۔ اب کی وہ اپنے خاوند سے کہے گی کہ ڈاک خانے سے پہلی تاریخ کو گھر آتے ہوئے دو سیٹ لیتے آؤ۔ اپنی کوٹھڑی والا ریفریجریٹر اس نے لال لال سیبوں، سرخ اناروں، موٹے انگوروں، مکھن کی ٹکیوں، تازہ انڈوں اور گوشت کے قتلوں سے بھر دیا ہے۔ بچے سارا مہینہ مزے سے کھائیں گیا ور موج اڑائیں گے۔ لیکن خدا کی دی ہوئی ہر نعمت کے ہوتے ہوئے بھی صغراں بی بی کے رخسار کی ہڈیاں باہر کو نکلی ہوئی ہیں۔ کمر میں مستقل درد رہتا ہے، چہرہ زرد ہو کر پیلا پڑ گیا ہے، آنکھیں پھٹی پھٹی سی، ویران ویران سی رہتی ہیں۔ ان آنکھوں نے کیا دیکھ لیا ہے؟ اس کی عمر پچیس سال سے زیادہ نہیں۔ مگر اس کا جسم ڈھل گیا ہے اندر ہی اندر گھل گیا ہے۔ ہاتھ کی نسیں ابھر آئی ہیں۔ کنگھی کرتے ہوئے ڈھیروں بال جھڑتے ہیں۔ ہاتھ پیر ہر وقت ٹھنڈے رہتے ہیں جس طرح ریفریجریٹر میں کریم، پھل اور گوشت ٹھنڈا رہتا ہے۔

صغراں بی بی کی شادی کو پانچ سال ہو گئے ہیں اور خاوند نے اسے صرف چار بچے عطا کئے ہیں۔ خدا اسے سلامت رکھے ابھی اور بچے پیدا ہوں گے۔ ہر پہلی تاریخ کو اس کے خاوند کو صغراں بی بی سے محبت ہو جاتی ہے۔ جب بیس روپے دودھ والا لے جاتا ہے تو محبت کے اس تاج کا ایک برج گرتا ہے۔ پانچ روپے کرایہ جاتا ہے تو دوسرا برج گرتا ہے۔ پھر بچوں کی فیسیں، کاپیاں، پنسلیں، کتابیں، راشن، دال، آٹا، نمک، مرچ، ہلدی، اوپلے، کپڑا، پریشانی، تفکرات، وسوسے، ملال اور نا امیدیاں اور یہ تاج محل گنبد سمیت زمین کے ساتھ آن لگتا ہے۔ اور خاوند اپنی محبت کی پٹاری میں سے ڈنڈا نکال کر اپنی پہلی تاریخ کی محبوبہ کی پٹائی شروع کر دیتا ہے۔

ونڈرفول ہوم!

''ڈیڈی! آج آپ کا مک نہیں لائے!''

''اومی! یہ جیلی گندی ہے اسے پھینک دیں۔''

''کم آن ڈارلنگ صغراں بی بی! آج الحمراء میں کلچرل شو دیکھیں۔ ڈانس، میوزک، اووٹ اے تھرل ہنی! بس یہ وائیٹ ساڑھی خوب میچ کرے گی اور اس کے ساتھ بالوں میں سفید موتیے کے پھولوں کا گجرا...... مائی مائی! یو آر سویٹ ڈارلنگ صغراں بی بی!''

ندی کنارے یہ کاٹیج کس قدر خوبصورت ہے۔ سرسبز لان، ترشی ہوئی گھاس، قطار میں لگے ہوئے پھولوں کے پودے...... ایک ملازم غسل خانے میں لکس صابن سے کتے کو نہلا رہا ہے۔ اس کے بعد تولیے سے اس کا جسم خشک کیا جائے گا۔ کنگھی پھیری جائے گی۔ گلے میں ایپرن باندھا جائے گا، اور اسے دو آدمیوں کا کھانا کھلا جائے گا اور پھر فورڈ کار میں بیٹھ کر مال روڈ کی سیر کروائی جائے گی۔ آج اگر گوتم بدھ زندہ ہوتا تو وہ جانوروں کے ساتھ انسانوں کی اتنی شدید محبت کو دیکھ کر کتنا خوش ہوتا۔ آج اسے انسانی دکھوں اور مصیبتوں کو دیکھ کر محل چھوڑ کر جنگل میں جا بیٹھنے کی کبھی

بھی ضرورت محسوس نہ ہوتی بلکہ وہ محل ہی میں اپنی بیوی بچے اور لونڈیوں کے ساتھ رہتا۔ کتوں کی ایک پوری فوج رکھتا، شام کو کلب میں جا کر دوستوں کے ساتھ تاش کھیلتا، سینما دیکھتا اور بچوں کو ساتھ لے کر انہیں کار میں سیر کرواتا۔ اس کے بچے رنگ دار قمیض اور جینز پہن کر گردن اکڑا کر، چھوٹی سی چھاتی پھلا کر، پتلی سی کمر مٹکا کر، کالج والے بس سٹاپوں، اعلیٰ ہوٹلوں اور ناچ گھروں کے چکر لگاتے۔ وہ رات کو ایک بجے سوتے اور صبح منہ اندھیرے گیارہ بجے اٹھتے اور دانت صاف کئے بغیر چائے پیتے، اخبار میں فلموں کا پروگرام دیکھتے۔ گرمیاں کبھی مری اور کبھی سوئٹزر لینڈ میں بسر کرتے اور اپنے باپ کا نام روشن کرتے اور اسے کبھی بال منڈوا کر شاہی لبادہ پھینک کر ننگے پاؤں نروان حاصل کرنے کے لئے جنگل کا رخ نہ کرنے دیتے۔

اف! مائی گڈنس! لوہاری دروازے کی اس گندی گلی میں کس قدر حبس ہے۔ یہ لوگ کیسے چارپائی گندی نالیوں پر ڈال کر سو رہے ہیں۔ وٹ اے پٹی! مجھے ان لوگوں سے بڑی گہری ہمدردی ہے۔ میں ان کے تمام مسائل سے واقف ہوں۔ میں ہر ہفتے ان کی پھیکی اور بے رس زندگی پر ایک افسانہ لکھتا ہوں۔ میرا خیال ہے کہ میں ان لوگوں کی زندگی پر ایک پر مغز تحقیقی مقالہ لکھ کر سب مٹ کروا دوں۔ بڑا ونڈر فل سبجیکٹ ہے۔ ڈاکٹریٹ تو وہ پڑی ہے۔ جس طرح وہ کھری چارپائی پڑی ہے، جس پر تین پھنسیوں زدہ بچے اور ایک بچہ زدہ ماں سو رہی ہے۔ میں ناک پر رومال رکھے، پرنالوں سے اپنے اجلے کپڑے بچاتا، ان لوگوں کا گہرا مطالعہ کر تا بدبودار گلی سے باہر نکل آیا ہوں۔

لاہور میں قیامت کی گرمی پڑ رہی ہے۔ لیکن اس ہوٹل کی فضا کس قدر خنک ہے، ائیر کنڈیشنر بھی خدا کی کتنی بڑی نعمت ہے۔ آج ہوٹل میں بڑی رونق ہے۔ سایہ دار دھیمے قمقموں کی ملائم روشنی میں لوگوں پر چہرے کتنے خواب آور دکھائی دے رہے ہیں۔ یہ کہیں خواب ہی تو نہیں۔ میرا خواب...... صغرا بی بی کا خواب، اس کے ڈاکیے خاوند کا خواب! میری اوم! وہ پونی ٹیل والی لڑکی کتنی پیاری ہے اور وہ بلیک ٹشو کی چست قمیض والی دوشیزہ جس کے بالوں میں ریل کے گجرے ہیں، کانوں میں زہریلے رنگ کے نگینے ہیں اور جس کا چہرہ باقاعدہ اور قوت بخش غذاؤں کے اثر سے کھانا کھانے والے چاندی کے چمچ کی طرح چمک رہا ہے۔ اور وہ مرغن چہرے والی موٹی عورت جس کی آدھی آستینوں والی قمیض بازوؤں پر گوشت کے اندر دھنس گئی ہے۔ اس عورت کا چہرہ موم کے بت کی طرح ہے۔ بے حس اور ٹھنڈا۔ اس کی گاڑی چودہ گز لمبی ہے اور غسل خانے کا فرش بارہ مربع گز ہے۔ اس نے ریڈیو گرام جرمنی سے منگوایا ہے۔ قالین ایران سے، عطر فرانس سے، کیمرہ امریکہ سے، خاوند پاکستان سے حاصل کیا ہے۔ جتنے پیسوں کا صغرا بی بی کو ہفتے بھر کا راشن آتا ہے اتنے پیسے یہ بیرے کو ٹپ کر دیتی ہے۔ اس کے بنگلے میں چار کتے اور سات بیرے رہتے ہیں۔ یہ ہمیشہ چاندی کے کافی سیٹ میں کافی پیتی ہے۔ چاندی کے برتنوں میں بڑی خوبی یہ ہوتی ہے کہ ایک تو انہیں زنگ نہیں لگتا دوسرے وہ نان پوائزنس ہوتے ہیں۔ ایک سیٹ اپنے گھریلو استعمال کے لئے لوہاری دروازے کی گلی والے ڈاکیے کو بھی خرید لینا چاہیے۔

یہ ہوٹل تو بالکل جنت ہے۔ ایک جوڑا سب سے الگ بیٹھا ہے۔ لڑکی دبلی پتلی سی ہے۔ چست کپڑوں نے اسے اور دبلا بنا دیا ہے۔ بال ماتھے پر ہیں۔ ناخنوں پر ریڈ انڈین گلابی رنگ کا پالش چمک رہا ہے۔ اس شیڈ کی لپ اسٹک کی ہلکی سی تہہ پتلے پتلے ہونٹوں پر ہے۔ چہرے پر نسوانی نزاکت کے ساتھ ساتھ جذبات کا دھیما دھیما ہیجان سا ہے۔ کان اپنے ساتھی کی باتوں پر ہیں اور بے چین آنکھیں موقع ملنے پر ایک ایک میز کا جائزہ لے رہی ہیں۔ لڑکے کی گردن کالی بو اور بارڈر کالر میں بری طرح پھنسی ہوئی ہے۔ ان کے سامنے کولڈ کافی کے گلاس ہیں۔

''روشی ڈارلنگ! میں پرومس کرتا ہوں کل سے صنوبی کے ساتھ کوئی کنسرن نہیں رکھوں گا۔''

''شٹ اپ بگ لائر...... تم مجھ سے فلرٹ کر رہے ہو۔''

''فار گاڈ سیک ڈونٹ تھنک لائیک دیٹ...... آئی نو یو ڈارلنگ!''

''لائی...... جھوٹ، بالکل جھوٹ۔''

''میں یو کے سے واپس آتے ہی تم سے شادی کرلوں گا۔''

''تم وہاں شادی کر کے آ ؤ گے۔''

''نو...... نیور...... تم خود دیکھ لوگی۔ پھر ہم دونوں یو کے چلے جائیں گے۔ اور وہیں جا کر سیٹل ہو جائیں گے۔ میں اس گندے شہر سے بور ہو گیا ہوں...... بیرا!''

''یس سر۔''

''ایک کریم پف......''

''یس سر۔''

''ووڈ یو لائیک مور ڈارلنگ؟''

''نو تھینک یو......''

میں بھی سوچ رہا ہوں کہ یو کے جا کے سیٹل ہو جاؤں۔ میں بھی اپنی گندی گلیوں سے بور ہو گیا ہوں۔ شاید میں صغرا بی بی اور اس کی گلی میں کھڑی چارپائی پر ماں کے ساتھ سونے والے پھنسی زدہ بچوں کو بھی لیتا جاؤں۔

''بیرا...... تھری سکویش مور۔''

اوپر گیلری کو جانے والی سیڑھیوں کے پاس والی میز پر تین میڈیکل سٹوڈنٹ بیٹھے باتیں کر رہے ہیں۔ گفتگو بر جی بارود کے کوٹھوں، ایگا تھا کرسٹی کے ناولوں اور پکاڈلی کی پر اسرار گلیوں سے ہو کر میڈیکل پیشے میں آ کر ٹھہر گئی ہے۔

''یار! میں تو فائنل سے نکل کر سیدھا لندن چلا جاؤں گا۔ یہاں کوئی فیوچر نہیں ہے۔''

''بالکل...... میں بھی وہیں جا کر پریکٹس کروں گا۔ برادر وہاں پیسہ بھی ہے اور مریض بھی بڑے پالشڈ ہوتے ہیں۔''

''یار میں تو یو کے جا کر کینسر ٹریٹمنٹ سپیشلائز کروں گا۔ یہاں کینسر سپیشلسٹ کے بڑے چانسز ہیں۔ بیس روپے فیس رکھوں گا اور ایک سال بعد اپنا کریم کلر کی ففٹی ایٹ ماڈل شو ہو گی اور گلبرگ میں ایک کوٹھی......''

''بھئی یار تم نے ہل مین کیوں بیچ دی؟''

''جھگڑا ہو گئی تھی۔ آئل بڑا کھانے لگی تھی۔''

''شی! ...... مس قریشی آ رہی ہے۔''

''صدیقی! تم نے اس کی بڑی بہن مسز ارشاد کو پرسوں گرفن میں دیکھا تھا؟ ارے بھئی۔ تم ساتھ ہی تو تھے۔ کیا کلاس ون عورت ہے۔''

''نو ڈاؤٹ...... بالکل لولو بریجڈا......''

سب لوگ پاکستان سے باہر جا رہے ہیں۔ کوئی بر جی بارود کے پاس، کوئی لولو بریجڈا کے پاس، کسی کو بیوی لئے جا رہی ہے، کوئی بیوی کو لئے جا رہا ہے، کسی کو پیسہ کھینچ رہا ہے اور کسی کو پالشڈ قسم کے مریض۔ ہم لوگ کہاں جائیں؟ میرا بھائی ڈاکیہ کہاں جائے گا؟ صغرا بی بی کہاں جائے گی؟ اس کے بیمار بچوں کا علاج کون کرے گا؟ مثانے کی بیماری میں نیم حکیم سے گردے کی درد کی دوا کھا جانے والے دیہاتی کہاں جائیں گے؟ ان لوگوں کا علاج پاکستان میں کون کرے گا؟

کونے والی میز پر ایک پاکستانی آدمی امریکیوں کی طرح کندھے اچکا کر اپنے ساتھی کو کہہ رہا ہے۔

''بڑی پرابلم بن گئی ہے۔''

لازوال اردو افسانے 17 (حصہ دوم)

''کیسی پرابلم؟''

''بے بی نے تین سال لوئر کے جی میں لگائے ہیں۔کراچی سے یہاں تبدیل ہو کر آ گیا ہوں۔ یہاں کسی انگریزی سکول میں داخلہ نہیں مل رہا۔کارپوریشن کے سکول والے بی بے کو پھر سے دوسری جماعت میں لے رہے ہیں۔ کہتے ہیں بچے کو اردو نہیں آتی۔ بھئی وہ تو سوائے انگریزی کے اور کچھ بولتا ہی نہیں۔اب سمجھ میں نہیں آ رہا کیا کروں؟''

''اردو کو گولی مارو......اب اسے فرانسیسی پڑھا گھر پر۔''

ہوٹل میں بڑی رونق ہو گئی ہے۔ یہ بڑی رومانٹک جگہ ہے اور گیلری تو بڑی پرسکون جگہ ہے۔ میں انشاءاللہ پرسوں اس گیلری میں بیٹھ کر لوہاری دروازے کی بوسیدہ گلی والی بیماری صغرابی بی پر ایک کہانی ضرور لکھوں گا۔ پارکر کا قلم، کسلے کا پیڈ، کولڈ کافی کا گلاس، تھری کاسل کا سگریٹ، کاؤنٹر کے گلدان میں لگی یوکلپٹس کی پتیوں اور ہوٹل میں بیٹھی خوبصورت نازک عورتوں کے کپڑوں کی یورپی مہک اور صغرابی بی کا ونڈرفل سبجیکٹ! ایسا افسانہ تو بس اسی جگہ بیٹھ کر لکھا جا سکتا ہے۔

میں گیلری میں بیٹھا جھانک کر نیچے دیکھتا ہوں۔ تین ہم شکل، ہم لباس لڑکیاں گردنیں اٹھائے سینہ تانے، آنکھوں میں مغرور چمک لئے داخل ہو رہی ہیں۔ گردنیں موڑے بغیر آنکھیں اٹھائے بغیر ہر شخص کا جائزہ لینے لگا ہے۔ یہ دور شجاعت کے انگریزی ناولوں کی ہیروئنیں معلوم ہو رہی ہیں، جو کبھی پھولدار بیلوں سے نصف ڈھکی ہوئی بالکونیوں میں کھڑے ہو کر چاندنی راتوں میں اپنے محبوب کا انتظار کیا کرتی تھیں اور نوکیلی رنگین چونچوں والے پرندوں کے پروں میں انتہائی جذبات، محبت نامے باندھ کر انہیں چوم کر فضا میں چھوڑ دیا کرتی تھیں۔ جو اپنے محبوب کی بے وفائی کا حال سن کر زہر کھا لیا کرتی تھیں۔لیکن اس ایٹمی دور میں عشق فورڈ کارڈ کی چابی گھمانے سے سٹارٹ ہوتا ہے اور محبت نامے کی چیک بک پر لکھے جاتے ہیں۔اب یہ لڑکیاں محبوب کی بے وفائی کا سن کر زہر کھانے کی بجائے چکن سینڈوچز کھا کر رومال سے منہ پونچھتی ہیں اور دوسرے محبوب کی تلاش میں، دوسری کار کی تلاش میں، دوسرے کیریئر کی تلاش میں نکل پڑتی ہیں۔ محبت کے جذبات آج کل اسپرو کی ایک ٹکیہ کھا کر غائب ہو جاتے ہیں اور عشق کا ہیجان فروٹ سالٹ کے ایک ہی چمچ سے بھاپ بن کر اڑ جاتا ہے۔شادی زندگی کے کاؤنٹر پر مستقل سودا ہے اور محبت کی شادی کی گاڑی کے پیچھے لٹکتا ہوا جوتا ہے۔

فضا میں ائیر کنڈیشنگ پلانٹ کی سوندھی مہک کے ساتھ، باریک ریشمی کپڑوں کی لطیف سرسراہٹ، بجلی کی دھیمی روشنی میں روغنی چہروں کی جھلملاہٹ، چاندی کے سرپوش والی چٹنی مربہ کی شیشیوں کی چمک دمک اور مختلف قسم کے کھانوں کی خوشبوئیں گھل مل رہی ہیں۔ دھیمی دھیمی باتوں کی بھنبھناہٹ ہے۔مسرت اندوزی کے منصوبے میں خود اطمینانی کی ہلکی ہلکی ہنسی ہے، خود پرستی کی ادائیں ہیں۔ گہرے اسرار و رموز والی پراسرار نگاہیں ہیں اور خواب ہیں۔صحت مند دھلے دھلائے چہرے ہیں۔ رگڑ رگڑ کر داڑھی مونڈے گال ہیں۔ گردن، کندھے اور نظروں کے غیر ملکی ٹکسال میں ڈھلے ڈھلائے اشارے ہیں۔ پھنسی پھنسائی گردنیں ہیں۔ گھٹی گھٹی باتیں ہیں۔ برجی بارود کے ہونٹ ہیں، لولو بریجڈا کے بازو ہیں، ڈورس ڈے کے بال ہیں، امریکی ٹائیاں ہیں۔ فرانسیسی عطر ہیں۔ انگریزی جوتے ہیں۔ سوئٹزرلینڈ، جرمنی، سیلون اور سنگاپور کی باتیں ہیں۔ کہیں چک 92 ایف کی دوپہر میں ہل چلاتا کاشتکار نہیں۔ کہیں حلوائی کی دکان کے پھٹے پر پیا جانے والا لسی کا گلاس نہیں، کہیں دور افتادہ گاؤں میں غوثیہ یونیورسٹی کی بنیاد رکھنے والا ڈاکٹر فرید نہیں، کہیں تاریک افریقہ کے جنگلوں میں انسانوں کی بھلائی کے لئے زندگی وقف کر دینے والا البرٹ شوئیٹزر نہیں۔ کہیں صغراں بی بی کے زرد گالوں اور کمر کی مستقل درد کے لئے کیلشیم نہیں۔ کہیں مشرقی پاکستان کے دریاؤں کے سیلاب سے برسر پیکار رہنے والے ماہی گیر نہیں۔ وہ اداس آنکھیں نہیں، وہ ناریل کے تیل لگے گہرے سیاہ بال نہیں، کہیں وہ پہلی کی پہلی، بیوی سے محبت کرنے والا اور مہینے کے اخیر میں اس کی پٹائی کرنے والا مفلوک احال ڈاکیہ نہیں، کوئی سیل زدہ دیوار نہیں جس پر صرف تانبے کے چار گلاس اور تین تھالیاں لگی ہوں۔ کھیتوں کی کڑکتی دھوپ میں

اپنی ہیر کی راہ دیکھنے والا کوئی رانجھا نہیں۔ سب ڈرائینگ روم لورز ہیں، ٹھنڈی نشست گاہوں میں، انناس کے قتلے اور کولڈ کافی کا گلاس سامنے رکھ کر محبت کی سرد آہیں بھرنے والے عاشق ہیں۔ یوکلپٹس کی پتیوں کو فرنچ عطر کانوں پر لگا کر کہانیاں لکھنے والے افسانہ نگار ہیں۔قوم، مذہب، ملت اور سیاست کے نام پر اپنی گاڑیوں میں پٹرول ڈلوانے والیا اور اپنی کوٹھیوں میں نئے کمرے بنوانے والے دردمندان قوم ہیں۔عشرت انگیزی ہے، تصنع آمیزی ہے، زر پرستی ہے، خود پسندی ہے، جعلی سکے ہیں کہ ایک کے بعد بنتے چلے جا رہے ہیں۔ روشنی کے داغ ہیں کہ ایک کے بعد ایک ابھرتے چلے جارہے ہیں۔ انہیں صغرابی بی کے بچوں کی پھنسیوں سے کوئی سروکار نہیں۔انہیں اس کے ڈاکیئے خاوند کے تاج محل کی بربادی کا کوئی علم نہیں۔انہیں کھڑی چارپائی پر گندے نالے کے پاس رات بسر کرنے والوں سے کوئی دلچسپی نہیں۔ دھان زمین میں اگتا ہے یا درختوں پر لگتا ہے انہیں کوئی خبر نہیں۔ یہ اپنے ملک میں اجنبی ہیں۔ یہ اپنے گھر میں مسافر ہیں۔ یہ اپنوں میں بیگانے ہیں۔ چیک بک، پاسپورٹ، کار کی چابی، کوٹھی اور لائسنس...... یہی ان کا پاکستان ہے۔ یہ وہ باسی کھانے ہیں جن کی تازگی ریفریجریٹر بھی برقرار نہ رکھ سکا۔ یہ دو سورجوں کے دمیان کا پردہ ہیں۔ یہ کھلے ہوئے متبسم لبوں کے درمیان تاریک لکیر ہیں۔ یہ اس غار کے منہ پر تنا ہوا جالا ہیں جہاں چاند طلوع ہو رہا ہے......

اب رات آسمان کی راکھ میں سے تاروں کے انگارے کریدنے لگی ہے۔ لوہاری دروازے کی تنگ و تاریک گلی میں حبس ہے، بدبو ہے، گرمی ہے، مچھر ہیں، پسینہ ہے، ٹوٹی پھوٹی کھری چارپائیوں کی ہنگی ٹیڑھی قطاریں ہیں، نالیوں پر جمی ہوئی گندگی ہے۔ چارپائیوں سے نیچے لٹکتی ہوئی گلی کے فرش پر لگی ہوئی ٹانگیں ہیں۔ کمزور باسی چہرے ہیں۔ پھٹے پھٹے ہونٹ ہیں۔ صغرابی بی اپنے چاروں بچوں کو پنکھا جھل رہی ہے۔ کوٹھڑی میں حبس کے مارے دم گھٹا جارہا ہے۔ گندے نالے والی کھڑکی میں گرم ایشیائی رات کے سبز چاند کی جگہ اوپلوں کا ڈھیر پڑا سلگ رہا ہے۔ اس کا ڈاکیہ خاوند پاس ہی پڑا خراٹے لے رہا ہے۔ پنکھا جھلتے جھلتے اب صغراں بی بی بھی اونگھنے لگی ہے۔ اب پنکھا اس کے ہاتھ سے چھوٹ کر نیچے گر پڑا ہے۔ اب کمرے میں اندھیرا ہے۔ خاموشی ہے۔ چار بچوں کے درمیان سوئی ہوئی مٹی کی مونالیزا کے ہونٹ نیم وا ہیں۔ چہرہ کھنچ کر بھیانک ہو گیا ہے۔

آنکھوں کے حلقے گہرے ہو گئے ہیں اور رخساروں پر موت کی زردگی چھا گئی ہے۔ اس پر کسی ایسے بوسیدہ مقبرے کا گمان ہو رہا ہے، جس کے گنبد میں دراڑیں پڑ گئی ہوں، جس کے تعویذ پر کوئی اگربتی نہ سلگتی ہو اور جس کے صحن میں کوئی پھول نہ کھلتا ہو۔

وہ بڈھا

راجندر سنگھ بیدی

میں نہیں جانتی۔ میں تو مزے میں چلی جا رہی تھی۔ میرے ہاتھ میں کالے رنگ کا ایک پرس تھا، جس میں چاندی کے تار سے کچھ کڑھا ہوا تھا اور میں ہاتھ میں اسے گھما رہی تھی۔ کچھ دیر میں اچک کر فٹ پاتھ پر ہو گئی، کیوں کہ مین روڈ پر سے ادھر آنے والی بسیں اڈے پر پہنچنے اور ٹائم کیپر کو ٹائم دینے کے لئے یہاں آ کر ایک دم راستہ کاٹتی تھیں۔ اس لئے اس موڑ پر آئے دن حادثے ہوتے رہتے تھے۔

بس تو خیر نہیں آئی لیکن اس پر بھی ایکسیڈنٹ ہو گیا۔ میرے دائیں طرف سامنے کے فٹ پاتھ کے ادھر مکان تھا اور میرے الٹے ہاتھ اسکول کی سیمنٹ سے بنی ہوئی دیوار، جس کے اس پار مشنری اسکول کے فادر لوگ ایسٹر کے سلسلے میں کچھ سجا سنوار رہے تھے۔ میں اپنے آپ سے بے خبر تھی، لیکن یکا یک نہ جانے مجھے کیوں ایسا محسوس ہونے لگا کہ میں ایک لڑکی ہوں...... جوان لڑکی۔ ایسا کیوں ہوتا ہے، یہ میں نہیں جانتی۔ مگر ایک بات کا مجھے پتہ ہے، ہم لڑکیاں صرف آنکھوں سے نہیں دیکھتیں۔ جانے پرماتما نے ہمارا بدن کیسے بنایا ہے کہ اس کا ہر پور دیکھتا، محسوس کرتا، پھیلتا اور سمٹتا ہے۔ گدگدی کرنے والا ہاتھ لگتا ہے بھی نہیں کہ پورا شریر ہنسنے مچلنے لگتا ہے۔ کوئی چوری چھپے دیکھے بھی تو یوں لگتا ہے جیسے ہزاروں سوئیاں ایک ساتھ چبھنے لگیں، جن سے تکلیف ہوتی ہے اور مزہ بھی آتا ہے۔ البتہ کوئی سامنے بے شرمی سے دیکھے تو دوسری بات ہے۔

اس دن کوئی میرے پیچھے آ رہا تھا اسے میں نے دیکھا تو نہیں، لیکن ایک سنسناہٹ سی میرے جسم دوڑ گئی۔ جہاں میں چل رہی تھی، وہاں برابر میں ایک پرانی شیورلے گاڑی آ کر رکی، جس میں ادھیڑ عمر کا بلکہ بوڑھا مرد بیٹھا تھا۔ وہ بہت معتبر صورت اور رعب داب والا آدمی تھا، جس کے چہرے پر عمر نے خوب لڈو کھیلی تھی۔ اس کی آنکھ تھوڑی دبی ہوئی تھی، جیسے کبھی اسے لقوہ ہوا ہو اور وٹامن سی اور بی کمپلیکس کے ٹیکے وغیرہ لگوانے، شیر کی چربی کی مالش کرنے یا کبوتر کا خون ملنے سے ٹھیک تو ہو گیا ہو، لیکن پورا نہیں۔ ایسے لوگوں پر مجھے بڑا ترس آتا ہے کیونکہ وہ آنکھ نہ مارتے اور پھر بھی پکڑے جاتے ہیں۔ جب اس نے میری طرف دیکھا تو پہلے میں بھی اسے غلط سمجھ گئی، لیکن چونکہ میرے اپنے گھر میں چچا گووندا سی بیماری کے مریض ہیں، اس لئے میں اصل وجہ جان گئی۔ دیر تک میں اپنے آپ کو شرمندہ سی محسوس کرتی رہی۔ اس بڈھے کی داڑھی تھی جس میں روپے کے برابر ایک سپاٹ سی جگہ تھی۔ ضرور کسی زمانے میں وہاں اس کے کوئی بڑا سا پھوڑا نکلا ہو گا جو ٹھیک تو ہو گیا لیکن بالوں کو جڑ سے غائب کر گیا۔ اس کی داڑھی سر کے بالوں سے زیادہ سفید تھی۔ سر کے بال کھچڑی تھے۔ سفید زیادہ اور کالے کم، جیسے کسی نے ماش کی دال تھوڑی اور چاول زیادہ ڈال دیئے ہوں۔ اس کا بدن بھاری تھا، جیسا کہ اس عمر میں سب کا ہو جاتا ہے۔ میرا بھی ہو جائے گا...... کیا میٹرن گوں لگی؟ لوگ کہتے ہیں تمہاری ماں موٹی ہے، تم بھی آگے چل کر موٹی ہو جاؤ گی...... عجیب بات ہے نا کہ کوئی عمر کے ساتھ آپ ہی آپ ماں ہو جائے...... یا باپ۔ بڈھے کے قد کا البتہ پتہ نہ چلا، کیوں کہ وہ موٹر میں ڈھیر تھا۔ کار رکتے ہی اس نے کہا ''سنو''۔

میں رک گئی، اس کی بات سننے کے لئے تھوڑا جھک بھی گئی۔

''میں نے تمہیں دور سے دیکھا'' وہ بولا۔

میں نے جواب دیا ''جی''۔

''میں جو تم سے کہنے جا رہا ہوں اس پر خفا نہ ہونا''

''کہئے......میں نے سیدھی کھڑی ہو کر کہا۔

اس بڈھے نے پھر مجھے ایک نظر دیکھا، لیکن میرے جسم میں سنسناہٹ نہ دوڑی، کیوں کہ وہ بڈھا تھا۔ پھر اس کے چہرے سے بھی کوئی ایسی ویسی بات نہیں معلوم ہوتی تھی، ورنہ لوگ تو کہتے ہیں کہ بڈھے بڑے ٹھرکی ہوتے ہیں۔

''تم جا رہی تھیں۔'' اس نے پھر بات شروع کی ''اور تمہاری یہ ناگن، دایاں پاؤں اٹھنے پر بائیں طرف اور بایاں پاؤں اٹھنے پر دائیں طرف جھوم رہی تھی......''

میں ایک دم کانشس ہوگئی۔ میں نے اپنی چوٹی کی طرف دیکھا جو اس وقت نہ جانے کیسے سامنے چلی آئی تھی۔ میں نے بغیر کسی ارادے کے سر کو جھٹکا دیا اور ناگن، جیسے پھنکارتی ہوئی پھر پیچھے چلی گئی۔ بڈھا کہے جا رہا تھا ''میں نے گاڑی آہستہ کر لی اور پیچھے سے تمہیں دیکھتا رہا......''

اور آخر وہ بڈھا ایک دم بولا ''تم بہت خوبصورت لڑکی ہو۔''

میرے بدن میں جیسے کوئی تکلف پیدا ہو گیا اور میں کروٹ کروٹ بدن چرانے لگی۔ بڈھا منتر مگدھ مجھے دیکھ رہا تھا۔ میں نہیں جانتی تھی اس کی بات کا کیا جواب دوں؟ میں نے سنا ہے، باہر کے دیسوں میں کسی لڑکی کو کوئی ایسی بات کہہ دے تو وہ بہت خوش ہوتی ہے، شکریہ ادا کرتی ہے۔ لیکن ہمارے یہاں کوئی رواج نہیں الٹا ہمیں آگ لگ جاتی ہے۔ ہم کیسی بھی ہیں، کسی کو کیا حق پہنچتا ہے کہ ہمیں ایسی نظروں سے دیکھے؟ اور وہ بھی یوں......سڑک کے کنارے، گاڑی روک کر۔ بدیسی لڑکیوں کا کیا ہے۔ وہ تو بڈھوں کو پسند کرتی ہیں۔ اٹھارہ بیس کی لڑکی ساٹھ ستر کے بوڑھے سے شادی کر لیتی ہے۔

میں نے سوچا، یہ بڈھا آخر چاہتا کیا ہے؟

''میں اس خوبصورتی کی بات نہیں کرتا۔'' وہ بولا ''جسے عام آدمی خوبصورتی کہتے ہیں مثلاً وہ گورے رنگ کو اچھا سمجھتے ہیں۔''

مجھے جھرجھری سی آئی۔ آپ دیکھ ہی رہے ہیں میرا رنگ کوئی اتنا گورا بھی نہیں سانولا بھی نہیں بس......بیچ کا ہے۔ میں نے تو...... میں تو شرما گئی۔

''آپ؟'' میں نے کہا اور پھر آگے پیچھے دیکھنے لگی کہ کوئی دیکھ تو نہیں رہا؟

بس دندناتی ہوئی آئی اور یوں پاس سے گزر گئی کہ اس کے اور کار کے درمیان بس انچ بھر کا فاصلہ رہ گیا۔ لیکن وہ بڈھا دنیا کی ہر چیز سے بے خبر تھا۔ مرنا تو آخر ہر ایک کو ہے لیکن وہ اس وقت کی بے کار اور فضول موت سے بھی بے خبر تھا۔ جانے کن دنیاؤں میں کھویا ہوا تھا وہ؟

دو تین گھاٹی، راما لوگ وہاں سے گزرے۔ وہ کسی نوکری چاکری کے بارے میں جھگڑا کرتے جا رہے تھے۔ ان کا شور جوایسٹر کی گھنٹیوں میں گم ہو گیا۔ دائیں طرف کے مکان کی بالکنی پر ایک دبلی سی عورت اپنے بالوں میں کنگھی کرتی ہوئی آئی اور ایک بڑا سا گچھا بالوں کا کنگھی میں سے نکال کر نیچے پھینکتی ہوئی واپس اندر چلی گئی۔ کسی نے خیال بھی نہ کیا کہ سڑک کے کنارے میرے اور اس بوڑھے کے درمیان کیا معاملہ چل رہا ہے۔ شاید اس لئے کہ لوگ اسے میرا کوئی بڑا سمجھتے تھے۔ شاید اس لئے کہ لوگ اسے میرا کوئی بڑا سمجھتے تھے۔ بوڑھا کہتا رہا ''تمہارا یہ سنولایا ہوا، کندنی رنگ، یہ گٹھا ہوا بدن ہمارے ملک میں ہر لڑکی کا ہونا چاہیے۔ اور پھر یکایک بولا ''تمہاری شادی تو نہیں ہوئی؟''

''نہیں''۔ میں نے جواب دیا۔

''کرنا بھی تو کسی گبرو جوان سے''۔

''جی''

اب خون میرے چہرے تک ابل ابل کر آنے لگا تھا۔ آپ سوچئے آنا چاہیے تھے یا نہیں؟ لیکن اس سے پہلے کہ میں اس بڈھے کو کچھ کہتی

اس نے ایک نئی بات شروع کردی۔

''تم جانتی ہو، آج کل یہاں چور آئے ہوئے ہیں؟''

''چور؟''میں نے کہا'' کیسے چور''۔

''جو بچوں کو چرا کر لے جاتے ہیں...... انہیں بے ہوش کر کے ایک گھٹڑی میں ڈال لیتے ہیں۔ایک وقت میں چار چار پانچ پانچ''۔

مجھے بڑی حیرانی ہوئی۔میں نے کہا بھی تو صرف اتنا''تو؟ میرا مطلب ہے مجھے...... میرا اس بات سے کیا تعلق؟''

اس بڈھے نے کمر سے نیچے میری طرف دیکھا اور بولا''دیکھنا کہیں پولیس تمہیں پکڑ کر نہ لے جائے۔''

اور اس کے بعد اس بڈھے نے ہاتھ ہوا میں لہرایا اور گاڑی اسٹارٹ کر کے چلا گیا۔ میں بے حد حیران کھڑی تھی...... چور...... گھٹڑی، جس میں چار چار پانچ پانچ بچے...... جب ہی میں نے خود بھی اپنے نیچے کی طرف دیکھا اور اس کی بات سمجھ گئی۔ میں ایک دم جل اٹھی...... پاجی، کمینہ شرم نہ آئی اسے؟ میں اس کی پوتی نہیں تو بیٹی کی عمر کی تو ہوں ہی۔اور یہ مجھ سے ایسی باتیں کر گیا، جو لوگ بدلیس میں بھی نہیں کرتے۔اسے حق کیا تھا کہ ایک لڑکی کو سڑک کے کنارے کھڑی کر لے اور ایسی باتیں کرے ایک عزت والی لڑکی سے۔ایسی باتیں کرنے کی اسے ہمت کیسے ہوئی؟ آخر کیا تھا مجھ میں؟ یہ سب اس نے مجھ سے ہی کیوں کہا؟ بے عزتی کے احساس سے میری آنکھوں میں آنسو امڈ آئے...... میں کیا ایک اچھے گھر کی لڑکی دکھائی نہیں دیتی؟ میں نے لباس بھی ایسا نہیں پہنا جو بازاری قسم کا ہو قمیص البتہ فٹ تھی، جیسی عام لڑکیوں کی ہوتی ہے۔اور نیچے شلوار۔ کیوں یہ ایسا کیوں ہوا؟ ایسے کو تو پکڑ کر مارنا اور مار مار کر سور بنا دینا چاہیے۔ پولیس میں اس کی رپٹ کرنی چاہیے۔ آخر کوئی تک ہے؟ اس کی گاڑی کا نمبر؟...... مگر جب تک گاڑی موڑ پر نظروں سے اوجھل ہو چکی تھی۔ میں بھی کتنی مورکھ ہوں جو نمبر بھی نہیں لیا۔ میرے ساتھ ایسا ہی ہوتا ہے، ہمیشہ ایسا ہی ہوتا ہے۔ وقت پر دماغ کبھی کام نہیں کرتا، بعد میں یاد آتا ہے تو خود ہی سے نفرت پیدا ہوتی ہے۔ میں نے سائیکالوجی کی کتاب میں پڑھا ہے، ایسی حرکت وہی لوگ کرتے ہیں جو دوسروں کی عزت بھی کرتے ہیں اور اپنی بھی۔ اسی لئے مجھے وقت پر نمبر لینا بھی یاد نہ آیا۔ میں روہنکھی سی ہو گئی۔ سامنے سے پودار کالج کے کچھ لڑکے گاتے، سیٹیاں بجاتے ہوئے گزر گئے۔انہوں نے تو ایک نظر بھی میر طرف نہ دیکھا...... مگر یہ بڈھا؟!

میں دراصل دادر اون کے گولے خریدنے جارہی تھی۔ میرا فرسٹ کزن ہیگل سویڈن میں تھا، جہاں بہت سردی تھی اور وہ چاہتا تھا کہ میں کوئی آٹھ پلائی کی اون کا سویٹر بن کر اسے بھیج دوں۔ کزن ہونے کے ناطے وہ میرا بھائی تھا، لیکن تھا بدمعاش۔ اس نے لکھا''تمہارے ہاتھ کا بنا ہوا سویٹر بدن پر رہے گا تو سردی نہیں لگے گی!'' مجھے گھر میں اور کوئی کام بھی تو نہ تھا۔ بی اے پاس کر چکی تھی اور پاپا کہتے تھے'' آگے پڑھائی سے کوئی فائدہ نہیں۔ ہاں اگر کسی لڑکی کو پروفیشن میں جانا ہو تو ٹھیک ہے لیکن اگر ہر ہندوستانی لڑکی کی شادی ہی اس کا پروفیشن ہے تو پھر آگے پڑھنے سے کیا فائدہ؟''اس لئے میں گھر میں ہی رہتی اور آلتو فالتو کام کرتی تھی، جیسے سویٹر بننا یا بھیا اور بھابھی بہت رومانٹک ہو جائیں اور سینما کا پروگرام بنالیں تو پیچھے ان کی بچی بندو کو سنبھالنا، اس کے گیلے کپڑوں، پوتڑوں کو دھونا سکھانا وغیرہ۔ لیکن بڈھے سے اس مڈبھیڑ کے بعد میں جیسے ہل ہی نہ سکی۔ میرے پاؤں میں جیسے کسی نے سیسہ بھر دیا۔ پتہ نہیں آگے چل کر کیا ہو؟ اور بس میں گھر لوٹ آئی......

اتنی جلدی گھر لوٹتے دیکھ کر ماں حیران رہ گئی۔ اس نے سمجھا کہ میں اون کے گولے خرید بھی لائی ہوں۔ لیکن میں نے قریب قریب روتے ہوئے اسے ساری بات کہہ سنائی۔ اگر گول کر گئی تو وہ چار چار پانچ پانچ بچوں والی بات۔ کچھ ایسی باتیں بھی ہوتی ہیں جو بیٹی ماں سے بھی نہیں کہہ سکتی۔ ماں کو بڑا غصہ آیا اور وہ ہوا میں گالیاں دینے لگی۔ عورتوں کی گالیاں جن سے مردوں کا کچھ نہیں بگڑتا اور جو انہیں اور بھی مشتعل کرتی ہیں۔ آخر ماں نے ٹھنڈی سانس لی اور کہا''اب تجھے کیا بتاؤں بیٹا۔ یہ مرد سب ایسے ہوتے ہیں...... کیا جوان کیا بڈھے......''''لیکن ماں'' میں نے کہا''پاپا بھی تو ہیں۔''

ماں بولی ''اب میرا منہ نہ کھلواؤ۔''

''کیا مطلب؟''

''دیکھا نہیں تھا اس دن؟ کیسے راما لنگم کی بیٹی سے ہنس ہنس کر باتیں کر رہے تھے۔''

کچھ بھی ہو، ماں کے اس مردے کو گالیاں دینے سے ایک حد تک میرا دل ٹھنڈا ہو گیا تھا مگر بڈھے کی باتیں رہ رہ کر میرے کانوں میں گونج رہی تھیں اور میں سوچ رہی تھی...... کہیں مل جائے تو میں...... اور اس کے بعد میں اپنے بے بسی پر ہنسنے لگی۔ ذرا دیر بعد میں اٹھ کر اندر آ گئی۔ سامنے قدم آدم آئینہ تھا۔ میں رک گئی اور اپنے سراپے کو دیکھنے لگی۔ کولھوں سے نیچے نظر گئی تو پھر مجھے اس کی چار چار پانچ پانچ بچوں والی بات یاد آ گئی اور میرے گالوں کی لویں تک گرم ہونے لگیں۔ وہاں کوئی نہیں تھا۔ پھر میں کس سے شرما رہی تھی؟ ہو سکتا ہے بدن کا یہی حصہ جسے لڑکیاں پسند نہیں کرتیں مردوں کو اچھا لگتا ہو۔ جیسے لڑکے سیدھے اور ستواں بدن کا مذاق اڑاتے ہیں اور نہیں جانتے وہی ہم عورتوں کو اچھا لگتا ہے۔ اس کا یہ مطلب نہیں کہ مرد کو سوکھا سڑا ہونا چاہیے۔ نہیں ان کا بدن ہو تو اوپر سے پھیلا ہوا۔ مطلب...... چوڑے کاندھے، چکلی چھاتی اور مضبوط بازو۔ البتہ نیچے سے سیدھا اور ستواں ہی ہونا چاہیے۔

اتنے میں باپا بیچ والے کمرے میں چلے آئے، جہاں میں کھڑی تھی۔ میرے خیالوں کا وہ تار ٹوٹ گیا۔ باپا آج بڑے تھکے تھکے سے نظر آئے تھے، کوٹ جو وہ پہن کر دفتر گئے تھے، کاندھے پر پڑا ہوا تھا۔ ٹوپی کچھ پیچھے سرک گئی تھی۔ انہوں نے اندر آ کر ایسے ہی کہا، ''بیٹا'' اور پھر ٹوپی اٹھا کر اپنے گنجے سر کو کھجایا۔ ٹوپی پھر سر پر رکھنے کے بعد وہ باتھ روم کی طرف چلے گئے، جہاں انہوں نے قمیص اتاری۔ ان کا بنیان پسینے سے تر تھا پہلے انہوں نے منہ پر پانی کے چھینٹے مارے، پھر اوپر طاق سے یوڈی کلون نکال کر بغلوں میں لگائی۔ ایک نیپکن سے منہ پونچھتے ہوئے لوٹ آئے اور جیسے بے فکر ہو کر خود کو صوفے میں گرا دیا۔ ماں نے پوچھا ''شکنجبین لوگے؟'' جواب میں انہوں نے کہا، ''کیوں؟ وہسکی ختم ہو گئی؟...... ابھی پرسوں ہی تو لایا تھا، میکن کی بوتل''۔

جب میں بوتل اور گلاس لائی تو ماں اور باپا آپس میں کچھ بات کر رہے تھے۔ میرے آتے ہی وہ خاموش ہو گئے۔ میں ڈر گئی۔ مجھے یوں لگا جیسے وہ اس بڈھے کی باتیں کر رہے ہیں لیکن نہیں...... وہ چچا گوند کے بارے میں کہہ رہے تھے۔ آخری بات سے مجھے یہی انداز ہوا چچا اندر سے کچھ اور ہیں، باہر سے کچھ اور۔

پھر کھانا وانا ہوا...... جس میں رات ہو گئی۔ بیچ میں بے موسم کی برسات کا کوئی چھینٹا پڑ گیا تھا اور گھر کے سامنے لگے ہوئے اشوک پیڑ کے پتے، خاکی خاکی، لمبوترے پتے، زیادہ ہرے اور چمکیلے ہو گئے تھے۔ سڑک پر کمیٹی کی بتی سے نکلنے والی روشنی ان پر پڑتی تھی تو وہ چمک چمک جاتے تھے۔ ہوا مسلسل نہیں چل رہی تھی۔ ایسا معلوم ہوتا تھا کہ وہ ایک ایک جھونکا کر کے آ رہی ہے اور جب اشوک کے پتوں سے جھونکا آ کر ٹکراتا اور شاں شاں کی آواز پیدا ہوتی تو یوں لگتا جیسے ستار کا جھالا ہے۔ ہمارے نانکو نے بستر لگا دیا تھا۔ میری عادت تھی کہ ادھر بستر پر لیٹی، ادھر سو گئی، لیکن اس دن نیند تھی کہ آ ہی نہیں رہی تھی۔ شاید اس لئے کہ سڑک پر کی روشنی ٹھیک میرے سرہانے پر پڑتی تھی اور جب میں دائیں کروٹ لیتی تو میری آنکھوں میں چبھنے لگتی تھی۔ میں نے آنکھیں موند کر دیکھا تو بجلی کا بلب ایک چھوٹا سا چاند بن گیا۔ جس میں ہالے سے باہر کرنیں پھوٹ رہی تھیں۔ میں نے اٹھ کر بیڈ کو تھوڑا سا سرکا لیا۔ لیکن اس کے باوجود وہ کرنیں وہیں تھیں فرق صرف اتنا تھا کہ اب وہ خود میرے اپنے اندر سے پھوٹ رہی تھیں۔ آپ تو جانتے ہیں جیوتی شبد ہو جاتی ہے اور شبد جیوتی۔ وہ کرنیں بھی آواز میں بدل گئیں...... اسی بڈھے کی آواز میں!

''دھت!'' میں نے کہا اور اسی کروٹ لیٹے لیٹے من میں گاتری کا پاتھ کرنے لگی۔ لیکن وہی کرنیں چھوٹے چھوٹے، گول گول، گدرائے گدرائے بچوں کی شکل میں بدلنے لگیں۔ ان کے پیچھے ایک گبرو جوان کا چہرہ نظر آ رہا تھا، لیکن دھندلا دھندلا سا۔ وہ شاید ان بچوں کا باپ تھا۔ اس کی

شکل اس بڈھے کی شکل سے ملتی تھی...... نہیں تو......

پھر اس نوجوان کی شکل صاف ہونے لگی۔ وہ ہنس رہا تھا۔ اس کی بتیسی کتنی سفید اور پکی تھی۔ اس نے فوج کی لیفٹیننٹ کی وردی پہن رکھی تھی۔ نہیں...... پولیس انسپکٹر کی نہیں...... سوٹ، ایوننگ سوٹ، جس میں وہ بے حد خوبصورت معلوم ہو رہا تھا۔ اپنی نیند واپس لانے کے لئے میں ٹیچر کا بتایا ہوا نسخہ استعمال کرنا شروع کیا۔ میں فرضی بھیڑیں گننے لگی۔ مگر بے کار تھا، سب کچھ بے کار تھا۔ پر ماتما جانے اس بڈھے نے کیا جادو جگایا تھا، یا میری اپنی ہی قسمت پھوٹ گئی تھی۔ اچھی بھلی جا رہی تھی، بیگل کے لئے اون کے گولے خریدنے۔ بیگل! دھت...... وہ میرا بھائی تھا۔ پھر گولے کے اون کے موٹے موٹے بنے ہوئے دھاگے پتلے ہوتے گئے اور مکڑی کے جال کی طرح میرے دماغ میں الجھ گئے۔ پھر جیسے سب صاف ہو گیا۔ اب سامنے ایک چٹیل میدان تھا، جس میں کوئی ولی اوتار بھیڑیں چرا رہا تھا۔ وہ بش شرٹ پہنے ہوئے تھا، تن درست، مضبوط اور خوبصورت لا ابالی پن میں اس نے شرٹ کے بٹن کھول رکھے تھے اور چھاتی کے بال صاف اور سامنے نظر آ رہے تھے، جن میں سر رکھ کر اپنے دکھڑے رونے میں مزہ آتا ہے۔ وہ بھیڑیں کیوں چرا رہا تھا؟ اب مجھے یاد ہے وہ بھیڑیں گنتی میں تہتر تھیں...... میں سو گئی......

مجھے کچھ ہو گیا۔ نہ صرف یہ کہ میں بار بار خود کو آئینے میں دیکھنے لگی بلکہ ڈرنے بھی لگی۔ بچے بری طرح میرے پیچھے پڑے ہوئے تھے اور میں پکڑے جانے کے خوف میں کانپ رہی تھی۔ گھر میں میرے رشتے کی باتیں چل رہی تھیں۔ روز کوئی نہ کوئی دیکھنے کو چلا آتا تھا، لیکن مجھے ان میں سے کوئی بھی پسند نہ تھا۔ کوئی مرا مر گھلا تھا، اور کوئی تن درست تھا بھی تو اس نے کنویکس شیشوں والی عینک لگا رکھی تھی۔ اس صاحب نے کیمسٹری میں ڈاکٹریٹ کی ہے۔ کی ہو گی۔ نہیں چاہیے کیمسٹری ان میں سے کوئی بھی ایسا نہ تھا جو میری نظر میں جچ سکے...... وہ نظر جواب میری نہ تھی، بلکہ اس بڈھے کی نظر ہو چکی تھی۔ میں نے دیکھا کہ اب سینما تماشے کو بھی جانے کو میرا دل نہیں چاہتا تھا، حالاں کہ شہر میں کئی نئی اور اچھی پکچریں لگی تھیں اور وہی ہیرو لوگ ان میں کام کرتے تھے جو کل تک میرے چہیتے تھے۔ لیکن اب وہ یکا یک مجھے سسی دکھائی دینے لگے۔ وہ ویسے ہی پیڑ کے پیچھے سے گھوم کر لڑکی کے پاس آتے تھے اور عجیب طرح کی زنانہ حرکتیں کرتے ہوئے اسے لبھانے کی کوشش کرتے تھے۔ بھلا مرد ایسے کہاں ہوتے ہیں؟ عورت کے پیچھے بھاگتے ہوئے...... ہشت! وہ تو اسے موقع ہی نہیں دیتے کہ وہ ان کے لئے روئے، تڑپے۔ حد ہے نا، مرد ہی نہیں جانتے کہ مرد کیا ہے؟ ان میں سے ایک بھی تو میری کسوٹی پر پورا نہیں اترتا تھا...... جو میری کسوٹی بھی نہ تھی۔

ان ہی دنوں میں نے اپنے آپ کو پریج کے میدان میں پایا جہاں ہند اور پاکستان کے بیچ ہاکی میچ ہو رہا تھا۔ پاکستان کے گیارہ کھلاڑیوں میں سے کم از کم چار پانچ ایسے تھے جو نظروں کو لوٹ لیتے تھے۔ ادھر ہند کی ٹیم میں بھی اتنی ہی تعداد میں خوابوں کے شہزادے موجود تھے...... چار پانچ، جن میں سے دو سکھ تھے۔ چار پانچ ہی کیوں؟ مجھے ہنسی آئی...... پاکستان کا سنٹر فارورڈ عبدالباقی...... کیا کھلاڑی تھا! اس کی ہاکی کیا تھی؟ چمبک پتھر تھی، جس کے ساتھ گیند چمٹی ہی رہتی تھی۔ یوں پاس دیتا تھا جیسے کوئی بات ہی نہیں۔ چلتا تو یوں جیسے مینز لینڈ میں جا رہا ہے۔ ہندوستانی سائیڈ کے گول پر پہنچ کر ایسا نشانہ بٹھاتا کہ گولی کی سب محنتیں بے کار اور گیند پوسٹ کے پار! گول!...... تماشائی شور مچاتے، بمبئی کے مسلمان نعرے لگاتے، بغلیں بجاتے۔ یہی نہیں اتری بھارت کے ہندوستانی بھی ان کے ساتھ شامل ہو جاتے۔ ہندوستانی ٹیم کا شدگارا سنگھ تھا...... کیا کارنر لیتا تھا! جب اس نے گول کیا تو اس سے بھی زیادہ شور ہوا۔ اب دونوں طرف کے کھلاڑی فاؤل کھیلنے لگے۔ وہ آزادانہ ایک دوسرے کے ٹخنے گھٹنے توڑنے لگے...... لیکن میچ چلتا رہا۔

پاکستانی ٹیم ہندوستانی پر بھاری تھی۔ ان میں سے کسی کے ساتھ لو لگانا میرے لئے ٹھیک بھی نہ تھے لیکن...... ہر وہ چیز انسان کو بھڑکاتی ہے جسے کرنے سے منع کیا گیا ہو۔ ہندو لڑکی کسی مسلمان سے شادی کر لیتی ہے یا مسلمان لڑکی سکھ کے ساتھ بھاگ جاتی ہے تو کیسا شور مچتا ہے! کوئی نہیں پوچھتا اس لڑکی سے کہ اسے کیا تکلیف تھی۔ چاہے وہ لڑکی خود ہی بعد میں کہے...... کیا ہندو، کیا مسلمان اور کیا سکھ سب ایک ہی سے کمینے ہیں۔

ہندوستانی ٹیم میں ایک اسٹینڈ بائی تھی جو سب سے زیادہ خوبصورت اور گبرو جوان تھا۔ اسے کھلا کیوں نہیں رہے تھے؟

کھیل کے بعد جب میں آٹو گراف لینے کے لئے کھلاڑیوں کے پاس گئی تو میں اپنی کاپی اس اسٹینڈ بائی کے سامنے بھی کردی۔ وہ بہت حیران ہوا۔ وہ تو کھیلا ہی نہ تھا۔ میں نے اس سے کہا "تم کھیلو گے۔ ایک دن کھیلو گے۔ کوئی بیمار پڑ جائے گا، مر...... تم کھیلو گے۔ سب کو مات دو گے، ٹیم کے کیپٹن بنو گے!"

اسٹینڈ بائی کا تو جیسے دل ہی پگھل کر باہر آ گیا۔ نم آنکھوں سے اس نے میری طرف دیکھا جیسے میں جو کچھ کہہ رہی ہوں وہ الہام ہے! اور شاید وہ الہام تھا بھی، کیوں کہ وہ سب کچھ میں تھوڑا ہی کہہ رہی تھی۔ میرے اندر کی کوئی چیز تھی جو مجھے وہ سب کچھ کہنے کو مجبور کر رہی تھی۔ پھر میں نے اسے چائے کی دعوت دی، جو اس نے قبول کر لی اور میں اسے ساتھ لے کر لارڈ پہنچ گئی۔ جب میں اس کے ساتھ چل رہی تھی تو ایک سنسناہٹ تھی جو میرے پورے بدن میں دوڑ دوڑ جاتی تھی۔ کیسے ڈر خوشی بن جاتا ہے اور خوشی ڈر۔ میں نے چندیری کی جو ساڑھی پہن رکھی تھی، بہت پتلی تھی۔ مجھے شرم آ رہی تھی اور شرم ہی شرم میں ایک مزہ بھی کبھی کبھی مجھے یاد آتا تھا اور پھر بھول بھی جاتی تھی کہ لوگ مجھے دیکھ رہے ہیں۔ اس وقت دنیا میں کوئی نہیں تھا، میرے اور اس اسٹینڈ بائی کے سوا جس کا نام جے کشن تھا۔ لیکن اسے سب پرنٹو کے نام سے پکارتے تھے۔

ہم دونوں لارڈ پہنچ گئے، اور ایک سیٹ پر بیٹھ گئے۔ ایک دوسرے کی قربت سے ہم دونوں شرابی ہو گئے تھے۔ ہم ساتھ لگ کے بیٹھے تھے کہ الگ ہٹ گئے اور پھر ساتھ لگ کر بیٹھ گئے۔ بدنوں میں سے ایک بولپک رہی تھی...... سوندھی سوندھی، جیسے تنور میں پڑی ہوئی روٹی سے اٹھتی ہے۔ میں چاہتی تھی کہ ہم دونوں کے درمیان کچھ ہو جائے۔ پیار، جیسے پیار کوئی آلا کارت ڈش ہوتی ہے۔ چائے آئی جسے پیتے ہوئے میں نے دیکھا کہ وہ چور نظروں سے مجھے دیکھ رہا ہے...... میرے بدن کے اسی حصے کو جہاں اس بڈھے کی نظریں ٹکی تھیں۔ وہ بڈھا تھا؟ ماں نے کہا تھا...... مرد سب ایک سے ہی ہوتے ہیں، کیا جوان کیا بڈھے؟

ہو سکتا تھا ہماری بات آگے بڑھ جاتی، لیکن پرنٹو نے سارا قلعہ ڈھیر کر دیا۔ پہلے اس نے میرا ہاتھ اپنے ہاتھ میں لیا اور اسے دبا دیا۔ اس حرکت کو میں نے پیار کی اٹھکیلی سمجھا۔ لیکن اس کے بعد وہ سب کی نظریں بچا کر بچا کر اپنا ہاتھ میرے شریر کے اس حصے پر دوڑانے لگا، جہاں عورت مرد سے جدا ہونے لگتی ہے۔ میرے تن بدن میں آگ سی لپک آئی۔ میری آنکھوں سے چنگاریاں پھوٹنے لگیں...... نفرت کی، محبت کی۔ میرا چہرہ لال ہونے لگا۔ میں باتیں بھولنے لگی۔ میں نے اس کا ہاتھ جھٹکا تو اس نے مایوس ہو کر رات کو بیک بے میں چلنے کی دعوت دی، جسے فوراً مانتے ہوئے میں نے ایک طرح انکار کر دیا۔ وہ مجھے، عورت کو بالکل غلط سمجھ گیا تھا، جو ڈھرے پہ تو آتی ہے مگر سیدھے نہیں۔ اس کی تو گالی بھی بے حیا مرد کی طرح سیدھی نہیں ہوتی۔ اس کا سب کچھ گول مول، ٹیڑھا میڑھا ہوتا ہے۔ روشنی سے وہ گھبراتی ہے، اندھیرے سے اسے ڈر لگتا ہے۔ آخر اندھیرا رہتا ہے نہ ڈر، کیوں کہ وہ ان آنکھوں سے پرے، ان روشنیوں سے پرے ایک ایسی دنیا میں ہوتی ہے جو سانسوں کی دنیا، یوگ کی دنیا ہوتی ہے، جسے آنکھوں کے بیچ کی تیسری آنکھ ہی گھور سکتی ہے۔

گے لارڈ سے باہر نکلے تو میرے اور پرنٹو کے درمیان سوا تندرستی کے اور کوئی بات مشترک نہ رہی تھی۔ میرے گھسیائے ہونے سے وہ بھی گھسیا چکا تھا۔ میں نے سڑک پر جاتی ہوئی ایک ٹیکسی کو روکا۔ پرنٹو نے بڑھ کر میرے لئے دروازہ کھولا اور میں لپک کر اندر بیٹھ گئی۔

"بیک بے۔" پرنٹو نے مجھے یاد دلایا۔

"میں نے طوطے کی طرح رٹ دیا" بیک بے"...... اور پھر ٹیکسی ڈرائیور کی طرف منہ موڑتے ہوئے بولی...... "ماہم"۔

"بیک بے نہیں؟" وہ بولا۔

"نہیں" میں نے کرخت سی آواز میں جواب دیا "ماہم"۔

''آپ تو ابھی......''

''چلو، جہاں میں کہتی ہوں۔''

ٹیکسی چلی تو پرنٹو نے میری طرف ہاتھ پھیلایا جو اتنا لمبا ہو گیا کہ محمد علی روڈ، بالیکلہ، پریل، دادر، ماہم، سیتلا دیوی، ٹیمپل روڈ تک میرا پیچھا کرتا رہا اور مجھے گدگداتا رہا۔ آخر میں گھر پہنچ گئی۔

اندر یا دو بھیا ایک جھٹکے کے ساتھ بھابھی کے پاس سے اٹھے...... میں سمجھ گئی، کیوں کہ ماں کا کڑا حکم تھا کہ میرے سامنے وہ اکٹھے نہ بیٹھا کریں...... ''گھر میں جوان لڑکی ہے۔'' میں نے لپک کر بندو کو جھولے میں سے اٹھایا اور اس سے کھیلنے لگی۔ بندو مجھے دیکھ کر مسکرائی۔ ایک پل کے لئے تو میں گھبرا گئی...... جیسے اسے سب کچھ معلوم تھا۔ کچھ لوگ کہتے ہیں کہ بچوں کو سب پتہ ہوتا ہے، صرف وہ کہتے نہیں۔

گھر میں گوند چاچا بھی تھے جو پاپا کے ساتھ اسٹڈی میں بیٹھے تھے اور ہمیشہ کی طرح سے ماں کی ناک میں دم کئے ہوئے تھے۔ عجیب تھا دیور بھابھی کا رشتہ۔ جب ملتے تھے ایک دوسرے کو آڑے ہاتھوں لیتے تھے۔ لڑنے، جھگڑنے، گالی گلوچ کے سوا کوئی بات ہی نہ ہوتی۔ پاپا ان کی لڑائی میں کبھی دخل نہ دیتے تھے۔ وہ جانتے تھے کہ نا کہ ایک روز کی بات ہو تو کوئی بولے بکے بھی، لیکن روز روز کا یہ جھگڑا کون نمٹائے گا؟ اور ویسے بھی سب کچھ ٹھیک ہی تو تھا۔ کیوں کہ اس ساری لے دے کے باوجود ماں ذرا بھی بیمار ہوتی تو ہمیشہ گوند ہی کو یاد کرتی اور بھی تو دیور تھے ماں کے، جن سے اس کا ''پائے لاگن'' اور ''جیتے رہو'' کے سوا کوئی رشتہ نہ تھا۔ وہ ماں کو تحفوں کی رشوت بھی دیتے تھے، لیکن کوئی فرق نہیں پڑتا تھا۔ دینا تو ایک طرف گووند چچا تو ماں کو الٹا ٹھگتے ہی رہتے تھے۔ لیکن اس پر بھی وہ اسے سب سے زیادہ سمجھتی تھی۔ اور وہ لے کر الٹا ماں کو یہ احساس دلاتے تھے جیسے اس کی سو پشتوں پر احسان کر رہے ہیں۔ کئی بار ماں نے کہا ''گووند اس لئے اچھا ہے کہ اس کے دل میں کچھ نہیں''۔ اور پاپا ہمیشہ یہی کہتے تھے ''دماغ میں بھی کچھ نہیں''۔ اور ماں اس بات پر لڑنے مرنے پر تیار ہو جاتی۔ اور جب وہ گووند چاچا سے اپنی دیورانی کے بارے میں پوچھتی۔ ''تم اجتیا کو کیوں نہیں لائے؟'' تو جواب یہی ملتا ''کیا کروں لا کر؟ تم سے اس کی چوٹی کھنچوانا ہے؟ جلی کٹی سنوانا ہے؟ ماں جواب میں گالیاں دیتی، گالیاں کھاتی اور چاچا کے چلے جانے کے بعد دھاڑیں مار مار کر روتی اور پھر وہی...... کہاں ہے گووند؟ اسے بلاؤ۔ میرا تو اس گھر میں وہی ہے۔ اپنے باپا کا کیا پوچھتی ہو؟ وہ تو ہیں بھولے مہیش، گوبر گنیش۔ ان کے تو کوئی بھی کپڑے اتروالے......'' اور یہ میں نے ہر جگہ دیکھا ہے، ہر بیوی اپنے میاں کو بہت سیدھا، بہت بے وقوف سمجھتی ہے۔ اور وہ چپ رہتا ہے۔ شاید اسی میں اس کا فائدہ ہے۔

اس دن گووند چاچا ڈائریکٹر جنرل شپنگ کے دفتر میں کام کرنے والے کسی مسٹر سولنکی کی بات کر رہے تھے اور اصرار کر رہے تھے ''میری بات آپ کو ماننا پڑے گی۔''

''تم بخش میں ہونا۔'' ماں کہہ رہی تھی ''اس میں بھی کوئی سوارتھ ہوگا تمہارا۔'' اس پر گووند چچا جل بھن گئے۔ انہوں نے چلاتے ہوئے کہا ''تم کیا سمجھتی ہو؟ کامنی تمہاری ہی بیٹی ہے، میری نہیں ہے۔''

ب مجھے پتہ چلا کہ مسٹر سولنکی کے لڑکے کے ساتھ میرے رشتے کی بات چل رہی ہے اور اس کے بعد کسی کنڈم اسپنڈل کی طرح اور بھی دھاگے کھلنے لگے، جن کا مجھے آج تک پتہ نہ تھا۔ گووند چچا کے منہ میں جھاگ تھی اور وہ بک رہے تھے ''تو...... تو نے اجتیا کے ساتھ میری شادی کر دی۔ میں نے آج تک کبھی چوں چراں کی؟...... کہتی تھی، میرے مالکے کی ہے، دور کے رشتے سے میرے ماما کی لڑکی ہے...... یہ بڑی بڑی آنکھیں۔ اب ان آنکھوں کو کہاں رکھوں؟ بولو...... کہاں رکھوں؟ زندگی کیا آنکھوں سے بتاتے ہیں؟ وہی آنکھیں اب وہ مجھے دکھاتی ہے اور تو اور تجھے بھی دکھاتی ہے۔''

پہلی بار میں نے گووند چاچا کا بریک ڈاؤن دیکھا۔ میں سمجھتی تھی ورآدرش آدمی ہیں اور اجیتا چاچی سے پیار کرتے ہیں۔ آج یہ راز کھلا کہ

ان کے ہاں بچہ کیوں نہیں ہوتا۔فیملی پلاننگ تو ایک نام ہے۔

ماں نے کہا" کامنی تمہاری بیٹی ہے اسی لئے تو نہیں چاہتی کہ اسے بھی کسی گڑھے میں پھینک دو۔"

میرا خیال تھا کہ اس پر اور تو تو میں میں ہوگی اور گووند چاچا بائیں بازو کی پارٹی کی طرح واک آؤٹ کر جائیں گے ،لیکن وہ الٹا قسمیں کھانے لگے" تمہاری سوگند بھابی۔اس سے اچھا لڑکا تمہیں نہ ملے گا۔وہ بڑودہ کی سنٹرل ریلوے کی ورک شاپ میں فورمین ہے۔ بڑی اچھی تنخواہ پاتا ہے۔"

میں سب کچھ سن رہی تھی اور اندر جھلا رہی تھی...... ہونہ لڑکا اچھا ہے، تنخواہ اچھی ہے..... لیکن شکل کیسی ہے، عقل کیسی ہے، عمر کیا ہے؟ اس کے بارے میں کوئی کچھ کہتا ہی نہیں۔فورمین بنتے بنتے برسوں لگ جاتے ہیں۔یہ ہمارا دیس ہے۔پچاس سال کا مرد بھی بیاہنے آئے تو یہاں کی بولی میں اسے لڑکا ہی کہتے ہیں۔اس کی صحت کیسی ہے؟ کہیں انٹیلیکچوئل تو نہیں معلوم ہوتا؟ اسی دم مجھے پرنٹو کا خیال آیا جو اس وقت بیک بے پہ میرا انتظار کر رہا ہوگا......اسٹینڈ بائی! جو زندگی بھر اسٹینڈ بائی ہی رہے گا۔کبھی نہ کھیلے گا۔اسے کھیلنا آتا ہی نہیں۔اس میں صبر ہی نہیں۔پھر مجھے اس غریب پر ترس آنے لگا۔جی چاہا بھاگ کر اس کے پاس چلی جاؤں۔اسے تو میں نے دیکھا اور پسند بھی کیا تھا،لیکن اس فورمین کو جو بیک گراؤنڈ میں کہیں مسکرا رہا تھا......

پھر جیسے من کے اندھیرے میں مچھر بھنبھناتے ہیں..... مس گپتا سے مسز سولنکی کہلائی تو کیسی لگوں گی...... بکواس!

گووند چاچا کہہ رہے تھے" لڑکا تن کا اجلا ہے، من کا اجلا ہے اس کی آتما کتنی اچھی ہے، اس کا اس بات سے پتہ چلتا ہے کہ وہ بچوں سے پیار کرتا ہے۔بچے اس پر جان دیتے ہیں، اس کے ارد گرد منڈلاتے ہیں، ہی ہی، ہو ہو، ہا ہا کرتے رہتے ہیں اور وہ بھی ان کے ساتھ غی غی، غوغو، غاں غاں....."

بس...... میں اندر کے کسی سفر سے اتنا تھک چکی تھی کہ رات کو مجھے بھیڑیں گننے کی بھی ضرورت نہ پڑی۔ایک سپاٹ، بے رنگ، بے خواب سی نیند آئی......ایسی نیند جو لمبے رت جگوں کے بعد آتی ہے۔

دو ہی دن بعد وہ لڑکا ہمارے گھر پر موجود تھا۔ارے! یہ سب اندازے کتنے غلط نکلے!...... وہ ہاکی ٹیم کے سب لڑکوں...... کیا کھیلنے والے اور کیا اسٹینڈ بائی...... سب سے زیادہ گبرو، زیادہ جوان تھا۔اس نے صرف کسرت ہی نہیں کی تھی، آرام بھی کیا تھا۔اس کا چہرہ اندر کی گرمی سے تمتمایا ہوا تھا۔رنگ کندنی تھا...... میری طرح۔مضبوط دہانہ، مضبوط دانتوں کی باڑھ...... جیسے بے شمار گنے چوسے ہوں، گاجر، مولیاں کھائی ہوں، شاید کچے شلغم بھی۔وہ ایک طرف گھبرایا ہوا تھا اور دوسری طرف اپنی گھبراہٹ کو بہادری کی اوٹ میں چھپا رہا تھا۔آتے ہی اس نے مجھے نمستے کی، میں نے بھی جواب میں نمستے کر ڈالی۔پھر اس نے ماں کو پرنام کیا۔جب وہ میری طرف نہ دیکھتا تھا تو میں اسے دیکھ لیتی تھی۔یہ اچھا ہوا کہ کسی کو پتہ نہ چلا کہ میری ٹانگیں کپکپانے لگی ہیں اور دل دھڑام سے شریر کے اندر ہی کہیں نیچے گر گیا ہے۔آج کل کی لڑکی ہونے کے ناطے مجھے ہسٹیریا کا ثبوت نہ دینا تھا، اس لئے ڈٹی رہی۔بیچ میں مجھے خیال آیا کہ بے کار کی بغاوت کی وجہ سے میں نے تو اپنے بال بھی نہیں بنائے تھے۔

اس کے ساتھ اس کی ماں بھی آئی تھی۔وہ بچھی جا رہی تھی، جیسے بیٹوں کی شادی سے پہلے مائیں بچھتی ہیں۔مجھے تو یوں لگا جیسے وہ لڑکا نہیں، اس کی ماں مرمٹی ہے اور جانے مجھ میں اپنے مستقبل کا کیا دیکھ رہی ہے؟ اس کی اپنی صحت بہت خراب تھی اور وہ اپنی کبھی کی خوبصورتی اور تن درستی کی باتیں کر کے اپنے بیٹے کے لئے مجھے مانگ رہی تھی۔یوں معلوم ہوتا تھا کہ جیسے اسے اپنی "ماں" پر بھروسہ نہیں...... وہ بھکارن کہہ رہی تھی لڑکوں کی خوبصورتی کس نے دیکھی ہے؟ لڑکے سب خوبصورت ہوتے ہیں......بس اچھے گھر کے ہوں، کماؤ ہوں...... اور وہ اپنی ماں کی طرف یوں دیکھ رہا تھا جیسے وہ اس کے ساتھ کوئی بہت بڑا ظلم کر رہی ہے۔میری ماں کے کہنے پر وہ کچھ شرماتا ہوا میرے پاس آکر بیٹھ گیا اور "باتیں" کرو کے حکم پر مجھ سے

باتیں کرنے لگا۔ پہلے تو میں چپ رہی۔ پھر جب بولی تو صرف یہ ثابت ہوا کہ میں گونگی نہیں ہوں۔ سفید قمیص، سفید پتلون اور سفید ہی بوٹ پہنے وہ کرکٹ کا کھلاڑی معلوم ہو رہا تھا۔ وہ کیپٹن نہیں تو بیٹس مین ہوگا نہیں بولر...... بولر، جو تھوڑا پیچھے ہٹ کر آگے آتا ہے اور بڑے زور کے سپن سے گیند کو پھینکتا ہے......اور وکٹ صاف اڑ جاتی ہے۔ ہاں بیٹس مین اچھا ہو تو چوکسی کے ساتھ گیند کو باؤنڈری سے بھی پرے پھینک دیتا ہے، نہیں تو خود ہی آؤٹ!

ماں کے اشارے پر میں نے اس سے پوچھا ''آپ چائے پئیں گے؟''

''جی؟'' اس نے چونک کر کہا اور پھر جیسے میری بات کہیں دھرتی کے پورے کرے کا چکر کاٹ کر اس کے دماغ میں لوٹ آئی اور وہ بولا ''آپ پئیں گی؟''

میں ہنس دی ''میں نہ پیوں تو کیا آپ نہیں پئیں گے؟''

''آپ پئیں گی تو میں بھی پی لوں گا۔''

میں حیران ہوئی، کہ وہ بھی ایسا ہی تھا جیسے ماں کے سامنے میرے بابا...... لیکن ایسا تو بہت بعد میں ہوتا ہے۔ وہ شروع میں ہی ایسا تھا۔

چائے بنانے کے لئے اٹھی تو سامنے آئینے پر میری نظر گئی۔ وہ مجھے جاتے دیکھ رہا تھا۔ میں نے ساڑھی سے اپنے بدن کو چھپایا اور پھر اس بڈھے کے الفاظ یاد آ گئے ...... ''آج کل یہاں چور آئے ہوئے ہیں...... دیکھنا کہیں پولیس ہی نہ پکڑ لے تمہیں......''

بس کچھ ہی دن میں میں پکڑی گئی۔ میری شادی ہو گئی۔ میرے گھر کے لوگ یوں تو بڑے آزاد خیال ہیں، لیکن ویدی پر بٹھاتے ہوئے انہوں نے جیسے مجھے بوری میں ڈال رکھا تھا تاکہ میرے ہاتھ پاؤں پر کسی کی نظر بھی نہ پڑے۔ میں پردہ پسند کرتی ہوں، لیکن صرف اتنا جس میں دکھائی بھی دے اور شرم بھی رہے۔ زندگی میں ایک بار ہی تو ہوتا ہے کہ وہ دبے پاؤں آتا ہے اور کانپتے ہوئے ہاتھوں سے اس گھونگھٹ کو اٹھاتا ہے جسے بیچ میں سے ہٹائے بنا پرماتما بھی نہیں ملتا۔

شادی کے ہنگامے میں میں نے تو کچھ نہیں دیکھا کون آیا، کون گیا۔ بس چھوٹے سولنگی میرے من میں سمائے ہوئے تھے۔ میں نے جو بھی کپڑا، جو بھی زیور پہنا تھا، جو بھی افشاں چنی تھی، ان ہی کی نظروں سے دیکھ کر، جیسے میری اپنی نظریں ہی نہ رہی تھیں۔ میں سب سے بچنا، سب سے چھپنا چاہتی تھی تاکہ صرف ایک کے سامنے کھل سکوں، ایک پر اپنا آپ وار سکوں۔ جب برات آئی تو میری سہیلیوں نے بہت کہا، ''بالکونی پر آ جاؤ، برات دیکھ لو۔'' لیکن میں نے ایک ہی نہ پکڑ لی۔ میں نے ایک روپ دیکھا تھا جس کے بعد کوئی دوسرا روپ دیکھنے کی ضرورت ہی نہ تھی۔

آخر میں نے سسرال کی چوکھٹ پر قدم رکھا۔ سب میرے سواگت کے لئے کھڑے تھے۔ گھر کی سب عورتیں، سب مرد...... بچوں کی ہنسی سنائی دے رہی تھیں اور وہ مجھے گھونگھٹ میں سے دھندلے دھندلے دکھائی دے رہے تھے۔ سب رسمیں ادا ہوئیں جیسی ہر شادی میں ہوتی ہیں۔ لیکن جانے کیوں مجھے ایسا لگتا تھا جیسے میری شادی اور ہے، میرا گھونگٹ اور، میرا بر اور۔ گھر کے اشٹ دیو کو ماتھا ٹکانے کے بعد میری ساس مجھے اپنے کمرے میں لے گئی تاکہ میں اپنے سسرال کے پاؤں چھوؤں، ان کے چرنوں کو ہاتھ لگایا۔ انہوں نے میرے سر پر ہاتھ رکھا اور بولے ''سوتم...... آ گئیں بیٹی؟''

میں نے تھوڑا چونک کر اس آواز کے مالک کی طرف دیکھا اور ایک بار پھر ان کے قدموں پر سر رکھ دیا۔ کچھ اور بھی آنسو ہوتے تو میں ان قدموں کو دھو دھو کر پیتی۔

☆ ☆ ☆

بلاؤز

سعادت حسن منٹو

کچھ دنوں سے مومن بہت بے قرار تھا۔اس کا وجود کچا پھوڑا سا بن گیا تھا۔کام کرتے وقت، باتیں کرتے ہوئے، حتیٰ کہ سوچتے ہوئے بھی اسے ایک عجیب قسم کا درد محسوس ہوتا تھا۔ایسا درد جس کو اگر وہ بیان کرنا چاہتا تو نہ کر سکتا۔

بعض اوقات بیٹھے بیٹھے وہ ایک دم چونک پڑتا۔ دھندلے دھندلے خیالات جو عام حالتوں میں بے آواز بلبلوں کی طرح پیدا ہو کر مٹ جایا کرتے ہیں مومن کے دماغ میں بڑے شور کے ساتھ پیدا ہوتے اور شور ہی کے ساتھ پھٹتے۔اس کے دل و دماغ کے نرم و نازک پردوں پر ہر وقت جیسے خار دار پاؤں والی چیونٹیاں سی رینگتی رہتی تھیں۔ایک عجیب قسم کا کھنچاؤ اس کے اعضا میں پیدا ہو گیا تھا۔جس کے باعث اسے بہت تکلیف ہوتی تھی۔اس تکلیف کی شدت جب بڑھ جاتی تو اس کے جی میں آتا کہ اپنے آپ کو ایک بڑے سے ہان میں ڈال دے اور کسی سے کہے کہ مجھے کوٹنا شروع کر دیں۔''

باورچی خانے میں گرم مصالحہ جات کوٹتے وقت جب لوہے سے لوہا ٹکراتا اور دھمکیوں سے چھت میں ایک گونج سی دوڑ جاتی تو مومن کے ننگے پیروں کو یہ لرزش بہت بھلی معلوم ہوتی۔پیروں کے ذریعے یہ لرزش اس کی تنی ہوئی پنڈلیوں اور رانوں میں دوڑتی ہوئی اس کے دل تک پہنچ جاتی جو تیز ہوا میں رکھے ہوئے دیئے کی لو کی طرح کانپنا شروع کر دیتا۔

مومن کی عمر پندرہ برس تھی۔شاید سولھواں بھی لگا ہو۔اسے اپنی عمر کے متعلق صحیح اندازہ نہیں تھا۔وہ ایک صحت مند اور تندرست لڑکا تھا جس کا لڑکپن تیزی سے جوانی کے میدان کی طرف بھاگ رہا تھا۔اسی دوڑ نے جس سے مومن بالکل غافل تھا اس کے لہو کے ہر قطرے میں سنسنی پیدا کر دی۔وہ اس کا مطلب سمجھنے کی کوشش کرتا مگر ناکام رہتا۔

اس کے جسم میں کئی تبدیلیاں ہو رہی تھیں۔گردن جو پہلے پتلی تھی اس موٹی ہو گئی تھی۔بانہوں کے پٹھوں میں اینٹھن سی پیدا ہو گئی تھی۔کنٹھ نکل رہا تھا۔سینے پر گوشت کی موٹی تہہ ہو گئی تھی اور اب کچھ دنوں سے پستانوں میں گولیاں سی پڑ گئی تھیں۔جگہ ابھر آئی تھی جیسے کسی نے ایک بنٹا اندر داخل کر دیا ہے۔ان ابھاروں کو ہاتھ لگانے سے مومن کو بہت درد محسوس ہوتا تھا۔کبھی کبھی کام کرنے دوران میں غیر ارادی طور پر جب کا ہاتھ ان گولیوں سے چھو جاتا تو وہ تڑپ اٹھتا۔قمیض کے موٹے اور کھردرے کپڑے سے بھی اس کی تکلیف دہ سرسراہٹ محسوس ہوتی تھی۔

غسل خانے میں نہاتے وقت یا باورچی خانہ میں جب کوئی اور موجود نہ ہوتا۔مومن اپنے قمیض کے بٹن کھول کر ان گولیوں کو غور سے دیکھتا۔ہاتھوں سے مسلتا۔درد ہوتا،ٹیسیں اٹھتیں جیسے جسم پھلوں سے لدے ہوئے پیڑ کی طرح زور سے ہلا دیا گیا ہو۔کانپ کانپ جاتا مگر اس کے باوجود وہ اس درد پیدا کرنے والے کھیل میں مشغول رہتا۔کبھی کبھی زیادہ دبانے پر یہ گولیاں پچک جاتیں اور ان کے منہ سے ایک لیس دار لعاب نکل آتا۔اس کو دیکھ کر اس کا چہرہ کان کی لوؤں تک سرخ ہو جاتا۔وہ یہ سمجھتا کہ اس کوئی گناہ سرزد ہو گیا ہے۔گناہ اور ثواب کے متعلق مومن کا علم بہت محدود تھا۔ہر وہ فعل جو ایک انسان دوسرے انسان کے سامنے نہ کر سکتا ہو۔اس کے خیال کے مطابق گناہ تھا۔چنانچہ جب شرم کے مارے اس کا چہرہ کان کی لوؤں تک سرخ ہو جاتا تو وہ جھٹ سے اپنی قمیض کے بٹن بند کر لیتا اور دل میں عہد کرتا کہ آئندہ ایسی فضول حرکت کبھی نہیں کرے گا لیکن اس عہد کے باوجود دوسرے یا تیسرے روز تخلیے میں وہ پھر اسی کھیل میں مشغول ہو جاتا۔

مومن کا بھی بالکل یہی حال تھا۔ وہ کچھ دنوں سے موڑ مڑتا زندگی کے ایک ایسے راستے پر آ نکلا تھا جو زیادہ لمبا تو نہیں تھا مگر بے حد پر خطر تھا۔ اس راستے پر اس کے قدم کبھی تیز تیز اٹھتے تھے، کبھی ہولے ہولے۔ وہ دراصل جانتا نہیں تھا کہ ایسے راستوں پر کس طرح چلنا چاہیے۔ انہیں جلدی طے کرنا چاہیے یا کچھ وقت لے کر آہستہ آہستہ ادھر ادھر کی چیزوں کا سہارا لے کر طے کرنا چاہیے۔ مومن کے ننگے پاؤں کے نیچے آنے والے شباب کی گول گول چکنی بٹیاں پھسل رہی تھیں۔ وہ اپنا توازن برقرار نہیں رکھ سکتا تھا۔ اس لئے بے حد مضطرب تھا۔ اسی اضطراب کے باعث کئی بار کام کرتے کرتے چونک کر وہ غیر ارادی طور پر کسی کھونٹی کو دونوں ہاتھوں سے پکڑ لیتا اور اس کے ساتھ لٹک جاتا۔ پھر اس کے دل میں خواہش پیدا ہوتی کہ ٹانگوں سے پکڑ کر اسے کوئی اتنا کھینچے کہ وہ ایک مہین تار بن جائے۔ یہ سب باتیں اس کے دماغ کے کسی ایسے گوشے میں پیدا ہوتی تھیں کہ وہ ٹھیک طور پر ان کا مطلب نہیں سمجھ سکتا تھا۔

مومن سے سب گھر والے خوش تھے۔ بڑا محنتی لڑکا تھا۔ جب ہر کام وقت پر کر دیتا تو کسی کو شکایت کا موقع کیسے ملتا۔ ڈپٹی صاحب کے یہاں اسے کام کرتے ہوئے صرف تین مہینے ہوئے تھے لیکن اس قلیل عرصے میں اس نے گھر کے ہر فرد کو اپنی محنت کش طبعیت سے متاثر کر لیا تھا۔ چھ روپے مہینے پر نوکر ہوا تھا۔ مگر دوسرے مہینے ہی اس کی تنخواہ میں دو روپے بڑھا دیئے گئے تھے۔ وہ اس گھر میں بہت خوش تھا۔ اس لئے کہ اس کی یہاں قدر کی جاتی تھی مگر اب کچھ دنوں سے وہ بے قرار تھا۔ ایک عجیب قسم کی آوارگی اس کے دماغ میں پیدا ہو گئی تھی۔ اس کا جی چاہتا تھا کہ وہ سارا دن بے مطلب بازاروں میں گھومتا پھرے یا کسی سنسان مقام پر جا کر لیٹا رہے۔

اب کام میں اس کا جی نہیں لگتا تھا لیکن اس بے دلی کے ہوتے ہوئے بھی وہ کاہلی نہیں برتتا تھا۔ چنانچہ یہی وجہ ہے کہ گھر میں کوئی بھی اس کے اندرونی انتشار واقف نہیں تھا۔ رضیہ تھی سو وہ دن بھر باجہ بجانے، نئی نئی فلمی طرزیں سیکھنے اور رسالے پڑھنے میں مصروف رہتی تھی۔ اس نے کبھی مومن کی نگرانی ہی نہ کی تھی۔ شکیلہ البتہ مومن سے ادھر ادھر کے کام لیتی تھی اور کبھی کبھی اسے ڈانٹتی بھی تھی۔ مگر اب کچھ دنوں سے وہ بھی چند بلاؤزوں کے نمونے اتارنے میں بے طرح مشغول تھی۔ یہ بلاؤز اس کی ایک سہیلی کے تھے جسے نئی نئی تراشوں کے کپڑے پہننے کا بے حد شوق تھا۔ شکیلہ اس سے آٹھ بلاؤز مانگ کر لائی تھی اور کاغذوں پر ان کے نمونے اتار رہی تھی چنانچہ اس نے بھی کچھ دنوں سے مومن کی طرف دھیان نہیں دیا تھا۔

ڈپٹی صاحب کی بیوی سخت گیر عورت نہیں تھی۔ گھر میں دو نوکر تھے یعنی مومن کے علاوہ ایک بڑھیا بھی تھی جو زیادہ تر باورچی خانے کا کام کرتی تھی۔ مومن کبھی کبھی اس کا ہاتھ بٹا دیا کرتا تھا۔ ڈپٹی صاحب کی بیوی نے ممکن ہے مومن کی مستعدی میں کوئی کمی دیکھی ہو مگر اس نے مومن سے اس کا ذکر نہیں کیا تھا اور وہ انقلاب جس میں مومن کا دل و دماغ اور جسم گزر رہا تھا، اس سے تو ڈپٹی صاحب کی بیوی بالکل غافل تھی۔ چونکہ اس کا کوئی لڑکا نہیں تھا اس لئے وہ مومن کی ذہنی اور جسمانی تبدیلیوں کو نہیں سمجھ سکی اور پھر مومن نوکر تھا...... مومن کے متعلق کون غور و فکر کرتا ہے۔ بچپن سے لے کر بڑھاپے تک وہ تمام منزلیں پیدل طے کر جاتے ہیں اور آس پاس کے آدمیوں کو خبر تک نہیں ہوتی۔

غیر شعوری طور پر وہ چاہتا تھا کہ کچھ ہو...... کیا ہو؟...... بس کچھ ہو۔ میز پر قرینے سے چنی ہوئی پلیٹیں ایک دم اچھلنا شروع کریں۔ کیتلی پر رکھا ہوا ڈھکنا پانی ایک ہی ابال سے اوپر کو اڑ جائے۔ نل کی جستی نال پر دباؤ ڈالے تو وہ دوہری ہو جائے اور اس میں سے پانی کا ایک فوارہ سا پھوٹ نکلے۔ اسے ایک ایسی زبردست انگڑائی آئے کہ اس کے سارے جوڑ جوڑ علیحدہ علیحدہ ہو جائیں اور اس میں ایک ڈھیلا پن پیدا ہو جائے۔

کوئی ایسی بات وقوع پذیر ہو جو اس نے پہلے کبھی نہ دیکھی ہو۔

مومن بہت بے قرار تھا۔ رضیہ نئی طرز سیکھنے میں مشغول تھی اور شکیلہ کاغذوں پر بلاؤزوں کے نئے نمونے اتار رہی تھی۔ جب اس نے یہ کام ختم کر لیا تو وہ نمونہ جو ان سب میں اچھا تھا سامنے رکھ کر اپنے لئے اودی ساٹن کا بلاؤز بنانا شروع کر دیا۔ اب رضیہ کو بھی اپنا باجہ اور فلمی گانوں کی کاپی

چھوڑ کر اس طرف متوجہ ہونا پڑا۔

شکیلہ ہر کام بڑے اہتمام اور چاؤ سے کرتی تھی۔ جب سینے پرونے بیٹھتی تو اس کی نشست بڑی پر اطمینان ہوتی تھی۔ اپنی چھوٹی بہن رضیہ کی طرح وہ افراتفری پسند نہیں کرتی تھی۔ ایک ایک ٹانکا سوچ سمجھ کر بڑے اطمینان سے لگاتی تھی تا کہ غلطی کا امکان نہ رہے۔ پیائش بھی اس کی بہت صحیح تھی۔ اس لئے کہ پہلے کاغذ کاٹ کر پھر کپڑا کاٹتی تھی یوں وقت زیادہ صرف ہوتا ہے مگر چیز بالکل فٹ تیار ہوتی تھی۔

شکیلہ بھرے بھرے جسم کی صحت مند لڑکی تھی، ہاتھ بہت گدگدے تھے۔ گوشت بھری مخروطی انگلیوں کے آخر میں ہر جوڑ پر ایک ننھا گڑھا تھا جب مشین چلاتی تھی تو یہ ننھے گڑھے ہاتھ کی حرکت سے کبھی کبھی غائب ہو جاتے تھے۔

شکیلہ مشین بھی بڑے اطمینان سے چلاتی تھی۔ آہستہ آہستہ اس کی دو یا تین انگلیاں بڑی صفائی کے ساتھ مشین کی ہتھی گھماتی تھیں۔ کلائی میں ایک ہلکا سا خم پیدا ہو جاتا تھا۔ گردن ذرا ایک طرف کو جھک جاتی تھی اور بالوں کی ایک لٹ جسے شاید اپنے لئے کوئی مستقل جگہ نہیں ملتی تھی نیچے پھسل آتی تھی۔ شکیلہ اپنے کام میں اس قدر منہمک رہتی کہ اسے ہٹانے یا جمانے کی کوشش ہی نہیں کرتی تھی۔

جب شکیلہ اودی ساٹن سامنے پھیلا کر اپنے ماپ کا بلاؤز تراشنے لگی تو اس ٹیپ کی ضرورت محسوس ہوئی۔ کیونکہ ان کا ٹیپ گھس گھسا کر اب بالکل ٹکڑے ٹکڑے ہو گیا تھا۔ لوہے کا گز موجود تھا مگر اس سے کمر اور سینے کی پیائش کیسے ہو سکتی ہے۔ اس کے اپنے کئی بلاؤز موجود تھے مگر اب چونکہ وہ پہلے سے کچھ موٹی ہو گئی تھی اس لئے ساری پیائش دوبارہ کرنا چاہتی تھی۔

قمیض اتار کر اس نے مومن کو آواز دی۔ جب وہ آیا تو اس سے کہا "جاؤ مومن دوڑ کر چھ نمبر سے کپڑے کا گز لے آؤ۔ کہنا شکیلہ بی بی مانگتی ہے"۔

مومن کی نگاہیں شکیلہ کی سفید بنیان سے ٹکرائیں۔ وہ کئی بار بار شکیلہ بی بی کو ایسی بنیانوں میں دیکھ چکا تھا۔ مگر آج اسے ایک عجیب قسم کی جھجک محسوس ہوئی۔ اس نے اپنی نگاہوں کا رخ دوسری طرف پھیر لیا اور گھبراہٹ میں کہا "کیسا گز بی جی۔"

شکیلہ نے جواب دیا "کپڑے کا گز...... ایک گز تو یہ تمہارے سامنے پڑا ہے۔ یہ لوہے کا ہے۔ ایک دوسرا گز بھی ہوتا ہے کپڑے کا۔ جاؤ چھ نمبر میں جاؤ اور دوڑ کے ان سے یہ گز لے آؤ۔ کہنا شکیلہ بی بی مانگتی ہے۔"

چھ نمبر کا فلیٹ بالکل قریب تھا۔ مومن فوراً ہی کپڑے کا گز لے کر آ گیا۔ شکیلہ نے اس کے ہاتھ سے لے لیا اور کہا "یہاں ٹھہر جا۔ اسے ابھی واپس لے جانا۔" پھر وہ اپنی بہن رضیہ سے مخاطب ہوئی۔ ان لوگوں کی کوئی چیز اپنے پاس رکھ لی جائے تو وہ بڑھیا تقاضے کر کے پریشان کر دیتی ہے...... ادھر آؤ یہ گز لو اور یہاں سے میرا ماپ لو۔

رضیہ نے شکیلہ کی کمر اور سینے کا ماپ لینا شروع کیا تو ان کے درمیان کئی باتیں ہوئیں۔ مومن دروازے کی دہلیز پر کھڑا تکلیف دہ خاموشی سے یہ باتیں سنتا رہا۔

"رضیہ تم گز کو کھینچ کر ماپ کیوں نہیں لیتیں...... پچھلی دفعہ بھی یہی ہوا۔ جب تم نے ماپ لیا اور میرے بلاؤز کا ستیاناس ہو گیا...... اوپر کے حصہ پر اگر کپڑا فٹ نہ آئے تو ادھر ادھر بغلوں میں جھول پڑ جاتے ہیں۔"

"کہاں کا لوں، کہاں کا نہ لوں۔ تم تو عجب مخمصے میں ڈال دیتی ہو۔ یہاں کا ماپ لینا شروع کیا تھا تو تم نے کہا ذرا اور نیچے کا لو...... ذرا چھوٹا بڑا ہو گیا تو کون سی آفت آ جائے گی۔"

"بھئی واہ...... چیز کے فٹ ہونے ہی میں ساری خوبصورتی ہوتی ہے۔ ثریا کو دیکھو کیسے فٹ کپڑے پہنتی ہے۔ مجال ہے جو کہیں شکن پڑے، کتنے خوبصورت معلوم ہوتے ہیں ایسے کپڑے...... لو اب تم ماپ لو......"

یہ کہہ کر شکیلہ نے سانس کے ذریعے اپنا سینہ پھلانا شروع کیا۔ جب اچھی طرح پھول گیا تو سانس روک کر اس نے گھٹی گھٹی آواز میں کہا "لو اب جلد کرو۔"

جب شکیلہ نے سینے کی ہوا خارج کی تو مومن کو ایسا محسوس ہوا اس کے اندر ربڑ کے کئی غبارے پھٹ گئے ہیں۔ اس نے گھبرا کر کہا "گز لائیے بی بی جی...... دے آؤں۔"

شکیلہ نے اسے جھڑک دیا۔ "ذرا ٹھہر جا"۔

یہ کہتے ہوئے کپڑے کا گز اس کے ننگے بازو سے لپٹ گیا۔ جب شکیلہ نے اسے اتارنے کی کوشش کی تو مومن کو اس کی سفید بغل میں کالے کالے بالوں کا ایک گچھا نظر آیا۔ مومن کی اپنی بغلوں میں بھی ایسے ہی بال اگ رہے تھے مگر یہ گچھا اسے بہت بھلا معلوم ہوا۔ ایک سنسنی سی اس کے سارے بدن میں دوڑ گئی۔ ایک عجیب و غریب خواہش اس کے دل میں پیدا ہوئی کہ یہ کالے کالے بال اس کی مونچھیں بن جائیں۔ بچپن میں وہ بھٹوں کے کالے اور سنہری بال نکال کر اپنی مونچھیں بنایا کرتا تھا۔ ان کو اپنے بالائی ہونٹ پر جماتے وقت جو سرسراہٹ اسے محسوس ہوتی تھی۔ اسی قسم کی سرسراہٹ اس خواہش نے اس کے بالائی ہونٹ اور ناک میں پیدا کر دی۔

شکیلہ کا بازو اب نیچے جھک گیا تھا اور بغل چھپ گئی تھی مگر مومن بھی کالے بالوں کا وہ گچھا دیکھ رہا تھا۔ اس کے تصور میں شکیلہ کا بازو دیر تک ویسے ہی اٹھا رہا اور بغل میں اس کے سیاہ بال جھانکتے رہے۔

تھوڑی دیر بعد شکیلہ نے مومن کو گز دے دیا اور کہا "جاؤ، واپس دے آؤ۔ کہنا بہت بہت شکریہ ادا کیا ہے"۔

مومن گز واپس دے کر باہر صحن میں بیٹھ گیا۔ اس کے دل و دماغ میں دھندلے دھندلے خیال پیدا ہو رہے تھے۔ دیر تک ان کا مطلب سمجھنے کی کوشش کرتا رہا جب کچھ سمجھ میں نہ آیا تو اس نے غیر ارادی طور پر اپنا چھوٹا سا ٹرنک کھولا، جس میں اس نے عید کے لئے نئے کپڑے بنوار کھے تھے۔

جب ٹرنک کا ڈھکنا کھولا اور نئے لٹھے کی بواس کی ناک تک پہنچی تو اس کے دل میں خواہش پیدا ہوئی کہ نہا دھو کر یہ نئے کپڑے پہن کر وہ سیدھا شکیلہ بی بی کے پاس جائے اور اسے سلام کرے۔ اس کی لٹھے کی شلوار کس طرح کھڑ کھڑ کرے گی اور اس کی رومی ٹوپی......

رومی ٹوپی کا خیال آتے ہی مومن کی نگاہوں کے سامنے اس کا پھندنا آ گیا اور پھندنا فوراً ہی ان کالے کالے بالوں کے گچھے میں تبدیل ہو گیا جو اس نے شکیلہ کی بغل میں دیکھا تھا۔ اس نے کپڑوں کے نیچے سے اپنی نئی رومی ٹوپی نکالی اور اس کے نرم اور لچکیلے پھندنے پر ہاتھ پھیرنا شروع ہی کیا تھا کہ اندر سے شکیلہ بی بی کی آواز آئی۔ "مومن"

مومن نے ٹوپی ٹرنک میں رکھی، ڈھکنا بند کیا اور اندر چلا گیا جہاں شکیلہ نمونے کے مطابق اودی ساٹن کے کئی ٹکڑے کاٹ چکی تھی۔ ان چمکیلے اور پھسل جانے والے ٹکڑوں کو ایک جگہ رکھ کر وہ مومن کی طرف متوجہ ہوئی۔ میں نے تمہیں اتنی آوازیں دیں۔ سو گئے تھے کیا؟"

مومن کی زبان میں لکنت پیدا ہو گئی۔ "نہیں بی بی جی"۔

"تو پھر کیا کر رہے تھے؟"

"کچھ...... کچھ بھی نہیں"۔

"کچھ تو ضرور کرتے ہو گے۔" شکیلہ یہ سوال کئے جا رہی تھی مگر اس کا دھیان اصل میں بلاؤز کی طرف تھا جسے اب اسے کچا کرنا تھا۔

مومن نے کھسیانی ہنسی کے ساتھ جواب دیا۔ ٹرنک کھول کر اپنے نئے کپڑے دیکھ رہا تھا۔

شکیلہ کھل کھلا کر ہنسی۔ رضیہ نے بھی اس کا ساتھ دیا۔

شکیلہ کو ہنستے دیکھ کر مومن کو ایک عجیب تسکین محسوس ہوئی اور اس تسکین نے اس کے دل میں یہ خواہش پیدا کی کہ وہ کوئی ایسی مضحکہ خیز طور پر احمقانہ حرکت کرے جس سے شکیلہ کو اور زیادہ ہنسنے کا موقع ملے چنانچہ لڑکیوں کی طرح جھینپ کر اور لہجے میں شرماہٹ پیدا کر کے اس نے کہا۔

''بڑی بی بی جی سے پیسے لے کر میں ریشمی رومال بھی لوں گا۔''

شکیلہ نے ہنستے ہوئے اس سے پوچھا۔''کیا کرو گے اس رومال کو؟''

مومن نے جھینپ کر جواب دیا۔''گلے میں باندھ لوں گا بی بی جی...... بڑا اچھا معلوم ہو گا۔''

یہ سن کر شکیلہ اور رضیہ دونوں دیر تک ہنستی رہیں۔

''گلے میں باندھو گے تو یاد رکھنا اسی سے پھانسی دے دوں گی'' یہ کہہ کر شکیلہ نے اپنی ہنسی دبانے کی کوشش کی اور رضیہ سے کہا۔''کم بخت نے مجھے کام ہی بھلا دیا۔ رضیہ میں نے اسے کیوں بلایا تھا؟''

رضیہ نے جواب نہ دیا اور نئی فلمی طرز گنگنانا شروع کر دی جو وہ دو روز سے سیکھ رہی تھی۔ اس دوران میں شکیلہ کو خود ہی یاد آ گیا کہ اس نے مومن کو کیوں بلایا تھا۔

''دیکھو مومن میں تمہیں یہ بنیان اتار کر دیتی ہوں۔ دوائیوں کے پاس جو ایک دکان نئی کھلی ہے نا، وہاں جہاں تم اس دن میرے ساتھ گئے تھے۔ وہاں جاؤ اور پوچھ کے آؤ کہ ایسی چھ بنیانوں کے وہ کیا لے گا...... کہنا ہم چھ لیں گے۔ اس لئے کچھ رعایت ضرور کرے...... سمجھ لیا نا؟''

''مومن نے جواب دیا۔''جی ہاں''۔

''اب تم پرے ہٹ جاؤ۔''

مومن باہر نکل کر دروازے کی اوٹ میں ہو گیا۔ چند لمحات کے بعد بنیان اس کے قدموں کے پاس آ گرا اور اندر سے شکیلہ کی آواز آئی۔

''کہنا ہم اس قسم کی ہی ڈیزائن کی بالکل یہی چیز لیں گے۔ فرق نہیں ہونا چاہیے۔''

مومن نے بہت اچھا کہہ کر بنیان اٹھا لیا جو پسینے کے باعث کچھ کچھ گیلا ہو رہا تھا جیسے کسی نے بھاپ پر رکھ کر فوراً ہی اٹھا لیا ہو۔ بدن کی بو بھی اس میں بسی ہوئی تھی۔ میٹھی میٹھی گرمی بھی تھی۔ یہ تمام چیزیں اس کو بہت بھلی معلوم ہوئیں۔

وہ اس بنیان کو جو بلی کے بچے کی طرح ملائم تھا۔ اپنے ہاتھوں میں مسلتا ہوا باہر چلا گیا۔ جب بھاؤ دریافت کر کے بازار سے واپس آیا تو شکیلہ بلاؤز کی سلائی شروع کر چکی تھی۔ اس اودی، اودی ساٹن کے بلاؤز کی جو مومن کی رومی ٹوپی کے پھندنے سے کہیں زیادہ چمکیلی اور لچک دار تھی۔

یہ بلاؤز شاید عید کے لئے تیار کیا جا رہا تھا کیونکہ عید اب بالکل قریب آ گئی تھی۔ مومن کو ایک دن میں کئی بار بلا گیا۔ دھاگہ لانے کے لئے، استری نکالنے کے لئے، سوئی ٹوٹ گئی تو نئی سوئی لانے کیلئے، شام کے قریب جب شکیلہ نے دوسرے روز پر باقی کام اٹھا دیا تو دھاگے کے ٹکڑے اور اودی ساٹن کی بیکار کترنیں اٹھانے کے لئے بھی اسے بلایا گیا۔

مومن نے اچھی طرح جگہ صاف کر دی۔ باقی سب چیزیں اٹھا کر باہر پھینک دیں مگر ساٹن کی چمکیلی کترنیں اپنی جیب میں رکھ لیں...... بالکل بے مطلب کیونکہ اسے معلوم نہیں تھا کہ وہ ان کو کیا کرے گا؟

دوسرے روز اس نے جیب سے کترنیں نکالیں اور الگ بیٹھ کر ان کے دھاگے الگ کرنے شروع کر دیئے۔ دیر تک وہ اس کھیل میں مشغول رہا۔ حتیٰ کہ دھاگے کے چھوٹے چھوٹے ٹکڑوں کا ایک گچھا سا بن گیا۔ اس کو ہاتھ میں لے کر وہ دباتا رہا، مسلتا رہا۔ لیکن اس کے تصور میں شکیلہ کی وہی بغل تھی جس میں اس نے کالے کالے بالوں کا ایک چھوٹا سا گچھا دیکھا تھا۔

اس دن بھی اسے شکیلہ نے کئی بار بلایا...... اودی ساٹن کے بلاؤز کی ہر شکل اس کی نگاہوں کے سامنے آتی رہی۔ پہلے جب اسے کچا کیا گیا

تھا تو اس پر سفید دھاگے کے بڑے بڑے ٹانکے جا بجا پھیلے ہوئے تھے۔ پھر اس پر استری پھیری گئی جس سے سب شکنیں دور ہو گئیں اور چمک بھی دوبالا ہو گئی۔ اس کے بعد کچی حالت ہی میں شکیلہ نے اسے پہنا۔ رضیہ کو دکھایا۔ دوسرے کمرے میں سنگھار میز کے پاس آئینے میں خود اس کو ہر پہلو سے اچھی دیکھا۔ جب پورا اطمینان ہو گیا تو اسے اتارا۔ جہاں جہاں تنگ یا کھلا تھا وہاں نشان لگائے۔ اس کی ساری خامیاں دور کیں۔ ایک بار پھر پہن کر دیکھا جب بالکل فٹ ہو گیا تو پکی سلائی شروع کی۔

ادھر ساٹن کا یہ بلاؤز سیا جا رہا تھا۔ ادھر مومن کے دماغ میں عجیب و غریب خیالوں کے ٹانکے ادھڑ رہے تھے...... جب اسے کمرے میں بلایا جاتا اور اس کی نگاہیں چمکیلی ساٹن کے بلاؤز پر پڑتیں تو اس کا جی چاہتا کہ وہ ہاتھ سے چھو کر اسے دیکھے صرف چھو کر ہی نہیں...... بلکہ اسکی ملائم اور روئیں دار سطح پر دیر تک ہاتھ پھیرتا رہے۔ اپنے کھردرے ہاتھ۔

اس نے ان ساٹن کے ٹکڑوں سے اس کی ملائمت کا اندازہ کر لیا تھا۔ دھاگے جو اس نے ان ٹکڑوں سے نکالے تھے اور بھی زیادہ ملائم ہو گئے تھے۔ جب اس نے ان کا گچھا بنایا تو دباتے وقت اسے معلوم ہوا کہ ان میں ربڑ کی سی لچک بھی ہے...... وہ جب بھی اندر آ کر بلاؤز کو دیکھتا تو کا خیال فوراً ان بالوں کی طرف دوڑ جاتا جو اس نے شکیلہ کی بغل میں دیکھے تھے۔ کالے کالے بال۔ مومن سوچتا تھا کہ وہ بھی ساٹن ہی کی طرح ملائم ہوں گے؟

بلاؤز بالآخر تیار ہو گیا...... مومن کمرے کے فرش پر گیلا کپڑا پھیر رہا تھا کہ شکیلہ اندر آئی۔ قمیض اتار کر اس نے پلنگ پر رکھی۔ اس کے نیچے اسی قسم کا سفید بنیان تھا جس کا نمونہ لے کر مومن بھاؤ دریافت کرنے گیا تھا...... اس کے اوپر شکیلہ نے اپنے ہاتھ کا سلا ہوا بلاؤز پہنا۔ سامنے کے ہک لگائے اور آئینے کے سامنے کھڑی ہو گئی۔

مومن نے فرش صاف کرتے ہوئے آئینہ کی طرف دیکھا۔ بلاؤز میں اب جان سی پڑ گئی تھی۔ ایک دو جگہ پر وہ اس قدر چمکتا تھا کہ معلوم ہوتا تھا ساٹن کا رنگ سفید ہو گیا ہے...... شکیلہ کی پیٹھ مومن کی طرف تھی جس پر ریڑھ کی ہڈی کی لمبی جھری بلاؤز فٹ ہونے کے باعث اپنی پوری گہرائی کے ساتھ نمایاں تھی۔ مومن سے رہا نہ گیا۔ چنانچہ اس نے کہا "بی بی جی، آپ نے درزیوں کو بھی مات کر دیا ہے۔"

شکیلہ اپنی تعریف سن کر خوش ہوئی مگر وہ رضیہ کی رائے طلب کرنے کے لئے بے قرار تھی۔ اس لئے وہ صرف "اچھا ہے نا" کہہ کر باہر دوڑ گئی...... مومن آئینے کی طرف دیکھتا رہ گیا جس میں بلاؤز کا سیاہ اور چمکیلا عکس دیر تک موجود رہا۔

رات کو جب وہ پھر اس کمرے میں صراحی رکھنے کے لئے آیا تو اس نے کھونٹی پر لکڑی کے ہینگر میں اس بلاؤز کو دیکھا۔ کمرے میں کوئی موجود نہیں تھا۔ چنانچہ آگے بڑھ کر پہلے اس نے غور سے دیکھا۔ پھر ڈرتے ڈرتے اس پر ہاتھ پھیرا۔ ایسا کرتے ہوئے یوں لگا کہ کوئی اس کے جسم کے ملائم روئیں پر ہولے ہولے بالکل ہوائی لمس کی طرح ہاتھ پھیر رہا ہے۔

رات کو جب وہ سویا تو اس نے کئی اوٹ پٹانگ خواب دیکھے...... ڈپٹی صاحب نے پتھر کے کوئلوں کا ایک بڑا ڈھیر اسے کوٹنے کو کہا جب اس نے ایک کوئلہ اٹھایا اور اس پر ہتھوڑے کی ضرب لگائی تو وہ نرم نرم بالوں کا ایک گچھا بن گیا...... یہ کالی کھانڈ کے مہین مہین تار تھے جن کو گولا بنا ہوا تھا...... پھر یہ گولے کالے رنگ کے غبارے بن کر ہوا میں اڑنے شروع ہو گئے...... بہت اوپر جا کر یہ پھٹنے لگے...... پھر آندھی آ گئی اور مومن کی رومی ٹوپی کا پھندنا کہیں غائب ہو گیا...... پھندنے کی تلاش میں نکلا...... دیکھی اور ان دیکھی جگہوں میں گھومتا رہا...... نئے لٹھے کی بو بھی یہیں کہیں سے آنا شروع ہو گئی۔ پھر نہ جانے کیا ہوا...... ایک کالی ساٹن کی بلاؤز پر اس کا ہاتھ پڑا...... کچھ دیر تک وہ کسی دھڑکتی ہوئی چیز پر اپنا ہاتھ پھیرتا رہا۔ پھر دفعتہً ہڑبڑا کر اٹھ بیٹھا۔ تھوڑی دیر تک وہ کچھ سمجھ نہ سکا کیا ہو گیا ہے۔ اس کے بعد اسے خوف، تعجب اور ایک انوکھی ٹیس کا احساس ہوا۔ اس کی حالت اس وقت عجیب و غریب تھی...... پہلے اس تکلیف دہ حرارت محسوس ہوئی۔ مگر چند لمحات کے بعد ایک ٹھنڈی سی لہر اس کے جسم میں رینگنے لگی۔

ستاروں سے آگے

قرۃ العین حیدر

کرتار سنگھ نے اونچی آواز میں ایک اور گیت گانا شروع کردیا۔ وہ بہت دیر سے ماہیا الاپ رہا تھا جس کو سنتے سنتے حمیدہ کرتار سنگھ کی پنکج جیسی تانوں سے، اس کی خوبصورت داڑھی سے، ساری کائنات سے اب اس شدت کے ساتھ بیزار ہو چکی تھی کہ اسے خوف ہو چلا تھا کہ کہیں وہ سچ مچ اس خواہ مخواہ کی نفرت و بیزاری کا اعلان نہ کر بیٹھے۔ اور کامریڈ کرتار ایسا سویٹ ہے فوراً برا مان جائے گا۔ آج کے پیچ میں اگر وہ شامل نہ ہوتا تو باقی کے ساتھی تو اس قدر سنجیدگی کے موڈ میں تھے کہ حمیدہ کو زندگی سے اکتا کر خودکشی کرنا جاتی۔ کرتار سنگھ گڈ و گراموفون تک ساتھ اٹھا لایا تھا۔ ملکہ پکھراج کا ایک ریکارڈ تو کیمپ ہی میں ٹوٹ چکا تھا، لیکن خیر۔

حمیدہ اپنی سرخ کنارے والی ساری کے آنچل کو شانوں کے گرد بہت احتیاط سے لپیٹ کر ذرا اور اوپر کو ہو کے بیٹھ گئی جیسے کامریڈ کرتار سنگھ کے ماہیا کو بے حد دلچسپی سے سن رہی ہے۔ لیکن نہ معلوم کیسی الٹی پلٹی الجھی الجھی بے تکی باتیں اس وقت اس کے دماغ میں گھسی آرہی تھیں۔ وہ ''جاگ سوز عشق جاگ'' والا بیچارہ رشکار ڈشکنتلا نے توڑ دیا تھا۔

''اُفوہ بھئی۔'' بیل گاڑی کے ہچکولوں سے اس کے سر میں ہلکا ہلکا درد ہونے لگا اور ابھی کتنے بہت سے کام کرنے کو پڑے تھے۔ پورے گاؤں کو ہیضے کے ٹیکے لگانے کو پڑے تھے۔ ''توبہ!'' کامریڈ صبیح الدین کے گھونگریالے بالوں کے سر کے نیچے رکھے ہوئے دواؤں کے بکس میں سے نکل کے دواؤں کی تیز بو سیدھی اس کے دماغ میں پہنچ رہی تھی اور اسے مستقل طور پر یاد دلائے جارہی تھی کہ زندگی واقعی بہت تلخ اور ناگوار ہے...... ایک گھسا ہوا، بیکار اور فالتو سا ریکارڈ جس میں سے سوئی کی ٹھیس لگتے ہی وہی مدھم اور لرزتی ہوئی تانیں بلند ہو جاتی تھیں جو نغمے کی لہروں میں قید رہتے رہتے تھک چکی تھیں۔ اگر اس ریکارڈ کو، جو مدتوں سے ریڈیوگرام کے نچلے خانے میں تازہ ترین البم کے نیچے دبا پڑا تھا، زور سے زمین پر پٹخ دیا جاتا تو حمیدہ خوشی سے ناچ اٹھتی۔ کتنی بہت سی ایسی چیزیں تھیں جو وہ چاہتی تھی کہ دنیا میں نہ ہوتیں تو کیسا مزہ رہتا...... اور اس وقت تو ایسا لگا جیسے سچ مچ اس نے "I dream I dwell in marble halls." والے گھسے ہوئے ریکارڈ کو فرش پر پٹخ کے ٹکڑے ٹکڑے کر دیا ہے اور جھک کر اس کی کرچیں چنتے ہوئے اسے بہت ہی لطف آرہا ہے۔ عنابی موزیک کے اس فرش پر، جس پر ایک دفعہ ایک ہلکے پھلکے فوکس ٹروٹ میں بہتے ہوئے اس نے سوچا تھا کہ بس زندگی سمٹ سمٹا کے اس چمکیلی سطح، ان زرد پردوں کی رومان آفرین سلوٹوں اور دیواروں میں سے جھانکتی ہوئی ان مدھم برقی روشنیوں کے خواب آور دھند لکے میں سما گئی ہے، یہ تپش انگیز جاز یونہی بجتا رہے گا، اندھیرے کونوں میں رکھے ہوئے سیاہی مائل سبز فرن کی ڈالیاں ہوا کے ہلکے ہلکے جھونکوں میں اس طرح ہچکولے کھاتی رہیں گی اور ریڈیوگرام ہمیشہ پولکا اور رمبا کے نئے نئے ریکارڈ لگتے جائیں گے۔ یہ تھوڑا ہی ممکن ہے کہ جو باتیں اسے قطعی پسند نہیں وہ بس ہوتی ہی چلی جائیں...... ریکارڈ گھستے جائیں اور ٹوٹتے جائیں۔

......لیکن یہ ریکارڈوں کا فلسفہ ہے آخر؟ حمیدہ کو ہنسی آگئی۔ اس نے جلدی سے کرتار سنگھ کی طرف دیکھا۔ کہیں وہ یہ نہ سمجھ لے کہ وہ اس کے گانے پر ہنس رہی ہے۔

کامریڈ کرتار گائے جارہا تھا۔ ''وس وس وے ڈھولنا......'' اف! یہ پنجابی کے کے بعض الفاظ کس قدر بھونڈے ہوتے ہیں۔ حمیدہ ایک ہی طریقے سے بیٹھے بیٹھے تھک کے بانس کے سہارے آگے کی طرف جھک گئی۔ بہتی ہوئی ہوا میں اس کا سرخ آنچل پھٹپھٹائے جارہا تھا۔ اسے معلوم تھا

کہ اسے چمپئی رنگ کی ساری بہت سوٹ کرتی ہے۔ اس کے ساتھ کے سب لڑکے کہا کرتے تھے اگر اس کی آنکھیں ذرا اور سیاہ اور ہونٹ ذرا اور پتلے ہوتے تو ایشیائی حسن کا بہترین نمونہ بن جاتی۔ یہ لڑکے عورتوں کے حسن کے کتنے قدر دان ہوتے ہیں۔ یونیورسٹی میں ہر سال کس قدر چھان بین اور تفصیلات کے مکمل جائزے کے بعد لڑکیوں کو خطاب دیے جاتے تھے اور جب نوٹس بورڈ پر سال نو کے اعزازات کی فہرست لگتی تھی تو لڑکیاں کیسی بے نیازی اور خفگی کا اظہار کرتی ہوئی اس کی طرف نظر کئے بغیر کوریڈور میں سے گزر جاتی تھیں۔ کمبخت سوچ سوچ کے کیسے مناسب نام ایجاد کرتے تھے۔ ''عمر خیام کی رباعی''، ''دہرہ ایکسپریس''، 'بال آف فائر'، "Its Love Im after"، ''نقوش چغتائی''، بلڈ بنک''۔

گاڑی دھچکے کھاتی چلی جارہی تھی۔ ''کیا بجا ہوگا کامریڈ؟''

گاڑی کے پچھلے حصے میں سے منظور نے جمائی لے کر جتندر سے پوچھا۔

''ساڑھے چار۔ ابھی ہمیں چلتے ہوئے ایک گھنٹہ بھی نہیں گزرا۔'' جتندر اپنا چار خانہ کوٹ گاڑی بان کے پاس پرال پر بچھائے، کہنی پر سر رکھے چپ چاپ پڑا تھا۔ شکنتلا بھی شاید سونے لگی تھی حالانکہ وہ بہت دیر سے اس کوشش میں مصروف تھی کہ بس ستاروں کو دیکھتی رہے۔ وہ اپنے پیر ذرا اور نہ سکیڑتی لیکن پاس کی جگہ کامریڈ کرتار نے گھیر رکھی تھی۔ شکنتلا بار بار خود کو یاد دلارہی تھی کہ اس کی آنکھوں میں اتنی سی بھی نیند نہیں گھسنی چاہیے۔ ذرا ویسی یعنی نامناسب سی بات ہے، لیکن دھان کے کھیتوں اور گھنے باغوں کے اوپر سے آتی ہوئی ہوا میں کافی خنکی آچلی تھی اور ستارے مدھم پڑتے جا رہے تھے۔ ''بس بس وے ڈھولنا'' اور اب کرتار سنگھ کا جی بے تحاشا چاہ رہا تھا کہ اپنا صافہ اتار کر ایک طرف ڈال دے اور ہوا میں ہاتھ پھیلا کے ایک ایسی زوردار انگڑائی لے کہ اس کی ساری تھکن، کوفت اور درماندگی ہمیشہ ہمیشہ کے لئے کہیں کھو جائے یا صرف چند لمحوں کے لئے دوبارہ وہی انسان بن جائے جو کبھی جہلم کے سنہرے پانیوں میں چاند کو ہلکورے کھاتا دیکھ کر امرجیت کے ساتھ پنکج کی سی تانیں اڑایا کرتا تھا۔ یہ لمحے، جب کہ تاروں کی بھیگی بھیگی چھاؤں میں بیل گاڑی کچی سڑک پر گھسٹتی ہوئی آگے بڑھتی جارہی تھی، اور جب کہ سارے ساتھیوں کے دلوں میں ایک بیمار سا احساس منڈلا رہا تھا کہ پارٹی میں کام کرنے کا آتشیں جوش وخروش کب کا بجھ چکا تھا۔

ہوا کا ایک بھاری سا جھونکا گاڑی کے اوپر سے گزر گیا اور صبیح الدین اور جتندر کے بال ہوا میں لہرانے لگے لیکن کرتار سنگھ لیڈیز کی موجودگی میں اپنا صافہ کیسے اتارتا؟ اس نے ایک لمبا سانس لے کر دوؤں کے بکس پر سر ٹیک دیا اور ستاروں کو تکنے لگا۔ ایک دفعہ شکنتلا نے اس سے کہا تھا کہ کامریڈ تم اپنی داڑھی کے باوجود کافی ڈیشنگ لگتے ہو اور یہ کہ اگر تم ائیر فورس میں چلے جاؤ تو اور بھی killing لگنے لگو۔

اف یہ لڑکیاں!

''کامریڈ سگریٹ لو۔'' صبیح الدین نے اپنا سگریٹوں کا ڈبہ منظور کی طرف پھینک دیا۔ جتندر اور منظور نے ماچس کے اوپر جھک کے سگریٹ سلگائے اور پھر اپنے اپنے خیالوں میں کھو گئے۔ صبیح الدین ہمیشہ عبداللہ اور کریون اے پیا کرتا تھا۔ عبداللہ اب تو ملتا بھی نہیں۔ صبیح الدین ویسے بھی بہت ہی رئیسانہ خیالات کا مالک تھا۔ اس کا باپ تو ایک بہت بڑا تعلقہ دار تھا۔ اس کا نام کتنا اسمارٹ اور خوبصورت تھا۔ صبیح الدین احمد...... مخدوم زادہ راجہ صبیح الدین احمد خاں! افوہ! اس کے پاس دو بڑی چمکدار موٹریں تھیں۔ ایک مورلیس اور ایک ڈی۔ کے۔ ڈبلیو لیکن کنگ جارجز سے نکلتے ہی آئی ایم ایس میں جانے کی بجائے وہ پارٹی کا ایک سرگرم ورکر بن گیا۔ حمیدہ ایسے آدمیوں کو بہت پسند کرتی تھی۔ آئیڈیل قسم کے۔ لیکن اگر صبیح الدین اپنی مورلیس کے اسٹیئرنگ پر ایک بازو رکھ کے اور جھک کے اس سے کہتا کہ حمیدہ مجھے تمہاری سیاہ آنکھیں بہت اچھی لگتی ہیں، بہت ہی زیادہ...... تو یقیناً اسے ایک زوردار تھپڑ رسید کرتی۔ ''ہونہہ...... ویز ایڈیٹس!''

صابن کے رنگین بلبلے!

کرتار سنگھ خاموش تھا۔ سگریٹ کی گرمی نے منظور کی تھکن اور افسردگی ذرا دور کر دی تھی۔ ہوا میں زیادہ ٹھنڈک آچکی تھی۔ جتندر نے اپنا چار

خانہ کوٹ کندھوں پر ڈال لیا اور پرانی پرال میں ٹانگیں گھسا دیں۔ منظور کو کھانسی اٹھنے لگی۔ ''کامریڈ تم کو اپنے زیادہ سگریٹ نہیں پینے چاہئیں۔'' شکنتلا نے ہمدردی کے ساتھ کہا۔ منظور نے اپنے مخصوص انداز سے زبان پر سے تمباکو کی پتی ہٹائی اور سگریٹ کی راکھ نیچے جھٹک کر دور باجرے کی لہراتی ہوئی بالیوں کے پرے افق کی سیاہ لکیر کو دیکھنے لگا۔..... یہ لڑکیاں! طلعت کیسی فکر مندی کے ساتھ کہا کرتا تھا۔ ''منظور! تمہیں سردیوں بھر ٹانک استعمال کرنے چاہئیں۔ اسکاٹس ایملشن یا ریڈیو مالٹ یا آسٹو مالٹ..... طلعت، ایرانی بلی! پہلی مرتبہ جب بوٹ کلب Regatta میں ملی تھی تو اس نے ''اوہ گوش! تو آپ جرنلسٹ ہیں..... اور اوپر سے کمیونسٹ بھی۔ افوہ!'' اب انداز سے کہا تھا کہ ہیڈی لیماری بھی رشک کرتی۔ پھر، مرمریں ستون کے پاس، پام کے پتوں کے نیچے بیٹھا دیکھ لیا تھا اور اس کی طرف آئی تھی..... کتنی ہمدرد..... یقیناً۔ اس نے پوچھا تھا:''

''ہیلو چائلڈ۔ ہاؤ از لائف؟''

Ask me another منظور نے کہا تھا۔

''اللہ! لیکن یہ تم سب کو آخر کیا ہوگا'' ۔فکر جہاں کھائے جا رہی ہے۔ مرے جا رہے ہیں۔ سچ مچ تمہارے چہروں پر تو نحوست ٹپکنے لگی ہے ۔کہاں کا پروگرام ہے؟ مسوری چلتے ہو؟ پر لطف سیزن رہے گا اب کی دفعہ۔ بنگال؟ ارے ہاں، بنگال۔ تو ٹھیک ہے۔ ہاں میری بہترین خواہشیں اور دعائیں تمہارے ساتھ ہیں۔ پکچر چلو گے۔ ''جین آئر'' اس قدر غضب کی ہے گوش!'' پھر وہ چلی گئی۔ پیچھے کافی کی مشین کا ہلکا ہلکا شور اسی طرح جاری رہا اور دیواروں کی سبز روغنی سطح پر آنے جانے والوں کی پرچھائیں رقص کرتی رہیں اور پھر کلکتے آنے سے ایک روز قبل منظور نے سنا کہ وہ اصغر سے کہہ رہی تھی۔ ''ہونہہ..... منظور؟''

صبیح الدین ہلکے ہلکے گنگناتا رہا تھا۔ کہو تو ستاروں کی شمعیں بجھا دیں، ستاروں کی شمعیں بجھا دیں۔ یقیناً! بس کہنے کی دیر ہے۔ حمیدہ کے ہونٹوں پر ایک تلخ سی مسکراہٹ بکھر کے رہ گئی۔ دور دریا کے پل پر گھڑ گھڑاتی ہوئی ٹرین گزر رہی تھی۔ اس کے ساتھ ساتھ روشنیوں کا عکس پانی میں ناچتا رہا، جیسے ایک بلوری میز پر رکھے ہوئے چاندی کے شمع دان جگمگا اٹھیں۔ چاندی کے شمع دان اور انگوروں کی بیل سے چھپی ہوئی بالکونی، آئس کریم کے پیالے ایک دوسرے سے ٹکرا رہے تھے اور برقی پنکھے تیزی سے چل رہے تھے۔ پیانو پر بیٹھی ہوئی وہ اپنے آپ کو کس طرح طربیہ کی ہیروئن سمجھنے پر مجبور ہو گئی تھی۔

"Little Sir Echo how do you do Hell hello wont you come over nad dance with me."

پھر رانی اسٹیئرنگ پر ایک بازو رکھ کر رابرٹ ٹائیلر کے انداز سے کہتا تھا۔ ''حمیدہ تمہاری یہ سیاہ آنکھیں مجھے بہت پسند ہیں..... بہت ہی زیادہ'' یہ بہت ہی زیادہ'' حمیدہ کے لئے کیا نہ تھا؟ اور جب وہ سیدھی سڑک پر پینتالیس کی رفتار سے کار چھوڑ کر وہی "I dreamed well in marble halls." گانا شروع کر دیتا تو حمیدہ یہ سوچ کر کتنی خوش ہوتی اور کچھ فخر محسوس ہوتا کہ رانی کی ماں موزا ارٹ کی ہم وطن ہے..... آسٹرین۔ اس کی نیلی چھلکتی ہوئی آنکھیں، اس کے نارنجی بال..... اف اللہ! اور کسی گھنے ناشپاتی کے درخت کے سائے میں کار ٹھہر جاتی اور حمیدہ جام کا ڈبہ کھولتے ہوئے سوچتی کہ بس میں بسکٹوں میں جام لگاتی ہوں گی۔ رانی انہیں کترتا رہے گا۔ اس کی بیوک پینتالیس کی رفتار پر چلتی جائے گی اور یہ چناروں سے گھری ہوئی سڑک کبھی ختم نہ ہو گی۔

لیکن ستاروں کی شمعیں آپ سے آپ بجھ گئیں۔ اندھیرا چھا گیا اور اندھیرے میں بیل گاڑی کی لالٹین کی بیمار روشنی ٹمٹما رہی تھی۔

ہو لالالا..... دور کسی کھیت کے کنارے ایک کمزور سے کسان نے اپنی پوری طاقت سے چڑیوں کو ڈرانے کے لئے ہانک لگائی۔ گاڑی بان اپنے مریل بیلوں کی دمیں مروڑ مروڑ کر انہیں گالیاں دے رہا تھا اور منظور کی کھانسی اب تک نہ رکی تھی۔

حمیدہ نے اوپر دیکھا۔شبنم آلود دھند لکے میں چھپے ہوئے افق پر ہلکی ہلکی سفیدی پھیلنی شروع ہوگئی تھی کہیں دور کی مسجد میں سے اذان کی تھرائی ہوئی صدا بلند ہورہی تھی۔حمیدہ سنبھل کر بیٹھ گئی اور غیر ارادی طور پر آنچل سے سر ڈھک لیا۔جتندرا اپنے چارخانہ کوٹ کا تکیہ بنائے شاید لیٹن کوارٹر اور سوسو کے خواب دیکھ رہا تھا۔مائیرا، ڈونا مائیرا۔حمیدہ کی ساری کے آنچل کی سرخ دھاریاں اس کی نیم وا آنکھوں کے سامنے لہرا رہی تھیں۔یہ سرخیاں، یہ تپتے ہوئے مہیب شعلے، جن کی جلتی ہوئی تیز روشنی آنکھوں میں گھس جاتی تھی اور جن کے لرزتے کپکپاتے سایوں کے پس منظر میں گرم گرم راکھ کے ڈھیر رات کے اڑتے ہوئے سناٹے میں اس کے دل کو اپنے بوجھ سے دبائے ڈال رہے تھے۔مائیرا، اس کے نقرئی قہقہے، اس کا گٹار، اکھڑی ہوئی ریل کی پٹڑیاں اور ٹوٹے ہوئے کھمبے۔سانتا کلاؤڈ کا وہ چھوٹا سا ریلوے اسٹیشن جس کے خوبصورت پلیٹ فارم پر ایک اتوار کو اس نے سرخ اور زرد گلاب کے پھول خریدے تھے۔وہ لطیف سا، تسکین سا سکون جو اسے مائیرا کے تاریخی بالوں کے ڈھیر میں ان سرخ شگوفوں کو دیکھ کے حاصل ہوتا تھا۔

وہ تھک کے گٹار سبزے پر ایک طرف پھینک دیتی تھی اور اسے محسوس ہوتا تھا کہ ساری کائنات سرخ گلاب اور ستارہ ہائے سحری کی کلیوں کا ایک بڑا سا ڈھیر ہے۔

لیکن تاکستانوں میں گھرے ہوئے اس ریلوے اسٹیشن کے پرخچے اڑ گئے اور طیاروں کی گڑگڑاہٹ اور طیارہ شکن توپوں کی گرج میں شوبرٹ...... "Rose monde" کی لہریں اور گٹار کی رسیلی گونج کہیں بہت دور فیڈ آؤٹ ہوگئی اور حمیدہ کا آنچل صبح کی ٹھنڈی ہوا میں پھٹپھٹاتا رہا، اس سرخ پرچم کی طرح جسے بلند رکھنے کے لئے جدوجہد اور کشمکش کرتے کرتے وہ تھک چکا تھا، اکتا چکا تھا۔اس نے آنکھیں بند کرلیں۔

''سگریٹ لو بھئی۔''، صبیح الدین نے منظور کو آواز دی۔

''اب کیا بج کیا ہوگا؟'' شکنتلا بہت دیر سے زیر لب بھیرو کا ''جاگو موہن پیارے'' گنگنا رہی تھی۔

حمیدہ سڑک کی ریکھائیں گن رہی تھی اور کرتار سنگھ سوچ رہا تھا کہ ''وس وس وے ڈھولنا'' پھر سے شروع کردے۔

گاؤں ابھی بہت دور تھا۔

اوورکوٹ

غلام عباس

جنوری کی ایک شام کو ایک خوش پوش نوجوان ڈیوس روڈ سے گزر کر مال روڈ پر پہنچا اور چیئرنگ کراس کا رخ کر کے خراماں خراماں پٹری پر چلنے لگا۔ یہ نوجوان اپنی تراش خراش سے خاصا فیشن ایبل معلوم ہوتا تھا۔ لمبی لمبی قلمیں چمکتے ہوئے بال، باریک باریک مونچھیں گویا سرمے کی سلائی سے بنائی گئی ہوں۔ بادامی رنگ کا گرم اوورکوٹ پہنے ہوئے جس کے کاج میں شربتی رنگ کے گلاب کا ایک ادھ کھلا پھول اٹکا ہوا، سر پر سبز فلیٹ ہیٹ ایک خاص انداز سے ٹیڑھی رکھی ہوئی، سفید رنگ کا گلوبند گلے کے گرد لپٹا ہوا ایک ہاتھ کوٹ کی جیب میں، دوسرے میں بید کی ایک چھوٹی چھڑی پکڑے ہوئے جسے کبھی کبھی مزے میں آ کے گھمانے لگتا تھا۔

یہ ہفتے کی شام تھی۔ بھرپور جاڑے کا زمانہ تھا۔ سرد اور تند ہوا کسی تیز دھار کی طرح جسم پر آ کے لگتی تھی مگر اس نوجوان پر اس کا کچھ اثر معلوم نہیں ہوتا تھا اور لوگ خود کو گرم کرنے کے لئے تیز قدم اٹھا رہے تھے مگر اسے اس کی ضرورت نہ تھی جیسے اس کڑکڑاتے جاڑے میں اسے ٹہلنے میں بڑا مزا آ رہا ہو۔

اس کی چال ڈھال سے ایسا بانکپن ٹپکتا تھا کہ تانگے والے دور ہی سے دیکھ کر سرپٹ گھوڑا دوڑاتے ہوئے اس کی طرف لپکتے مگر وہ چھڑی کے اشارے سے نہیں کر دیتا۔ ایک خالی ٹیکسی بھی اسے دیکھ کر رکی مگر اس نے ''نو تھینک یو'' کہہ کر اسے بھی ٹال دیا۔

جیسے جیسے وہ مال کے زیادہ بارونق حصے کی طرف پہنچتا جاتا تھا۔ اس کی چونچالی بڑھتی جاتی تھی۔ وہ منہ سے سیٹی بجا کے رقص کی ایک انگریزی دھن نکالنے لگا۔ اس کے ساتھ ہی اس کے پاؤں بھی تھرکتے ہوئے اٹھنے لگے۔ ایک دفعہ جب آس پاس کوئی نہیں تھا تو یکبارگی کچھ ایسا جوش آیا کہ اس نے دوڑ کر جھوٹ موٹ بال دینے کی کوشش کی گویا کرکٹ کا میچ ہو رہا ہو۔

راستے میں وہ سڑک آئی جو لارنس گارڈن کی طرف جاتی تھی مگر اس وقت شام کے دھندلکے اور سخت کہرے میں اس باغ پر کچھ ایسی اداسی برس رہی تھی کہ اس نے ادھر کا رخ نہ کیا اور سیدھا چیئرنگ کراس کی طرف چلتا رہا۔

ملکہ کے بت کے قریب پہنچ کر اس کی حرکات وسکنات میں کسی قدر متانت آ گئی۔ اس نے اپنا رومال نکالا جسے جیب میں رکھنے کی بجائے اس نے کوٹ کی بائیں آستین میں اڑس رکھا تھا اور ہلکے ہلکے چہرے پر پھیرا۔ تاکہ کچھ گرد جم گئی ہو تو اتر جائے۔ پاس گھاس کے ایک ٹکڑے پر کچھ انگریز بچے بڑی سی گیند سے کھیل رہے تھے۔ وہ بڑی دلچسپی سے ان کا کھیل دیکھنے لگا۔ بچے کچھ دیر تک اس کی پرواہ کئے بغیر کھیل میں مصروف رہے مگر جب وہ برابر تکے ہی چلا گیا تو وہ رفتہ رفتہ شرمانے لگے اور پھر اچانک گیند سنبھال کر ہنستے ہوئے ایک دوسرے کے پیچھے بھاگتے ہوئے گھاس کے اس ٹکڑے ہی سے چلے گئے۔

نوجوان کی نظر سیمنٹ کی ایک خالی بنچ پر پڑی اور وہ اس پر آ کے بیٹھ گیا۔ اس وقت شام کے اندھیرے کے ساتھ ساتھ سردی اور بھی بڑھتی جا رہی تھی۔ اس کی یہ شدت ناخوشگوار نہ تھی۔ بلکہ لذت پرستی کی ترغیب دیتی تھی۔ شہر کے عیش پسند طبقے کا تو کہنا ہی کیا وہ تو اس سردی میں زیادہ ہی کھل کھیلتا ہے۔ تنہائی میں بسر کرنے والے بھی اس سردی سے ورغلائے جاتے ہیں اور وہ اپنے اپنے کونوں کھدروں سے نکل کر محفلوں اور مجمعوں میں جانے کی سوچنے لگتے ہیں تاکہ جسموں کا قرب حاصل ہو۔ حصول لذت کی یہی جستجو لوگوں کو مال پر کھینچ لائی تھی۔ اور وہ حسب توفیق ریستورانوں، کافی ہاؤسوں، رقص گاہوں، سینماؤں اور تفریح کے دوسرے مقاموں پر محفوظ ہو رہے تھے۔

مال روڈ پر موٹروں، تانگوں اور بائیسکلوں کا تانتا بندھا ہوا تو تھا ہی پٹری پر چلنے والوں کی بھی کثرت تھی۔ علاوہ ازیں سڑک کی دورویہ دکانوں میں خرید وفروخت کا بازار بھی گرم تھا جن کم نصیبوں کو نہ تفریح طبع کی استطاعت تھی نہ خرید وفروخت کی وہ دور ہی سے کھڑے کھڑے ان تفریح گاہوں اور دکانوں کی رنگارنگ روشنیوں سے جی بہلا رہے تھے۔

نوجوان سیمنٹ کی بنچ پر بیٹھا اپنے سامنے سے گزرتے ہوئے زن ومرد کو غور سے دیکھ رہا تھا۔ اس کی نظر ان کے چہروں سے کہیں زیادہ ان کے لباس پر پڑتی تھی۔ ان میں ہر وضع اور ہر قماش کے لوگ تھے۔ بڑے بڑے تاجر، سرکاری افسر، لیڈر، فنکار، کالجوں کے طلباء اور طالبات، نرسیں، اخباروں کے نمائندے، دفتروں کے بابو (زیادہ تر لوگ اوورکوٹ پہنے ہوئے تھے) ہر قسم کے اوورکوٹ قراقلی کے بیش قیمت اوورکوٹ سے لے کر خالی پٹی کے پرانے فوجی اوورکوٹ تک جسے نیلام میں خریدا گیا تھا۔

نوجوان کا اپنا اوورکوٹ تھا تو خاصا پرانا مگر اس کا کپڑا خوب بڑھیا تھا پھر وہ سلا ہوا بھی کسی ماہر درزی کا تھا۔ اس کو دیکھنے سے معلوم ہوتا تھا کہ اس کی بہت دیکھ بھال کی جاتی ہے۔ کالر خوب جما ہوا تھا۔ باہوں کی کریزیں بڑی نمایاں، سلوٹ کہیں نام کو نہیں۔ بٹن سینگ کے بڑے بڑے چمکتے ہوئے نوجوان اس میں بہت مگن معلوم ہوتا تھا۔

ایک لڑکا پان بیڑی سگریٹ کا صندوقچہ گلے میں ڈالے سامنے سے گزرا نوجوان نے آواز دی۔

''پان والا''۔

''جناب!''

''دس کا چینج ہے؟''

''ہے تو نہیں۔ لادوں گا۔ کیا لیں گے آپ؟''

''اجی واہ۔ کوئی چور اچکا ہوں جو بھاگ جاؤں گا۔ اعتبار نہ ہو تو میرے ساتھ چلئے۔ لیں گے کیا آپ؟''

''نہیں نہیں، ہم خود چینج لائے گا۔ لو یہ اکنی نکل آئی۔ گولڈ فلیک کا ایک سگریٹ دے دو اور چلے جاؤ۔''

لڑکے کے جانے کے بعد مزے مزے سے سگریٹ کے کش لگانے لگا۔ وہ ویسے ہی بہت خوش نظر آتا تھا۔ گولڈ فلیک کے مصفا دھوئیں نے اس پر سرور کی کیفیت طاری کر دی۔

ایک چھوٹی سی سفید رنگ کی بلی سردی میں ٹھٹھری ہوئی بنچ کے نیچے اس کے قدموں میں آ کر میاؤں میاؤں کرنے لگی۔ اس نے پچکارا تو اچھل کر بنچ پر آ چڑھی۔ اس نے پیار سے اس کی پیٹھ پر ہاتھ پھیرا اور کہا۔

''پور لٹل سول''

اس کے بعد وہ بنچ سے اٹھ کھڑا ہوا اور سڑک کو پار کر کے اس طرف چلا گیا جدھر سینما کی رنگ برنگی روشنیاں جھلملا رہی تھیں۔ تماشا شروع ہو چکا تھا۔ سینما کے برآمدے میں بھیڑ نہ تھی۔ صرف چند لوگ تھے جو آنے والی فلموں کی تصویروں کا جائزہ لے رہے تھے۔ یہ تصویریں چھوٹے بڑے کئی بورڈوں پر چسپاں تھیں۔ ان میں کہانی کے چیدہ چیدہ مناظر دکھائے گئے تھے۔

تین نوجوان اینگلو انڈین لڑکیاں ان تصویروں کو ذوق وشوق سے دیکھ رہی تھیں۔ ایک خاص شان استغنا مگر صنف نازک کا پورا پورا احترام ملحوظ رکھتے ہوئے وہ بھی ان کے ساتھ ساتھ مگر مناسب فاصلے سے ان تصویروں کو دیکھتا رہا۔ لڑکیاں آپس میں ہنسی مذاق کی باتیں بھی کرتی جاتی تھیں اور فلم پر رائے زنی بھی۔ ایک لڑکی نے، جو اپنی ساتھ ہنستی ہوئی باہر نکل گئیں۔ نوجوان نے اس کا کچھ اثر قبول نہ کیا اور تھوڑی دیر کے بعد وہ خود بھی سینما کی عمارت سے باہر نکل آیا۔

اب سات بج چکے تھے اور وہ مال کی پٹری پر پھر پہلے کی طرح مٹر گشت کرتا ہوا چلا جار ہا تھا۔ ایک ریستوران میں آرکسٹرا بج رہا تھا۔ اندر سے کہیں زیادہ باہر لوگوں کا ہجوم تھا۔ ان میں زیادہ تر موٹروں کے ڈرائیور، کوچوان، پھل بیچنے والے جو اپنا مال بیچ کے خالی ٹوکرے لئے کھڑے تھے۔ کچھ راہ گیر جو چلتے چلتے ٹھہر گئے تھے۔ کچھ مزدوری پیشہ لوگ اور کچھ گداگر۔ یہ اندر والوں سے کہیں زیادہ گانے کے رسیا معلوم ہوتے تھے۔ کیونکہ وہ غل غپاڑہ نہیں مچا رہے تھے بلکہ خاموشی سے نغمہ سن رہے تھے۔ حالانکہ دھن اور ساز اجنبی تھے۔ نوجوان پل بھر کے لئے رکا اور پھر آگے بڑھ گیا۔ تھوڑی دور چل کے اسے انگریزی موسیقی کی ایک بڑی سی دکان نظر آئی اور وہ بلا تکلف اندر چلا گیا۔ ہر طرف شیشے کی الماریوں میں طرح طرح کے انگریزی ساز رکھے تھے۔ ایک لمبی میز پر مغربی موسیقی کی دو ورقی کتابیں چنی تھیں۔ یہ نئے چلستر گانے تھے۔ سرورق خوبصورت رنگدار مگر دھنیں گھٹیا۔ ایک چھچھلتی ہوئی نظر ان پر ڈالی پھر وہاں سے ہٹ آیا اور سازوں کی طرف متوجہ ہو گیا۔ ایک ہسپانوی گٹار پر جو ایک کھونٹی سے ٹنگی ہوئی تھی ناقدانہ نظر ڈالی اور اس کے ساتھ قیمت کا جو ٹکٹ لٹک رہا تھا اسے پڑھا۔ اس سے ذرا ہٹ کر ایک بڑا جرمن پیانو رکھا ہوا تھا۔ اس کا کور اٹھا کے انگلیوں سے بعض پردوں کو ٹٹولا اور پھر کور بند کر دیا۔

دکان کا ایک کارندہ اس کی طرف بڑھا۔

''گڈ ایوننگ سر۔ کوئی خدمت؟''

''نہیں شکریہ۔ ہاں اس مہینے کی گراموفون ریکارڈوں کی فہرست دے دیجئے۔''

فہرست لے کے اوورکوٹ کی جیب میں ڈالی۔ دکان سے باہر نکل آیا اور پھر چلنا شروع کر دیا۔ راستے میں ایک چھوٹا سا بک اسٹال پڑا۔ نوجوان یہاں بھی رکا۔ کئی تازہ رسالوں کے ورق الٹے رسالہ جہاں سے اٹھاتا بڑی احتیاط سے وہیں رکھ دیتا۔ اور آگے بڑھا تو قالینوں کی ایک دکان نے اس کی توجہ کو جذب کیا۔ مالک دکان نے جو ایک لمبا سا چغہ پہنے اور سر پر کلاہ رکھے تھا۔ گرمجوشی سے اس کی آؤ بھگت کی۔

''ذرا یہ ایرانی قالین دیکھنا چاہتا ہوں۔ اتاریئے نہیں یہیں دیکھ لوں گا۔ کیا قیمت ہے اس کی؟

''چودہ سو تیس روپے ہے۔''

نوجوان نے اپنی بھنوؤں کو سکیڑا جس کا مطلب تھا ''او ہو اتنی''۔

دکاندار نے کہا '' آپ پسند کر لیجئے۔ ہم جتنی بھی رعایت کر سکتے ہیں کر دیں گے۔''

''شکریہ لیکن اس وقت تو میں صرف ایک نظر دیکھنے آیا ہوں۔''

''شوق سے دیکھئے۔ آپ ہی کی دکان ہے۔''

وہ تین منٹ کے بعد اس دکان سے نکل آیا۔ اس کے اوورکوٹ کے کاج میں شربتی رنگ کے گلاب کا جو ادھ کھلا پھول اٹکا ہوا تھا۔ وہ اس وقت کاج سے کچھ زیادہ باہر نکل آیا تھا۔ جب وہ اس کو ٹھیک کر رہا تھا تو اس کے ہونٹوں پر ایک خفیف اور پر اسرار سی مسکراہٹ نمودار ہوئی اور اس نے پھر اپنی مٹر گشت شروع کر دی۔

اب وہ ہائی کورٹ کی عمارتوں کے سامنے سے گزر رہا تھا۔ اتنا کچھ حال لینے کے بعد اس کی طبیعت کی چونچالی میں کچھ فرق نہیں آیا تھا۔ نہ تکان محسوس ہوئی تھی نہ اکتاہٹ یہاں پٹری پر چلنے والوں کی ٹولیاں کچھ چھٹ سی گئی تھیں۔ اور ان میں کافی فاصلہ رہنے لگا تھا۔ اس نے اپنی بید کی چھڑی کو ایک انگلی پر گھمانے کی کوشش کی مگر کامیابی نہ ہوئی اور چھڑی زمین پر گر پڑی ''اوہ سوری'' کہہ کر زمین پر جھکا اور چھڑی کو اٹھا لیا۔

اس اثناء میں ایک نوجوان جوڑا جو اس کے پیچھے پیچھے چلا آ رہا تھا اس کے پاس سے گزر کر آگے نکل آیا۔ لڑکا دراز قامت تھا اور سیاہ کوڈرائے کی پتلون اور زپ والی چمڑے کی جیکٹ پہنے تھا اور لڑکی سفید ساٹن کی گھیر دار شلوار اور سبز رنگ کا کوٹ وہ بھاری بھرکم سی تھی۔ اس کے

بالوں میں ایک لمبا سا سیاہ چٹا گندھا ہوا تھا جو اس کمر سے نیچا تھا۔لڑکی کے چلنے سے اس چٹلے کا پھندنا اچھلتا کودتا پے در پے اس کے فربہ جسم سے ٹکراتا تھا۔نوجوان کے لئے جواب ان کے پیچھے پیچھے آ رہا تھا یہ نظارہ خاصا جاذب نظر تھا۔وہ جوڑا کچھ دیر تک تو خاموش چلتا رہا۔اس کے بعد لڑکے نے کچھ کہا جس کے جواب میں لڑکی اچانک چمک کر بولی۔

''سنو میرا کہنا مانو'' لڑکے نے نصیحت کے انداز میں کہا ''ڈاکٹر میرا دوست ہے۔کسی کو کانوں کان خبر نہ ہوگی۔''

''نہیں،نہیں،نہیں''۔

''میں کہتا ہوں تمہیں ذرا تکلیف نہ ہوگی۔''

''لڑکی نے کچھ جواب دیا۔''

''تمہارے باپ کو کتنا رنج ہوگا۔ذرا ان کی عزت کا بھی تو خیال کرو۔''

''چپ رہو ورنہ میں پاگل ہو جاؤں گی۔''

نوجوان نے شام سے اب تک اپنی مٹرگشت کے دوران میں جتنی انسانی شکلیں دیکھی تھیں ان میں سے کسی نے بھی اس کی توجہ کو اپنی طرف منعطف نہیں کیا تھا۔فی الحقیقت ان میں کوئی جاذبیت تھی ہی نہیں۔یا پھر وہ اپنے حال میں ایسا مست تھا کہ کسی دوسرے سے اسے سروکار ہی نہ تھا مگر اس دلچسپ جوڑے نے جس میں کسی افسانے کے کرداروں کی سی ادا تھی۔جیسے یکبارگی اس کے دل کو موہ لیا تھا اور اسے حد درجہ مشتاق بنا دیا کہ وہ ان کی اور بھی باتیں سنے اور ہو سکے تو قریب سے ان کی شکلیں بھی دیکھ لے۔

اس وقت وہ تینوں بڑے ڈاکخانے کے چوراہے کے پاس پہنچ گئے تھے۔لڑکا اور لڑکی پل بھر کو رکے اور پھر سڑک پار کر کے میکلوڈ روڈ پر چل پڑے۔نوجوان مال روڈ پر ہی ٹھہرا رہا۔شاید وہ سمجھتا تھا کہ فی الفور ان کے پیچھے گیا تو ممکن ہے انہیں شبہ ہو جائے کہ ان کا تعاقب کیا جا رہا ہے اس لئے اسے کچھ لمحے رک جانا چاہیے۔

جب وہ لوگ کوئی سو گز آگے نکل گئے تو اس نے ایک کران کا پیچھا کرنا چاہا مگر ابھی اس نے آدھی ہی سڑک پار کی ہوگی کہ اینٹوں سے بھری ہوئی ایک لاری پیچھے سے بگولے کی طرح آئی اور اسے روندتی ہوئی میکلوڈ روڈ کی طرف نکل گئی۔لاری کے ڈرائیور نے نوجوان کی چیخ سن کر پل بھر کے لئے گاڑی کی رفتار کم کی۔وہ سمجھ گیا کہ کوئی لاری کی لپیٹ میں آ گیا اور وہ رات کے اندھیرے سے فائدہ اٹھاتے ہوئے لاری کو لے بھاگا۔دو تین راہ گیر جو اس حادثے کو دیکھ رہے تھے شور مچانے لگے نمبر دیکھو نمبر دیکھو مگر لاری ہوا ہو چکی تھی۔

اتنے میں کئی اور لوگ جمع ہو گئے۔ٹریفک کا ایک انسپکٹر جو موٹر سائیکل پر جا رہا تھا رک گیا۔نوجوان کی دونوں ٹانگیں بالکل کچلی گئی تھیں۔بہت سا خون نکل چکا تھا اور وہ سسک رہا تھا۔فوراً ایک کار روکا گیا اور اسے جیسے تیسے اس میں ڈال کر بڑے ہسپتال روانہ کر دیا گیا۔جس وقت وہ ہسپتال پہنچا تو اس میں ابھی رمق بھر جان باقی تھی۔

نوجوان کے گلوبند کے نیچے نکٹائی اور کالر کیا سرے سے قمیض ہی نہیں تھی۔اوو کوٹ اتارا گیا تو نیچے سے ایک بوسیدہ اونی سویٹر نکلا جس میں بڑے بڑے سوراخ تھے۔ان سوراخوں سے سویٹر سے بھی زیادہ بوسیدہ اور میلا کچیلا ایک بنیان نظر آ رہا تھا۔نوجوان سلک کے گلوبند کو کچھ اس ڈھب پہ گلے پر لپیٹے رکھتا تھا کہ اس کا سارا سینہ چھپا رہتا تھا۔اس کے جسم پر میل کی تہیں بھی خوب چڑھی ہوئی تھیں۔ظاہر ہوتا تھا کہ وہ کم سے کم پچھلے دو مہینے سے نہیں نہایا البتہ گردن خوب صاف تھی اور اس پر ہلکا ہلکا پوڈر لگا ہوا تھا۔سویٹر اور بنیان کے بعد پتلون کی باری آئی اور شہناز اور گل کی نظریں پھر بیک وقت اٹھیں۔

پتلون کو پیٹی کے بجائے ایک پرانی دھجی سے جو شاید کبھی نکٹائی ہوگی خوب کس کے باندھا گیا تھا۔بٹن اور بکسوے غائب تھے۔دونوں

گھٹنوں پر سے کپڑا مسک گیا تھا۔ اور کئی جگہ کھونچیں بھی لگی تھیں مگر چونکہ یہ حصے اوورکوٹ کے نیچے رہتے تھے اس لئے لوگوں کی ان پر نظر نہیں پڑتی تھی۔

اب بوٹ اور جرابوں کی باری آئی اور ایک مرتبہ پھر مس شہناز اور مس گل کی آنکھیں چار ہوئیں۔

بوٹ تو پرانے ہونے کے باوجود خوب چمک رہے تھے مگر ایک پاؤں کی جراب دوسرے پاؤں کی جراب سے بالکل مختلف تھی پھر دونوں جرابیں پھٹی ہوئی بھی تھیں۔ اس قدر کہ ان میں سے نوجوان کی میلی میلی ایڑیاں نظر آ رہی تھیں۔

بلا شبہ اس وقت تک وہ دم توڑ چکا تھا۔ اس کا جسم سنگ مرمر کی میز پر بے جان پڑا تھا۔ اس کا چہرہ جو پہلے چھت کی سمت تھا۔ کپڑے اتارنے میں دیوار کی طرف مڑ گیا۔ معلوم ہوتا تھا کہ جسم اور اس کے ساتھ روح کی برہنگی نے اسے خجل کر دیا ہے اور وہ اپنے ہم جنسوں سے آنکھیں چرا رہا ہے۔

اس کے اوورکوٹ کی مختلف جیبوں سے جو چیزیں برآمد ہوئیں وہ یہ تھیں:

ایک چھوٹی سی سیاہ کنگھی، ایک رومال، ساڑھے چھ آنے، ایک بجھا ہوا سگریٹ، ایک چھوٹی سی ڈائری جس میں نام اور پتے لکھے تھے۔

اس ہسپتال کے شعبہ حادثات میں اسسٹنٹ سرجن مسٹر خان اور دو نوعمر نرسیں مس شہناز اور مس گل ڈیوٹی پر تھیں۔ جس وقت اسے سٹریچر پر ڈال کر آپریشن روم میں لے جایا جا رہا تھا تو ان نرسوں کی نظر اس پر پڑی۔ اس کا بادامی رنگ کا اوورکوٹ ابھی تک اس کے جسم پر تھا اور سفید سلک کا مفلر گلے میں لپٹا ہوا تھا۔ اس کے کپڑوں پر جا بجا خون کے بڑے بڑے دھبے تھے۔ کسی نے از راہ دردمندی اس کی سبز فلیٹ ہیٹ اٹھا کے اس کے سینہ پر رکھ دی تھی تاکہ کوئی اڑا نہ لے جائے۔

شہناز نے گل سے کہا:

''کسی بھلے گھر کا معلوم ہوتا ہے بے چارہ''۔

گل دبی آواز میں بولی۔

''خوب بن ٹھن کے نکلا تھا بے چارہ ہفتے کی شام منانے۔''

''ڈرائیور پکڑا گیا یا نہیں؟''

''نہیں بھاگ گیا۔''

''کتنے افسوس کی بات ہے۔''

آپریشن روم میں اسسٹنٹ سرجن اور اور نرسیں چہروں پر جراحی کے نقاب چڑھا۔ جنہوں نے ان کی آنکھوں سے نیچے کے سارے حصے کو چھپا رکھا تھا۔ اس کی دیکھ بھال میں مصروف تھے۔ اسے سنگ مرمر کی میز پر لٹا دیا گیا۔ اس نے سر میں جو تیز خوشبو تیل ڈال رکھا تھا۔ اس کی کچھ مہک ابھی تک باقی تھی۔ پٹیاں ابھی تک جمی ہوئی تھیں۔ حادثے سے اس کی دونوں ٹانگیں تو ٹوٹ چکی تھیں مگر سر کی مانگ نہیں بگڑنے پائی تھی۔

اب اس کے کپڑے اتارے جا رہے تھے۔ سب سے پہلے سفید سلک گلوبند اس کے گلے سے اتارا گیا۔ اچانک نرس شہناز اور نرس گل نے بیک وقت ایک دوسرے کی طرف دیکھا اس سے زیادہ وہ کر بھی کیا سکتی تھیں۔ چہرے جو دلی کیفیات کا آئینہ ہوتے ہیں، جراحی کے نقاب تلے، چھپے ہوئے تھے اور زبانیں بند تھیں۔

نئے گراموفون ریکارڈوں کی ایک ماہانہ فہرست اور کچھ اشتہار جو مٹرگشت کے دوران میں اشتہار بانٹنے والوں نے اس کے ہاتھ میں تھما دیئے تھے اور اس نے انہیں اوورکوٹ کی جیب میں ڈال دیا تھا۔

افسوس کہ اس کی بید کی چھڑی جو حادثے کے دوران میں کہیں کھو گئی تھی اس فہرست میں شامل نہ تھی۔

ماں جی

قدرت اللہ شہاب

ماں جی کی پیدائش کا صحیح سال معلوم نہیں ہو سکا۔

جس زمانے میں لائل پور کا ضلع نیا نیا آباد ہو رہا تھا۔ پنجاب کے ہر قصبے سے غریب الحال لوگ زمین حاصل کرنے کے لئے اس نئی کالونی میں جوق در جوق کھنچے چلے آ رہے تھے۔ عرف عام میں لائل پور، جھنگ، سرگودھا وغیرہ کو ''بار'' کا علاقہ کہا جاتا تھا۔

اس زمانے میں ماں جی کی عمر دس بارہ سال تھی۔ اس حساب سے ان کی پیدائش پچھلی صدی کے آخری دس پندرہ سالوں میں کسی وقت ہوئی ہوگی۔

ماں جی کا آبائی وطن تحصیل روپڑ ضلع انبالہ میں ایک گاؤں منیلہ نامی تھا۔ والدین کے پاس چند ایکڑ اراضی تھی۔ ان دنوں روپڑ میں دریائے ستلج سے نہر سرہند کی کھدائی ہو رہی تھی۔ نانا جی کی اراضی نہر کی کھدائی میں ضم ہو گئی۔ روپڑ میں انگریز حاکم کے دفتر سے ایسی زمینوں کے معاوضے دیئے جاتے تھے۔ نانا جی دو تین بار معاوضے کی تلاش میں شہر گئے۔ لیکن سیدھے آدمی تھے۔ کبھی اتنا بھی معلوم نہ کر سکے کہ انگریز کا دفتر کہاں ہے اور معاوضہ وصول کرنے کے لئے کیا قدم اٹھانا چاہیے۔ انجام کار صبر و شکر کر کے بیٹھ گئے اور نہر کی کھدائی کی مزدوری کرنے لگے۔

انہی دنوں پر چہ لگا کہ بار میں کالونی کھل گئی ہے اور نئے آباد کاروں کو مفت زمین مل رہی ہے۔ نانا جی اپنی بیوی، دو ننھے بیٹوں اور ایک بیٹی کا کنبہ ساتھ لے کر لائل پور روانہ ہو گئے۔ سواری کی توفیق نہ تھی۔ اس لئے پا پیادہ چل کھڑے ہوئے۔

راستے میں محنت مزدوری کر کے پیٹ پالتے۔ نانا جی جگہ بہ جگہ قلی کا کام کر لیتے یا کسی ٹال پر لکڑیاں چیر دیتے۔ نانی اور ماں جی کسی کا سوت کات دیتیں یا مکانوں کے فرش اور دیواریں لیپ دیتیں۔ لائل پور کا صحیح راستہ کسی کو نہ آتا تھا جگہ جگہ بھٹکتے تھے اور پوچھ پاچھ کر دنوں کی منزل ہفتوں میں طے کرتے تھے۔

ڈیڑھ دو مہینے کی مسافت کے بعد جڑانوالہ پہنچے۔ پا پیادہ چلنے اور محنت مزدوری کی مشقت سے سب کے جسم نڈھال اور پاؤں سوجے ہوئے تھے۔ یہاں پر چند ماہ قیام کیا۔ نانا جی دن بھر غلہ منڈی میں بوریاں اٹھانے کا کام کرتے۔ نانی پرچہ کات کر سوت بیچتیں اور ماں جی گھر سنبھالتیں جو ایک چھوٹے سے جھونپڑے پر مشتمل تھا۔

انہی دنوں بقر عید کا تہوار آیا۔ نانا جی کے پاس چند روپے جمع ہو گئے تھے۔ انہوں نے ماں جی کو تین پیسے بطور عیدی دیئے۔ زندگی میں پہلی بار ماں جی کے ہاتھ اتنے پیسے آئے تھے۔ انہوں نے بہت سوچا لیکن اس رقم کا کوئی مصرف ان کی سمجھ میں نہ آ سکا۔ وفات کے وقت ان کی عمر کوئی اسی برس کے لگ بھگ تھی۔ لیکن ان کے نزدیک سو روپے، دس روپے، پانچ روپے کے نوٹوں میں امتیاز کرنا آسان کام نہ تھا عیدی کے تین آنے کئی روز ماں جی کے دوپٹے کے ایک کونے میں بندھے رہے۔ جس روز وہ جڑانوالہ سے رخصت ہو رہی تھیں ماں جی نے گیارہ پیسے کا تیل خرید کر مسجد کے چراغ میں ڈال دیا۔ باقی ایک پیسہ اپنے پاس رکھا۔ اس کے بعد جب کبھی گیارہ پیسے پورے ہو جاتے تو وہ فوراً مسجد میں تیل بھجوا دیتیں۔

ساری عمر جمعرات کی شام کو اس عمل پر بڑی وضعداری سے پابند رہیں۔ رفتہ رفتہ بہت سی مسجدوں میں بجلی آ گئی۔ لیکن لاہور اور کراچی جیسے شہروں میں بھی انہیں ایسی مسجدوں کا علم رہتا تھا جن کے چراغ اب بھی تیل سے روشن ہوتے تھے۔ وفات کی شب بھی ماں جی کے سرہانے ململ کے

رومال میں بندھے ہوئے چند آنے موجود تھے۔ غالباً یہ پیسے بھی مسجد کو دے تیل کے لئے جمع کر رکھے تھے۔ چونکہ وہ جمعرات کی شب تھی۔

ان چند آنوں کے علاوہ ماں جی کے پاس نہ کچھ اور رقم تھی اور نہ کوئی زیور۔ اسباب دنیا میں ان کے پاس گنتی کی چند چیزیں تھیں۔ تین جوڑے سوتی کپڑے، ایک جوڑا دیسی جوتا، ایک جوڑا ربڑ کے چپل، ایک عینک، ایک انگوٹھی جس میں تین چھوٹے چھوٹے فیروزے جڑے ہوئے تھے۔ ایک جائے نماز، ایک تسبیح اور باقی اللہ اللہ۔

پہننے کے لئے تین جوڑوں کو وہ خاص اہتمام سے رکھتی تھیں۔ ایک زیب تن، دوسرا اپنے ہاتھوں سے دھو کر تکیے کے نیچے رکھا رہتا تھا۔ تاکہ استری ہو جائے۔ تیسرا دھونے کے لئے تیار۔ ان کے علاوہ اگر چوتھا کپڑا ان کے پاس آتا تھا تو وہ چپکے سے ایک جوڑا کسی کو دے دیتی تھیں۔ اسی وجہ سے ساری عمر انہیں سوٹ کیس رکھنے کی حاجت محسوس نہ ہوئی۔ لمبے سے لمبے سفر پر روانہ ہونے کے لئے انہیں تیاری میں چند منٹ سے زیادہ نہ لگتے تھے۔ کپڑوں کی پوٹلی کی بغل ماری اور جہاں کہے چلنے کو تیار۔ سفر آخرت بھی انہوں نے اسی سادگی سے اختیار کیا۔ میلے کپڑے اپنے ہاتھوں سے دھو کر تکیے کے نیچے رکھے۔ نہا دھو کر بال سکھائے اور چند ہی منٹوں میں زندگی کے سب سے لمبے سفر پر روانہ ہو گئیں۔ جس خاموشی سے عقبیٰ سدھار گئیں۔ غالباً اس موقع کے لئے وہ اکثر یہ دعا مانگا کرتی تھیں کہ اللہ تعالیٰ ہاتھ چلتے چلاتے اٹھا لے۔ اللہ کبھی کسی کا محتاج نہ کرے۔

کھانے پینے میں وہ کپڑے لتے سے بھی زیادہ سادہ اور غریب مزاج تھیں۔ ان کی مرغوب ترین غذا مکئی کی روٹی، دھنیے پودینے کی چٹنی کے ساتھ تھی۔ باقی چیزیں خوشی سے تو کھا لیتی تھیں لیکن شوق سے نہیں۔ تقریباً ہر نوالے پر اللہ کا شکر ادا کرتی تھیں۔ پھلوں میں کبھی بہت مجبور کیا جائے تو کبھی کبھار کیلے کی فرمائش کرتی تھیں۔ البتہ ناشتے میں چائے دو پیالے اور تیسرے پہر سادہ چائے کا ایک پیالہ ضرور پیتی تھیں۔ کھانا صرف ایک وقت کھاتی تھیں۔ اکثر و بیشتر دوپہر کا۔ شاذونادر رات کا۔ گرمیوں میں عموماً مکھن نکالی ہوئی پتلی نمکین لسی کے ساتھ ایک آدھ سادہ چپاتی ان کی محبوب خوراک تھیں۔ دوسروں کو کوئی چیز رغبت سے کھاتے دیکھ کر خوش ہوتی تھیں اور ہمیشہ دعا کرتی تھیں۔ سب کا بھلا خاص اپنے یا اپنے بچوں کے لئے انہوں نے براہ راست کبھی کچھ نہ مانگا۔ پہلے دوسروں کے لئے مانگتی تھیں اور اس کے بعد مخلوق خدا کی حاجت روائی کے طفیل اپنے بچوں یا عزیزوں کا بھلا چاہتی تھیں۔ اپنے بیٹوں یا بیٹیوں کو انہوں نے اپنی زبان سے کبھی ''میرے بیٹے'' یا ''میری بیٹی'' کہنے کا دعویٰ نہیں کیا۔ ہمیشہ ان کو اللہ کا مال کہا کرتی تھیں۔

کسی سے بھی کوئی کام لینا ماں جی پر بہت گراں گزرتا تھا۔ اپنے سب کام وہ اپنے ہاتھوں خود انجام دیتی تھیں۔ اگر کوئی ملازم زبردستی ان کا کوئی کام کر دیتا تو انہیں ایک عجیب قسم کی شرمندگی کا احساس ہونے لگتا تھا اور وہ احسان مندی سے سارا دن اسے دعائیں دیتی رہتی تھیں۔

سادگی اور درویشی کا یہ رکھ رکھاؤ کچھ تو قدرت نے ماں جی کی سرشت میں پیدا کیا تھا۔ کچھ یقیناً زندگی کے زیروبم نے سکھایا تھا۔

جڑانوالہ میں کچھ عرصہ قیام کے بعد جب وہ اپنے والدین اور خورد سال بھائیوں کے ساتھ زمین کی تلاش میں لائل پور کی کالونی کی طرف روانہ ہوئیں تو انہیں معلوم نہ تھا کہ انہیں کس مقام پر جانا ہے اور زمین حاصل کرنے کے لئے کیا قدم اٹھانا ہے۔ ماں جی بتایا کرتی تھیں کہ اس زمانے میں ان کے ذہن میں کالونی کا تصور ایک فرشتہ سیرت بزرگ کا تھا جو کہ کہیں سرراہ بیٹھا زمین کے پروانے تقسیم کر رہا ہوگا۔ کئی ہفتے یہ چھوٹا سا قافلہ لائل پور کے علاقے میں پاپیادہ بھٹکتا رہا۔ لیکن کسی راہ گزار پر انہیں کالونی کا خضر صورت رہنما نہ مل سکا۔ آخر تنگ آکر انہوں نے چک نمبر ۵۰۶ جو ان دنوں نیا نیا آباد ہو رہا تھا ڈیرے ڈال دیئے۔ لوگ جوق در جوق وہاں آکر آباد ہو رہے تھے۔ نانا جی نے اپنی سادگی میں یہ سمجھا کہ کالونی میں آباد ہونے کا شاید یہی ایک طریقہ ہوگا۔ چنانچہ انہوں نے ایک چھوٹا سا احاطہ گھیر کر گھاس پھونس کی جھونپڑی بنائی اور بنجر اراضی کا ایک قطعہ تلاش کر کے کاشت کی تیاری کرنے لگے۔ انہی دنوں محکمہ مال کا عملہ پڑتال کے لئے آیا۔ نانا جی کے پاس الاٹ منٹ کے کاغذات نہ تھے۔ چنانچہ انہیں چک سے نکال دیا گیا اور سرکاری زمین پر ناجائز جھونپڑا بنانے کی پاداش میں ان کے برتن اور بستر قرق کر لئے گئے۔ عملے کے ایک آدمی نے چاندی کی دو

بالیاں بھی ماں جی کے کانوں سے اتروالیں۔ایک بالی اتارنے میں ذرا دیر ہوئی تو اس نے زور سے کھینچ لی۔جس سے ماں جی کے کان کا زیریں حصہ بری طرح سے پھٹ گیا۔

چک ۵۰۶ سے نکل کر جو راستہ سامنے آیا اس پر چل کھڑے ہوئے۔گرمیوں کے دن تھے۔دن بھر لو چلتی تھی۔پانی رکھنے کے لئے مٹی کا پیالہ بھی پاس نہ تھا۔جہاں کہیں کوئی کنواں نظر آیا ماں جی اپنا دوپٹہ بھگو لیتیں تاکہ پیاس لگنے سے اپنے چھوٹے بھائیوں کی چساتی جائیں۔اس طرح وہ چلتے چلتے چک نمبر ۵۰۷ میں پہنچے جہاں ایک جان پہچان کے آبادکار نے نانا جی کو اپنا مزارع رکھ لیا۔نانا جی ہل چلاتے تھے۔نانی مویشی چرانے لے جاتی تھیں۔ماں جی کھیتوں سے گھاس اور چارہ کاٹ کر زمیندار کی بھینسوں اور گایوں کے لئے لایا کرتی تھیں۔ان دنوں انہیں مقدور بھی نہ تھا کہ ایک وقت کی روٹی بھی پوری طرح کھا سکیں۔کسی وقت جنگلی بیروں پر گزارہ ہوتا تھا۔کبھی خربوزے کے چھلکے ابال کر کھا لیتے تھے۔کبھی کسی کھیت میں کچی انبیاں گری ہوئی مل گئیں تو ان کی چٹنی بنا لیتے تھے۔اور کنٹھے کا ملا جلا ساگ ہاتھ آ گیا۔نانی محنت مزدوری میں مصروف تھیں۔ماں جی نے ساگ چولہے پر چڑھایا۔جب پک کر تیار ہو گیا اور ساگ کا الن لگا کر گھوٹنے کا وقت آیا تو ماں جی نے ڈوئی ایسے زور سے چلائی کہ ہنڈیا کا پیندا ٹوٹ گیا اور سارا ساگ بہہ کر چولہے میں آ پڑا۔ماں جی کو نانی سے ڈانٹ پڑی اور مار بھی۔رات کو سارے خاندان نے چولہے کی لکڑیوں پر گرا ہوا ساگ انگلیوں سے چاٹ چاٹ کر کسی قدر پیٹ بھرا۔

چک نمبر ۵۰۷ نانا جی کو خوب راس آیا۔چند ماہ کی محنت مزدوری کے بعد نئی آبادکاری کے سلسلے میں آسان قسطوں پر ان کو ایک مربع زمین مل گئی۔رفتہ رفتہ دن پھرنے لگے اور تین سال میں ان کا شمار گاؤں کے کھاتے پیتے لوگوں میں ہونے لگا۔جوں جوں فارغ البالی بڑھتی گئی توں توں آبائی وطن کی یاد ستانے لگی۔چنانچہ خوشحالی کے چار پانچ سال گزارنے کے بعد سارا خاندان ریل میں بیٹھ کر منیلہ کی طرف روانہ ہوا۔ریل کا سفر ماں جی کو بہت پسند آیا۔وہ سارا وقت کھڑکی سے باہر منہ نکال کر تماشہ دیکھتی رہتیں۔اس عمل میں کوئلے کے بہت سے ذرے ان کی آنکھوں میں پڑ گئے۔جس کی وجہ سے کئی روز تک وہ آشوب چشم میں مبتلا رہیں۔اس تجربے کے بعد انہوں نے ساری عمر اپنے کسی بچے کو ریل کی کھڑکی سے باہر منہ نکالنے کی اجازت نہ دی۔

ماں جی ریل کے تھرڈ کلاس ڈبے میں بہت خوش رہتیں۔ہم سفر عورتوں اور بچوں سے فوراً گھل مل جاتیں۔سفر کی تھکان اور راستے کے گرد و غبار کا ان پر کچھ اثر نہ ہوتا۔اس کے برعکس اونچے درجوں میں بہت بیزار ہو جاتیں۔ایک دو بار جب انہیں مجبوراً ائیر کنڈیشن ڈبے میں سفر کرنا پڑا تو وہ تھک کر چور ہو گئیں اور سارا وقت قید کی صعوبت کی طرح ان پر گراں گزرا۔

منیلہ پہنچ کر نانا جی نے اپنا آبائی مکان درست کیا۔عزیز و اقارب کو تحائف دیئے۔دعوتیں ہوئیں اور پھر ماں جی کے لئے بر ڈھونڈنے کا سلسلہ شروع ہو گیا۔

اس زمانے میں لائل پور کے مربعہ داروں کی بڑی دھوم تھی۔ان کا شمار خوش قسمت اور باعزت لوگوں میں ہوتا تھا۔چنانچہ چاروں طرف سے ماں جی کے لئے پے در پے پیام آنے لگے۔یوں بھی ان دنوں ماں جی کے ٹھاٹھ باٹھ تھے۔برادری والوں پر رعب گانٹھنے کے لئے نانی جی انہیں ہر روز نت نئے کپڑے پہناتی تھیں اور ہر وقت دلہنوں کی طرح سجا کر رکھتی تھیں۔

کبھی کبھار پرانی یادوں کو تازہ کرنے کے لئے ماں جی بڑے معصوم فخر سے کہا کرتی تھیں۔ان دنوں میرا تو گاؤں میں نکلنا دوبھر ہو گیا تھا۔میں جس طرف سے گزر جاتی لوگ ٹھٹھک کر کھڑے ہو جاتے اور کہا کرتے۔یہ خیال بخش مربعہ دار کی بیٹی جا رہی ہے۔دیکھئے کون خوش نصیب اسے بیاہ کر لے جائے گا۔

''ماں جی! آپ کی اپنی نظر میں کوئی ایسا خوش نصیب نہیں تھا!'' ہم لوگ چھیڑنے کی خاطر ان سے پوچھا کرتے۔

''توبہ توبہ پت'' ماں جی کانوں پر ہاتھ لگاتیں ''میری نظر میں بھلا کوئی کیسے ہوسکتا تھا۔ ہاں میرے دل میں اتنی سی خواہش ضرور تھی کہ اگر مجھے ایسا آدمی ملے جو دو حرف پڑھا لکھا ہو تو خدا کی بڑی مہربانی ہوگی''۔

ساری عمر میں غالباً یہی ایک خواہش تھی جو ماں جی کے دل میں خود اپنی ذات کے لئے پیدا ہوئی۔ اس کو خدا نے یوں پورا کردیا کہ اسی سال ماں جی کی شادی عبداللہ صاحب سے ہوگئی۔

ان دنوں سارے علاقے میں عبداللہ صاحب کا طوطی بول رہا تھا۔ وہ ایک امیر کبیر گھرانے کے چشم و چراغ تھے لیکن پانچ چھ برس کی عمر میں یتیم بھی ہوگئے اور بے حد مفلوک الحال بھی۔ جب باپ کا سایہ سر سے اٹھا تو یہ انکشاف ہوا کہ ساری آبائی جائیداد رہن پڑی ہے۔ چنانچہ عبداللہ صاحب اپنی والدہ کے ساتھ ایک جھونپڑے میں اٹھ آئے۔ زر اور زمین کا یہ انجام دیکھ کر انہوں نے ایسی جائیداد بنانے کا عزم کرلیا جو مہاجنوں کے ہاتھ گروی نہ رکھی جاسکے۔ چنانچہ عبداللہ صاحب دل و جان سے تعلیم حاصل کرنے میں منہمک ہوگئے۔ وظیفے پر وظیفہ حاصل کرکے اور دو سال کے امتحان ایک ایک سال میں پاس کرکے پنجاب یونیورسٹی کے میٹریکولیشن میں اول آئے۔ اس زمانے میں غالباً یہ پہلا موقع تھا کہ کسی مسلمان طالب علم نے یونیورسٹی امتحان میں ریکارڈ قائم کیا ہو۔

اڑتے اڑتے یہ خبر سرسید کے کانوں میں پڑ گئی جو اس وقت علی گڑھ مسلم کالج کی بنیاد رکھ چکے تھے۔ انہوں نے اپنا خاص منشی گاؤں میں بھیجا اور عبداللہ صاحب کو وظیفہ دے کر علی گڑھ بلالیا۔ یہاں پر عبداللہ خوب بڑھ چڑھ کر اپنا رنگ نکالا اور بی اے کرنے کے بعد انیس برس کی عمر میں وہیں پر انگریزی، عربی، فلسفہ اور حساب کے لیکچرر ہوگئے۔

سرسید کو اس بات کی دھن تھی کہ مسلمان نوجوان زیادہ سے زیادہ تعداد میں اعلیٰ ملازمتوں پر جائیں۔ چنانچہ انہوں نے عبداللہ صاحب کو سرکاری وظیفہ دلوایا تاکہ وہ انگلستان میں جاکر آئی سی ایس کے امتحان میں شریک ہوں۔

پچھلی صدی کے بڑے بوڑھے سات سمندر پار کے سفر کو بلائے ناگہانی سمجھتے تھے۔ عبداللہ صاحب کی والدہ نے بیٹے کو ولایت جانے سے منع کردیا۔ عبداللہ صاحب کی سعادت مندی آڑے آئی اور انہوں نے وظیفہ واپس کردیا۔

اس حرکت پر سرسید کے بے حد غصہ بھی آیا اور دکھ بھی ہوا۔ انہوں نے لاکھ سمجھایا، بجھایا، ڈرایا دھمکایا لیکن عبداللہ صاحب ٹس سے مس نہ ہوئے۔

''کیا تم اپنی بوڑھی ماں کو قوم کے مفاد پر ترجیح دیتے ہو؟'' سرسید نے کڑک کر پوچھا۔

''جی ہاں'' عبداللہ صاحب نے جواب دیا۔

یہ ٹکا سا جواب سن کر سرسید آپے سے باہر ہوگئے۔ کمرے کا دروازہ بند کرکے پہلے انہوں نے عبداللہ صاحب کو لاتوں، مکوں، تھپڑوں اور جوتوں سے خوب پیٹا اور کالج کی نوکری سے برخواست کرکے یہ کہہ کر علی گڑھ سے نکال دیا ''اب تم ایسی جگہ جاکر مرو جہاں سے میں تمہارا نام بھی نہ سن سکوں''۔

عبداللہ صاحب جتنے سعادت مند بیٹے تھے۔ اتنے ہی سعادت مند شاگرد بھی تھے۔ نقشے پر انہیں سب سے دور افتادہ اور دشوار گزار مقام گلگت نظر آیا۔ چنانچہ ناک کی سیدھ میں گلگت پہنچے اور دیکھتے ہی دیکھتے وہاں کی گورنری کے عہدے پر فائز ہوگئے۔

جن دنوں ماں جی کی منگنی کی فکر ہو رہی تھی انہی دنوں عبداللہ صاحب بھی چھٹی پر گاؤں آئے ہوئے تھے۔ قسمت میں دونوں کا سنجوگ لکھا ہوا تھا۔ ان کی منگنی ہوگئی اور ایک ماہ بعد شادی بھی ٹھہر گئی تاکہ عبداللہ صاحب دلہن کو اپنے ساتھ گلگت لے جائیں۔

منگنی کے بعد ایک روز ماں جی اپنی سہیلیوں کے ساتھ پاس والے گاؤں میں میلہ دیکھنے گئی ہوئی تھیں۔ اتفاقاً یا شاید دانستہ عبداللہ صاحب

بھی وہاں پہنچ گئے۔

ماں جی کی سہیلیوں نے انہیں گھیر لیا اور ہر ایک نے چھیڑ چھیڑ کر ان سے پانچ پانچ روپے وصول کر لئے۔ عبداللہ صاحب نے ماں جی کو بھی بہت سے روپے پیش کیے لیکن انہوں نے انکار کر دیا۔ بہت اصرار بڑھ گیا تو مجبوراً ماں جی نے گیارہ پیسے کی فرمائش کی۔

''اتنے بڑے میلے میں گیارہ پیسے لے کر کیا کرو گی'' عبداللہ صاحب نے پوچھا۔

اگلی جمعرات کو آپ کے نام سے مسجد میں تیل ڈال دوں گی۔ ماں جی نے جواب دیا۔

زندگی کے میلے میں بھی عبداللہ صاحب کے ساتھ ماں جی کا لین دین صرف جمعرات کے گیارہ پیسوں تک ہی محدود رہا۔ اس سے زیادہ رقم نہ کبھی انہوں نے مانگی نہ اپنے پاس رکھی۔

گلگت میں عبداللہ صاحب کی بڑی شان وشوکت تھی۔ خوبصورت بنگلہ، وسیع باغ، نوکر چاکر دروازے پر سپاہیوں کا پہرہ۔ جب عبداللہ صاحب دورے پر باہر جاتے تھے یا واپس آتے تھے تو سات توپوں کی سلامی دی جاتی تھی۔ یوں بھی گلگت کا گورنر خاص سیاسی انتظامی اور سماجی اقتدار کا حامل تھا لیکن ماں جی پر اس سارے جاہ وجلال کا ذرہ بھی اثر نہ ہوا۔ کسی قسم کا چھوٹا بڑا ماحول ان پر اثر انداز نہ ہوتا تھا۔ بلکہ ماں جی کی اپنی سادگی اور خوداعتمادی ہر ماحول پر خاموشی سے چھا جاتی تھی۔

ان دنوں سر مالکم ہیلی حکومت برطانیہ کی طرف سے گلگت کی روسی اور چینی سرحد پر پولیٹیکل ایجنٹ کے طور پر مامور تھے۔ ایک روز لیڈی ہیلی اور ان کی بیٹی ماں جی سے ملنے آئیں۔ انہوں نے فراک پہنے ہوئے تھے اور پنڈلیاں کھلی تھیں۔ یہ بے حجابی ماں جی کو پسند نہ آئی۔ انہوں نے لیڈی ہیلی سے کہا ''تمہاری عمر تو جیسے گزرنی تھی گزر رہی گئی ہے۔ اب آپ اپنی بیٹی کی عاقبت تو خراب نہ کرو۔'' یہ کہہ کر انہوں نے مس ہیلی کو اپنے پاس ملازم رکھ لیا اور چند مہینوں میں اسے کھانا پکانا، سینا پرونا، برتن مانجھنا، کپڑے دھونا سکھا کر ماں باپ کے پاس بھیج واپس بھیج دیا۔

جب روس میں انقلاب برپا ہوا تو لارڈ کچنر سرحدوں کا معائنہ کرنے گلگت آئے۔ ان کے اعزاز میں گورنر کی طرف سے ضیافت کا اہتمام ہوا۔ ماں جی نے اپنے ہاتھ سے دس بارہ قسم کے کھانے پکائے۔ کھانے لذیذ تھے۔ لارڈ کچنر نے اپنی تقریر میں کہا ''مسٹر گورنر، جس خانساماں نے یہ کھانے پکائے ہیں، براہ مہربانی میری طرف سے آپ ان کے ہاتھ چوم لیں''۔

دعوت کے بعد عبداللہ صاحب فرحاں وشاداں گھر لوٹے تو دیکھا کہ ماں جی باورچی خانے کے ایک کونے میں چٹائی پر بیٹھی نمک اور مرچ کی چٹنی کے ساتھ مکئی کی روٹی کھا رہی ہیں۔

ایک اچھے گورنر کی طرح عبداللہ صاحب نے ماں جی کے ہاتھ چومے اور کہا ''اگر لارڈ کچنر یہ فرمائش کرتا کہ وہ خود خانساماں کے ہاتھ چومنا چاہتا ہے تو پھر تم کیا کرتیں؟''

'میں' ماں جی تنک کر بولیں۔ ''میں اس کی مونچھیں پکڑ کر جڑ سے اکھاڑ دیتی۔ پھر آپ کیا کرتے؟''

'میں' عبداللہ صاحب نے ڈرامہ کیا۔ ''میں ان مونچھوں کو روئی میں لپیٹ کر وائسرائے کے پاس بھیج دیتا اور تمہیں ساتھ لے کر کہیں اور بھاگ جاتا، جیسے سرسید کے ہاں سے بھاگا تھا''۔

ماں جی پر ان مکالموں کا کچھ اثر نہ ہوتا تھا۔ لیکن ایک بار...... ماں جی رشک وحسد کی اس آگ میں جل بھن کر کباب ہو گئیں جو ہر عورت کا ازلی ورثہ ہے۔

گلگت میں ہر قسم کے احکامات ''گورنری'' کے نام پر جاری ہوتے تھے۔ جب یہ چرچا ماں جی تک پہنچا تو انہوں نے عبداللہ صاحب سے گلہ کیا۔

''بھلا حکومت تو آپ کرتے ہیں لیکن گورنری گورنری کہہ کر مجھ غریب کا نام بیچ میں کیوں لایا جاتا ہے خواہ مخواہ!''

عبداللہ صاحب ''علی گڑھ کے پڑھے ہوئے تھے۔ رگ ظرافت پھڑک اٹھی اور بے اعتنائی سے فرمایا۔ بھاگوان یہ تمہارا نام تھوڑا ہے۔ گورنر تو دراصل تمہاری سوکن ہے جو دن رات میرا پیچھا کرتی رہتی ہے''۔

مذاق کی چوٹ تھی۔ عبداللہ صاحب نے سمجھا بات آئی گئی ہوگئی لیکن ماں جی کے دل میں غم بیٹھ گیا۔ اس غم میں وہ اندر ہی اندر کڑھنے لگیں۔

کچھ عرصہ کے بعد کشمیر کا مہاراجہ پرتاب سنگھ اپنی مہارانی کے ساتھ گلگت کے دورے پر گیا۔ ماں جی نے مہارانی سے اپنے دل کا حال سنایا۔ مہارانی بھی سادہ عورت تھی۔ جلال میں آگئی ''ہائے ہائے ہمارے راج میں ایسا ظلم۔ میں آج ہی مہاراج سے کہوں گی کہ وہ عبداللہ صاحب کی خبر لیں''۔

جب یہ مقدمہ مہاراجہ پرتاب سنگھ تک پہنچا تو انہوں نے عبداللہ صاحب کو بلا کر پوچھ گچھ کی۔ عبداللہ صاحب بھی حیران تھے کہ بیٹھے بٹھائے یہ کیا افتاد آپڑی۔ لیکن جب معاملے کی تہہ تک پہنچے تو دونوں خوب ہنسے۔ آدمی دونوں ہی وضعدار تھے۔ چنانچہ مہاراجہ نے حکم نکالا کہ آئندہ سے گلگت کی گورنری کو وزارت اور گورنر کو وزیر وزارت کے نام سے پکارا جائے۔ ۱۹۴۷ء کی جنگ آزادی تک گلگت میں یہی سرکاری اصطلاحات رائج تھیں۔

یہ حکم نامہ سن کر مہارانی نے ماں جی کو بلا کر خوشخبری سنائی کہ مہاراج نے گورنری کو دیس نکالا دے دیا ہے۔

''اب تم دودھوں نہاؤ، پوتوں پھلو''۔ مہارانی نے کہا۔ ''کبھی ہمارے لئے بھی دعا کرنا''

مہاراجہ اور مہارانی کی کوئی اولاد نہ تھی۔ اس لئے وہ اکثر ماں جی سے دعا کی فرمائش کرتے تھے۔

اولاد کے معاملے میں ماں جی کیا واقعی خوش نصیب تھیں؟ یہ ایک ایسا سوالیہ نشان ہے جس کا جواب آسانی سے نہیں سوجھتا۔

ماں جی خود ہی تو کہا کرتی تھیں کہ ان جیسی خوش نصیب ماں دنیا میں کم ہی ہوتی ہیں۔ لیکن اگر صبر و شکر، تسلیم و رضا کی عینک اتار کر دیکھا جائے تو اس خوش نصیب کے پردے میں کتنے دکھ، کتنے غم، کتنے صدمے نظر آتے ہیں۔

اللہ میاں نے ماں جی کو تین بیٹیاں اور تین بیٹے عطا کئے۔ دو بیٹیاں شادی کے کچھ عرصہ بعد یکے بعد دیگرے فوت ہوگئیں۔ سب سے بڑا عین عالم شباب میں انگلستان جا کر گزر گیا۔

کہنے کو تو ماں جی نے کہہ دیا کہ اللہ کا مال تھا اللہ نے لے لیا۔ لیکن کیا وہ اکیلے میں چھپ چھپ کر خون کے آنسو رویا نہ کرتی ہوگی!

جب عبداللہ صاحب کا انتقال ہوا تو ان کی عمر باسٹھ سال اور ماں جی کی عمر پچپن سال تھی۔ سہ پہر کا وقت تھا۔ عبداللہ صاحب بان کی کھردری چارپائی پر حسب معمول گاؤ تکیہ لگا کر نیم دراز تھے۔ ماں جی پائنتی بیٹھی چاقو سے گنا چھیل چھیل کر ان کو دے رہی تھیں۔ وہ مزے مزے سے گنا چوس رہے تھے اور مذاق کر رہے تھے۔ پھر یکایک سنجیدہ ہوگئے اور کہنے لگے۔ ''بھاگوان شادی سے پہلے میلے میں میں نے تمہیں گیارہ پیسے دیئے تھے کیا ان کو واپس کرنے کا وقت نہیں آیا؟''

ماں جی نے نئی دلہنوں کی طرح سر جھکا لیا اور گنا چھیلنے میں مصروف ہوگئیں۔ ان کے سینے میں بیک وقت بہت خیال امڈ آئے۔ ''ابھی وقت کہاں آیا ہے۔ سرتاج شادی کے پہلے گیارہ پیسوں کی تو بڑی بات ہے۔ لیکن شادی کے بعد جس طرح تم نے میرے ساتھ نباہ کیا ہے اس پر میں نے تمہارے پاؤں دھو کر پینے ہیں۔ اپنی کھال کی جوتیاں تمہیں پہنانی ہیں۔ ابھی وقت کہاں آیا ہے میرے سرتاج۔

لیکن قضا و قدر کے بہی کھاتے میں وقت آچکا تھا۔ جب ماں جی نے سر اٹھایا تو عبداللہ صاحب گنے کی قاش منہ میں لئے گاؤ تکیہ پر سو رہے

تھے۔ ماں جی نے بہتیرا بلایا، ہلایا، چمکارا لیکن عبداللہ صاحب ایسی نیند سو گئے تھے جس سے بیداری قیامت سے پہلے نہیں۔

ماں جی نے اپنے باقی ماندہ دو بیٹوں اور ایک بیٹی کو سینے سے لگا لگا کر تلقین کی" بچہ رونا مت۔ تمہارے ابا جی آرام سے سو رہے تھے، اسی آرام سے چلے گئے۔ اب رونا مت۔ ان کی روح کو تکلیف پہنچے گی"۔

کہنے کو تو ماں جی نے کہہ دیا کہ اپنے ابا کی یاد میں نہ رونا، ورنہ ان کو تکلیف پہنچے گی لیکن کیا وہ خود چوری چھپے اس خاوند کی یاد میں نہ روئی ہو ں گی جس نے باسٹھ سال کی عمر تک انہیں ایک الہڑ دلہن سمجھا اور جس نے گورنری کے علاوہ اور کوئی سوکن اس کے سر پر لا کر نہیں بٹھائی۔

جب وہ خود چل دیں تو اپنے بچوں کے لئے ایک سوالیہ نشان چھوڑ گئیں، جو قیامت تک انہیں عقیدت کے بیابان میں سرگرداں رکھے گا۔

اگر ماں جی کے نام پر خیرات کی جائے تو گیارہ پیسے سے زیادہ ہمت نہیں ہوتی، لیکن مسجد کا ملا پریشان ہے کہ بجلی کا ریٹ بڑھ گیا ہے اور تیل کی قیمت گراں ہو گئی ہے۔ ماں جی کے نام پر فاتحہ دی جائے تو مکئی کی روٹی اور نمک مرچ کی چٹنی سامنے آتی ہے لیکن کھانے والا درویش کہتا ہے کہ فاتحہ درود میں پلاؤ اور زردے کا اہتمام لازم ہے۔

ماں جی کا نام آتا ہے تو بے اختیار رونے کو جی چاہتا ہے۔ لیکن اگر رویا جائے تو ڈر لگتا ہے کہ ان کی روح کو تکلیف نہ پہنچے اور اگر ضبط کیا جائے تو خدا کی قسم ضبط نہیں ہوتا۔

تیسرا آدمی

شوکت صدیقی

دونوں ٹرک، سنسان سڑک پر تیزی سے گزرتے رہے!

پتمبر روڈ، مشرق کی طرف مڑتے ہی ایک دم نشیب میں چلی گئی ہے۔ اور جھکے ہوئے ٹیلوں کے درمیان کسی زخمی پرندے کی طرح ھانپتی ہوئی معلوم ہوتی ہے۔ رات اب گہری ہو چکی ہے اور آغاز سرما کی بچری ہوئی ہوائیں چل رہی ہیں۔ دونوں ٹرک ڈھلوان پر کھڑ کھڑاتے ہوئے گزر رہے ہیں۔ ان کا بے ہنگم شور پتھریلی چٹانوں میں دھڑک رہا ہے۔ ایکا ایکی اندھیرے میں کسی نے چیخ کر کہا۔

''اے کون جا رہا ہے، ٹرک روک لو!''

رات کے سناٹے میں یہ آواز بڑی پر اسرار معلوم ہوئی۔ لیکن ٹرکوں کے اندر بیٹھے ہوئے لوگوں نے اس پر کوئی توجہ نہ دی۔ وہ اس طرح خاموش بیٹھے رہے اور دونوں ٹرک جھکی ہوئی چٹانوں کی گہرائی میں تیزی سے گزرتے رہے۔ اس دفعہ ذرا دور سے آواز سنائی دی۔ ''روکو، روک لو ٹرکوں کو!'' اور اس کے ساتھ ہی موٹر سائیکل اسٹارٹ ہونے کی گھر گھراہٹ ابھرنے لگی۔ اس کی تیز روشنی دھوپ چھاؤں کی طرح ٹرکوں کے پچھلے حصوں پر لہرا جاتی ہے۔ لیکن ٹرک رک نہیں سکتے۔ اس لئے کہ یہ خطرہ کا الارم ہے۔ ان کی رفتار اور تیز ہوگئی۔ سڑک بالکل ویران ہے اور دونوں ڈرائیور بڑے ایکسپرٹ ہیں!!

موٹر سائیکل کی روشنی قریب ہوتی جا رہی ہے۔ اور قریب! اور قریب! اور اس کا شور ٹرکوں کے نزدیک ہی دھڑکنے لگا ہے ان کی رفتار اب زیادہ نہیں بڑھ سکتی ہے۔ اس لئے کہ ڈھلوان پر ٹرکوں کے بے قابو ہو جانے کا پورا اندیشہ ہے۔ دونوں ڈرائیوروں کے سہمے ہوئے چہرے خوف زدہ ہوتے جا رہے ہیں۔ لیکن نیلی آنکھوں والا وانچو خاموشی سے بیٹھا ہوا سگریٹ پیتا رہا اور برابر سوچتا رہا کہ اب کیا کرنا چاہئے۔ پھر ایک بارگی کے کو مستانی ٹیلوں کی گہرائی میں ریوالور چلنے کی آواز بڑے بھیانک انداز سے گرجنے لگی۔ اور گولی ٹرک کے پچھلے پہیوں کے پاس سے سنسناتی ہوئی گزر گئی۔ ایک بار پھر کسی نے اونچی آواز میں کہا۔ روک لو ٹرکوں کو نہیں تو میں ٹائر برسٹ کر دوں گا۔''

اور اس وارننگ کے ساتھ ہی دونوں ٹرک ٹھہر گئے۔ ٹرکوں کے اندر سے صرف وانچو اتر کر نیچے آیا۔ باہر پت جھڑ کی شوریدہ ہوائیں چل رہی تھیں اور ان کو تیز خنکی جسم میں چبھتی ہوئی معلوم ہو رہی تھی۔ وانچو نے اپنے لمبے اوورکوٹ کے کالروں کو درست کیا اور آہستہ آہستہ چلتا ہوا موٹر سائیکل کے قریب پہنچ گیا۔ پھر اس نے جلتی ہوئی سگریٹ کو جھنجھلاہٹ کے انداز میں سڑک پر پھینک کر جوتے سے مسل ڈالا، اور بڑے تیکھے لہجہ میں پوچھنے لگا۔

''اس طرح ٹرکوں کو رکوا لینے کا مقصد، کیا چاہتے ہیں آپ؟''

لیکن موٹر سائیکل پر بیٹھا ہوا بھاری بھرکم جسم والا انسپکٹر وانچو کے اس انداز سے ذرا بھی متاثر نہ ہوا بلکہ بڑی بے نیازی سے کہنے لگا ''میں اینٹی کرپشن کا انسپکٹر ہوں، اور دونوں ٹرکوں کی تلاشی لینا چاہتا ہوں۔''

وانچو نے غور سے اس کی طرف دیکھا۔ دھندلی روشنی میں اس کا چہرہ بڑا کرخت معلوم ہو رہا تھا۔ اور ریوالور اس کی انگلیوں میں دبا ہوا تھا وانچو نے پہلی نظر میں اندازہ لگا لیا تھا کہ بھاری بھرکم جسم والا انسپکٹر پوری طرح دہشت زدہ کرنے پر تلا ہوا ہے۔ اس نے جھٹ سے کاروباری پینترا

بدلا اور ذرا بے تکلفی سے کہنے لگا اچھا تو آپ ہیں، اور پھر وہ مسکرا دیا، اگر آپ انفیشکی پوچھتے ہیں تو دیکھئے دونوں ٹرکوں پر آلوؤں کے بورے لدے ہوئے ہیں میں ثبوت میں ڈسٹرکٹ آ کٹرا آفس کی رسید پیش کر سکتا ہوں۔ چونگی کا یہ محصول ابھی پچھلے ناکے پر ہی ادا کیا گیا ہے۔ اور جو کچھ اصلیت ہے وہ تو آپ جانتے ہی ہوں گے۔ اس لئے کہ آئرن ٹیٹس کو اس طرح لے جانے کا یہ کوئی پہلا اتفاق تو نہیں ہے۔ یہ سلسلہ تو ایک مدت سے چل رہا ہے۔

انسپکٹر گردن ہلا کر بولا' جی ہاں، سنا تو کچھ میں نے بھی یہی ہے اور اس لئے کئی گھنٹوں سے اس سڑک پر تپسیا کر رہا تھا''.......... وانچو ہنسنے لگا یہ تپسیا تو آپ نے خواہ مخواہ اپنے سر مول لی۔ میں نے آپ کو دو مرتبہ فون کیا۔ اگر آپ دفتر میں مل جاتے تو اس طرح کیوں پریشانی اٹھانا پڑتی۔ اور خود مجھے یہاں سردی میں نہ آنا پڑتا۔ مگر چلئے یہ بھی ٹھیک رہا۔ اس بہانے آپ کے درشن تو ہو گئے!'' اور وہ تین سو روپے احمد پور کے اس ٹرپ میں بچالینا چاہتا تھا۔ آخر اس نے کرنسی نوٹوں کو اندرونی جیب میں سے نکالا اور انسپکٹر کی طرف بڑھا کر کہنے لگا'' آپ سے پہلی ملاقات ہوئی ہے۔ اس لئے کچھ نہ کچھ نذرانہ تو دینا ہی پڑے گا۔ لیجئے ان کو رکھ لیجئے۔ فرمایئے اور کیا سیوا کی جائے۔''

اینٹی کرپشن انسپکٹر روکھے پن سے بولا'' اس مہربانی کا شکریہ۔ اب اتنی اور مہربانی کیجئے کہ ان کو اپنے پاس ہی رہنے دیجئے۔''

وانچو رنجیدہ ہو کر خاموش ہو گیا۔ دونوں اندھیرے میں چپ چاپ کھڑے تھے اور کوہستانی چٹانوں میں پت جھڑ کی بپھری ہوئی ہوائیں چیختی رہیں۔ آگے کھڑے ہوئے ٹرکوں کے اندر سرگوشیوں کی دبی دبی آوازیں بھنبھنا رہی تھی۔ وانچو ذرا غور کرنے لگا کہ یہ آسانی سے ماننے والی آسامی نہیں ہے۔ اس سالے کو ابھی کچھ اور بھی دکشنا دینا پڑے گی۔ اس لئے کہ وہ جانتا تھا کہ ہر کامیاب جرم کی سازش پہلے پولیس اسٹیشن کے اندر ہوتی ہے م یہ بات دوسری ہے کہ سودا بعد میں طے ہو سکتا ہے۔ سچ تو یہ ہے کہ یہ سب مایا کے کھیل ہیں م اور مایا کے روپ نیارے ہیں اسی لئے جرائم کی نوعتیں جداگانہ ہیں جیب کاٹنے والا زیادہ سے زیادہ ہسٹری شیٹر بن سکتا ہے اور کارہائے نمایاں انجام دینے والا سرمایہ دار ہو جاتا ہے۔ البتہ اتنا ضرور ہے کہ ہسٹری شیٹر بننے کے لئے پولیس کی سرپرستی درکار ہوتی ہے اور سرمایہ داری کے لئے گورنمنٹ سے ساز باز کئے بغیر کام نہیں چلتا۔ وانچو نے جیب کے اندر سے کچھ اور کرنسی نوٹ نکالے اور آہستہ آہستہ کہنے لگا۔

انسپکٹر تیواری جب تک اس سرکل میں تعینات رہے ہماری انڈسٹری کی طرف سے ان کو اس حساب سے ان کا حق برابر پہنچتا رہا۔'' پھر خوشامد کرنے کے سے انداز میں وہ مسکرا کر بولا'' لیکن آپ کو اس طرح جاڑے پالے میں آ کر پریشان ہونا پڑا ہے۔ اب اس پریشانی کا بھی کچھ خیال کرنا پڑے گا۔'' لیجئے یہ دو سو اور ہیں۔ دیکھئے اب کچھ اور نہ کہئے گا۔ اور اپنا ریوالور تو آپ اب اندر رکھ لیجئے۔ خواہ مخواہ آپ سے خوف معلوم رہا ہے۔''

مگر بھاری بھر کم جسم والا انسپکٹر اسی طرح ناراضگی کے سے انداز میں بولا دیکھئے آپ مجھے غلط سمجھ رہے ہیں میں ان دونوں ٹرکوں کو پولیس اسٹیشن لے جائے بغیر باز نہیں آؤں گا آپ خواہ مخواہ میرا بھی وقت خراب کر رہے ہیں اور خود بھی پریشانی اٹھا رہے ہیں اور وہ موٹر سائیکل کو اسٹارٹ کرنے لگا۔

اس دفعہ وانچو کی مسکراہٹ نے دم توڑ دیا اس نے بڑی تیکھی نظروں سے انسپکٹر کو گھور کر دیکھا۔ اس عرصہ میں پہلی بار اس کو خطرے کی نوعیت کا احساس ہوا تھا۔ اس لئے کہ دونوں ٹرکس کسی طرح بھی پولیس اسٹیشن نہیں جاسکتے تھے۔ کمپنی کا یہی حکم تھا، یہی ہدایت تھی اور اس ذمہ داری کے لئے کمپنی سے اس کو نو سو روپے ماہوار تنخواہ کے علاوہ مینجنگ ڈائریکٹر کی طرف سے چھ سو روپے ایکسٹرا الاؤنس بھی ملتا تھا۔ وانچو کئی ماہ سے اپنی اس ڈیوٹی کو بڑی مستعدی سے انجام دے رہا تھا۔ کمپنی اس کی کارگزاریوں کو سراہتی رہی ہے اور بورڈ آف ڈائریکٹرز کی میٹنگ میں بہت سی باتوں کیلئے اس کو جوابدہ بھی ہونا پڑتا ہے اور اکثر ایسے بے تکے سوالوں سے اس کو سابقہ پڑا کہ وہ بدحواس ہو جاتا۔ اس لئے وہ پانچ سو روپے سے زیادہ دو ٹرکوں کے

لئے رشوت نہیں دے سکتا۔ ورنہ آئندہ میٹنگ میں اگر کوئی ڈائریکٹر الجھ گیا تو بہت ممکن ہے کہ زائد۔ رقم اس کو اپنی تنخواہ سے ادا کرنا پڑے اور بات بھی کچھ ایسی ہی ہے۔ دراصل ابھی تک فیکٹری کی تعمیر کیلئے کمپنی اپنے پاس سے صرف روپیہ لگا رہی ہے شوگر پلانٹ کا کانسٹرکشن ابھی تک مکمل نہیں ہوا ہے۔ البتہ کمپنی کے وہ فارم'' جن میں ایکھ کی کاشت ہوگی ان میں ٹریکٹر چلنے لگے ہیں اور آلو کی فصلیں تیار کی جا رہی ہیں۔ اور یہ آلوؤں کے ساتھ سیمنٹ کی بوریاں اور آئرن شیٹس بھی ٹرکوں میں لاد کر پوشیدہ طور پر بلیک مارکیٹ میں جاتے ہیں۔ کمپنی کو اپنی انڈسٹری کی تعمیر کیلئے سیمنٹ اور آئرن کا بہت بڑا سرپلس کوٹا مل گیا ہے۔ جس کی سمگلنگ سنسان راتوں میں بڑے پراسرار طریقہ پر ہوتی ہے۔ اور اس سازش میں پولیس کے علاوہ دوسرے محکمے بھی کمپنی کے شریک ہیں۔

وانچو غور کرنے کے سے انداز میں خاموش کھڑا رہا۔ اس کی گھنی بھوئیں آنکھوں پر جھکی ہوئی معلوم ہو رہی ہیں اور چہرے کے تیکھے نقوش مجسموں کی طرح ٹھوس نظر آ رہے ہیں۔ پھر ایک بارگی اس نے طے کر لیا کہ اسے کیا کرنا چاہیے انہیں وحشت ناک موقعوں کے لئے وہ ہمیشہ کہا کرتا تھا۔ کہ جو کچھ کہنا ہے اس کے فیصلے کیلئے منٹ بھر کا عرصہ بہت ہے۔ اور جو لوگ صرف انجام ہی پر غور کرتے ہیں وہ کبھی کسی نتیجہ پر نہیں پہنچ سکتے۔ اور پھر بوجھل قدموں سے چلتا ہوا وہ آگے والے ٹرک کے پاس پہنچ گیا اور سرگوشی کے سے انداز میں آہستہ آہستہ پکارنے لگا۔

''نیل کنٹھ آے نیل کنٹھ، مہاراج''

اور ٹرک کے اندر سے مضبوط پٹھوں وال نیل کنٹھ دھنسی ہوئی آواز میں بولا کیا ہے سیکرٹری ساب؟'' پھر وہ اتر کر نیچے آ گیا اس کا آبنوسی جسم رات کے گہرے اندھیرے میں پرچھائیوں کی طرح دھندلا نظر آ رہا تھا۔ وانچو کہنے لگا''۔

''دیکھو نیل کنٹھ یہ سالا انسپکٹر تو کسی طرح مانتا نہیں اور تم جانتے ہو کہ دونوں ٹرک تھانے پر بھی نہیں جا سکتے''

''وہ سینہ تان کر بولا، تو حکم ہو!''

گہری نیلی آنکھوں والے وانچو نے اس کب بھرپور نظروں سے دیکھا اور پھر اسازش کرنے کے سے انداز میں اس نے ایک آنکھ دبا کر آہستہ سے کہا'' مجھ کو تو صرف لائین کلیر، کی ضرورت ہے۔ زیادہ جھنجھٹ نہیں چاہیے۔ پھر مڑتے ہوئے اتنا اور کہا'' میں جا کر اس سے باتیں کرتا ہوں۔ تم ٹرکوں کی پشت پر سے گھوم کر آ جانا سمجھ گئے نا!'' اور نیل کنٹھ جیسے سب کچھ سمجھ گیا۔ اس کی آنکھیں جرائم پیشہ لوگوں کی طرح خونخوار نظر آنے لگیں۔ وانچو وہاں سے سیدھا اینٹی کرپشن کے انسپکٹر کے پاس چلا گیا۔ وہ اس کو آتے ہوئے دیکھ کر تیز سے بولا۔

''آپ نے ٹرکوں کو اسٹارٹ نہیں کروایا بلا وجہ دیر ہو رہی ہے''

وانچو بڑی سنجیدگی سے بولا'' آپ تلاشی لیں گے یا ٹرکس اسی طرح چلیں گے'' وہ کہنے لگا'' بظاہر تو اب ایسی کوئی ضرورت نہیں، یوں جیسے آپ کی مرضی'' وانچو ایک بار پھر کاروبارانداز سے مسکرایا'' انسپکٹر صاحب مرضی ہماری کہاں مرضی تو آپ کی ہے۔ ہم نے تو اپنی طرف سے کوئی کسر اٹھا نہ رکھی مگر آپ کی ناراضگی ختم ہی نہیں ہوتی۔''

وہ بے نیازی سے بولا'' دیکھئے ان بے کار باتوں سے کوئی نتیجہ نہیں نکلے گا۔ آپ کو جو کچھ کہنا ہو، آپ تھانے پر چل کر کہہ لیجئے گا۔''

وانچو سنجیدہ ہو گیا'' بہت اچھی بات ہے لیکن اتنا میں آپ کو ضرور بتا دینا چاہتا ہوں کہ جو لوگ آئرن شیٹس اور سیمنٹ کا سرپلس کوٹا لے سکتے ہیں۔ اور جو اس کو سمگل بھی کر آ سکتے ہیں۔ وہ اپنے بچاؤ کے طریقے بھی جانتے ہی ہوں گے۔ چور چوری کرنے جاتا ہے تو باہر نکلنے کا رستہ پہلے دیکھ لیتا ہے'' اور اس میں شک بھی نہیں کہ وانچو ٹھیک ہی کہہ رہا تھا۔ اس لئے کہ ''یونائیٹڈ انڈسٹریز لمیٹڈ'' کے وڈ ڈائریکٹر ایم ایل اے ہیں اور ان میں

سے ایک تو ریونیو منسٹر کا داماد بھی ہے اور اسی لئے سرکاری محکموں میں کمپنی کا اثر بھی ہے اور زور بھی ہے۔ لیکن بھاری بھرکم جسم والا انسپکٹر ان رازھائے سربستہ کو نہیں جانتا۔ اس سرکل میں ابھی اس کا نیا نیا ٹرانسفر ہوا ہے اس لئے پورے علاقہ میں وہ اپنی دھاک بٹھا دینا چاہتا ہے۔ اور اس لئے ایک آدھ بڑا کیس بنائے بغیر بات نہیں بنتی۔ اور پولیس کی مکینک کے مطابق ایک بار جہاں ہوا بندھ گئی پھر تو لکشمی آ کر خود قدم چومتی ہے۔ اور اسی لئے وہ کسی طرح باز نہیں آ سکتا۔ وانچو کی باتوں پر جھنجھلا کر اس نے جواب دیا۔

''ممکن ہے، آپ ٹھیک کہہ رہے ہوں۔ ابھی تو آپ ذرا چل کر حوالات میں ٹھہریئے پھر دیکھیں گے کہ آپ لوگ اپنے بچاؤ کا کونسا طریقہ جانتے ہیں۔''

اس دفعہ وانچو بھی بھر گیا۔ اس نے تیزی سے کہا ''انسپکٹر صاحب مجھے کیلاش ناتھ وانچو کہتے ہیں۔ میں تھانہ جانے سے پہلے بات کو یہاں بھی طے کر سکتا ہوں۔ آپ کے ایسے انٹی کرپشن کے انسپکٹروں سے یہاں اکثر سابقہ پڑا کرتا ہے۔ اگر ان میں کوئی مل گیا ہوتا تو اس طرح مونچھ اونچی کر کے آپ کو بات کرنے کی جرات نہ ہوتی۔''

انسپکٹر کے چہرے پر اور ابھی خشونت آ گئی۔ وہ اس کو بڑی تیکھی نظروں سے گھورنے لگا اور اسی وقت آ بنوسی جسم والے نیل کنٹھ نے اندھیرے میں سے نکل کر اس کے سر پر ''آہنی راڈ'' اٹھا کر زور سے دے مارا۔ انسپکٹر نے دبی ہوئی کراہ کے ساتھ ہائے کر کے پھٹی ہوئی بھیانک آواز نکالی۔ اور لڑکھڑا کر سڑک پر گر پڑا۔ اس کی انگلیوں میں دبا ہوا ریوالور ابھی تک کانپ رہا تھا۔ وانچو نے جھپٹ کر اس کے ہاتھ کو اپنے بوجھل جوتے سے رگڑ دیا اور ریوالور کو چھین کر ٹیلوں کی طرف پھینک دیا۔ اور اس کی ریڑھ کی ہڈی پر ایک بھرپور لات مار کر بڑبڑانے لگا۔

''ہمت تیرے کی، سالا کسی طرح مانتا ہی نہ تھا'' اور پھر وہ نیل کنٹھ سے کہنے لگا ''مہاراج ڈال دو سالے کو ادھر کنارے کی طرف!'' اور پھر اطمینان سے ایک سگریٹ سلگا کر پوچھنے لگا ''ہاں یہ دیکھ لو کہ زخم گہرا تو نہیں پڑا ہے، ورنہ بلا وجہ بات اور بڑھ جائے گی۔''

نیل کنٹھ کہنے لگا ''ہاتھ بھرپور نہیں پڑا ہے، کوئی گھبرانے کی بات نہیں ہے۔''

پھر نیل کنٹھ نے سڑک پر بے سدھ پڑے ہوئے بھاری بھرکم جسم والے انسپکٹر کا بازو پکڑا اور اس کو گھسیٹتا ہوا دور تک چلا گیا۔ اس کا کرخت چہرہ خون میں ڈوب کر بڑا بھیانک نظر آ رہا تھا۔ اور سانس سہمی ہوئی چل رہی تھی۔ وہ اسی طرح جھکے ہوئے کوہستانی ٹیلوں کے دامن میں کسی لاش کی طرح بے جان پڑا رہا۔ اور آغاز سرما کی تیکھی ہوائیں پتھریلی چٹانوں میں ھانپتی رہیں۔ اور ایک بارگی کہیں نزدیک ہی گیدڑیوں نے شور مچانا شروع کر دیا۔

دونوں ٹرکوں کے اسٹارٹ ہونے کی کھڑکھڑاہٹ سنسان رات میں ابھرنے لگی۔ اور وہ موٹر سائیکل کو بری طرح روندتے ہوئے سڑک پر پھر چلنے لگے۔ لیکن احمد پور جانے کے بجائے، اب وہ جنوبی ٹیلوں کی طرف مڑ رہے تھے۔ اور کوئی ستر میل کا چکر کاٹنے کے بعد دونوں ٹرک پھر اسی چوراہے پر پہنچ گئے جہاں لوہے کے کھمبے پر لگے ہوئے بورڈوں پر لکھا تھا:

بلبیر گھاٹ، اکیاون میل۔

سنوال کلاں، اٹھارہ میل۔

شیام باڑہ، چوراسی میل۔

احمد پورا، ایک سو باون میل۔

قریب ہی ڈسٹرکٹ آکٹرائے ٹیکس آفس تھا۔ جس کے جھکے ہوئے سائبان کے نیچے ایک دھندلا سا لیمپ جل رہا تھا۔ اور بوڑھا محرر رجسٹروں کو کھولے ہوئے کھانس رہا تھا۔ ابھی کچھ عرصہ قبل یہاں پر دونوں ٹرکوں کی چنگی کا محصول ادا کیا گیا تھا۔ وانچو ٹرک پر سے اترا اور سیدھا سا

ئیبان کے نیچے چلا گیا۔اور سرگوشی کے لہجہ میں آہستہ سے بولا:

منشی جی میرے خیال میں، آپ کے رجسٹروں میں ٹائم تو درج نہیں ہوتا ہوگا'' پھر بغیر جواب کا انتظار کئے ہوئے اس نے چوکنا نظروں سے چاروں طرف دیکھا۔اور تیس روپے کے کرنسی نوٹ نکال کر اس کی طرف بڑھا دئے'' لیجئے ان کو رکھ لیجئے ،اگر کوئی دریافت کرنے آئے تو کہہ دیجئے گا کہ دونوں ٹرکس کوئی ساڑھے آٹھ بجے کے قریب یہاں آئے تھے، سمجھ گئے نا آپ!''

اور بوڑھے نڑرر نے گردن ہلا دی'' ایسا ہی ہو جائے گا۔پر کوئی گھبرانے کی بات تو نہیں!''

وانچو ڈرامائی انداز میں قہقہہ لگا کر کہنے لگا'' جب تک ہم موجود ہیں اس وقت تک بھلا آپ پر کوئی آنچ آ سکتی ہے''

وہ بھی ہنسنے لگا'' سو بات تو یہ ہے، پر بات اتنی ہے سرکار ہ اب زمانہ بڑا خراب لگ گیا ہے۔ذرا ذرا سی بات میں سسر بال کی کھال نکالتے ہیں۔''

اور پھر چونگی کے محرر کو مطمئن کر کے وہ مسکراتا ہوا ٹرک کے اندر جا کر بیٹھ گیا۔دونوں ٹرک پھر روانہ ہو گئے ۔سامنے پتمبر پور روڈ اندھیرے میں بل کھاتی ہوئی چلی گئی ہے۔مگر دونوں ٹرک پھر اس طرف جانے کی بجائے راحیل روڈ کی طرف مڑ گئے۔وانچو نے گھڑی میں وقت دیکھا،اب ڈیڑھ بج رہا تھا۔اور پھر دو بجنے سے پہلے ہی دونوں ٹرک ابیر گڑھ پولیس اسٹیشن کے قریب جا کر ٹھہر گئے۔وانچو تھانہ کے اندر چلا گیا۔اور ڈیوٹی انسپکٹر کو ڈیڑھ سو روپے دے کر اس نے ایک ٹرک کا چالان کرا دیا۔روزنامچہ میں درج کر دیا گیا۔

''ٹرک نمبر **3136**،نو بجے شب کو راحیل روڈ پر سے گزرتے ہوئے بغیر ہیڈ لائٹس کے پایا گیا۔تفتیش کرنے پر معلوم ہوا کہ اس کی بیٹری خراب تھی۔ٹرک مذکور یونائیٹڈ انڈسٹریز لمیٹڈ کی ملکیت ہے اور اس میں آلو کے بورے لدے تھے۔''

اور اسی طرح حکیم پور کے تھانہ پر مزید ڈیڑھ سو روپیہ رشوت دے کر دوسرے ٹرک کا بھی چالان کرا دیا گیا۔اور ہیڈ کانسٹیبل سرکاری روزنامچہ میں اندراج کرنے لگا:

''پونے دس بجے شب کو ٹرک نمبر **6228** راحیل روڈ، پر اتنی تیز رفتار سے گزر رہا تھا کہ کسی حادثہ کے ہو جانے کا خطرہ تھا۔ڈیوٹی انسپکٹر ہرنام سنگھ نے اس کو رکوا کر تحقیقات کی تو یہ بھی دریافت ہوا کہ ڈرائیور مسمی نظر کے پاس ڈرائیونگ لائسنس بھی موجود نہ تھا.........!''

اس کے بعد دونوں ٹرک پھر راحیل روڈ پر تیزی سے گزرنے لگے۔اور صبح کاذب کی گہری دھند میں دونوں ٹرک بلیر گھاٹ پر پہنچ گئے۔پھر چھ بجے سے پیشتر ہی وانچو بھارت انجینئرنگ ورکس کی نئی اسٹوڈی بیکر پر واپس لوٹ پڑا۔اور ابھی دھوپ بھی اچھی طرح پھیلنے بھی نہ پائی تھی کہ اس کی کار فیکٹری کے پھاٹک کے اندر داخل ہو گئی۔

وانچو اپنے دفتر میں جا کر حسب معمول کمپنی کے کاموں میں الجھ گیا۔اور رات کے حادثہ کی اہمیت سنیچر کے روز ہونے والے اس ڈریلمنٹ سے زیادہ نہ رہی جس میں ریلوے کی ایک گیرج فیکٹری کے یارڈ کے اندر ڈیج ہو گئی تھی اور اس نقصان کیلئے ریلوے نے کوئی چار ہزار روپے کا کلیم کیا تھا اور عدالتی کارروائیوں کے لئے ہرندر پرشاد، ایڈووکیٹ کمپنی کے مشیر قانونی ہی موجود تھے۔

پولیس تحقیقات کرتی رہی، تفتیش برابر ہوتی رہی۔اور اینٹی کرپشن کا بھاری بھرکم جسم والا انسپکٹر، ہسپتال میں پڑا کراہتا رہا۔اور مضبوط پٹھوں والا نیل کنٹھ بھنگ چڑھا کر ٹھاٹھ سے گالیاں بکتا رہا۔اور اور اپنے کوارٹر کے اندر لیٹا ہوا رات گئے تک اونچی آواز میں آلہا گایا کرتا۔

''اور اگر تمہاری بات نہ مانی جائے تو؟''

''پھر تو کنور صاحب اس کا نتیجہ کچھ اچھا نہیں نکلے گا''

''لیکن دیپ چند تمہیں معلوم ہونا چاہیے کہ میں کمپنی کا مینجنگ ڈائریکٹر ہوں۔''

کمرے کے اندر اسی طرح تیز لہجہ میں باتیں ہوتی رہیں ۔ آتشدان میں کوئلے چیخ رہے تھے ۔ دھکتے ہوئے سرخ انگاروں کی روشنی میں وانچو کا گنجا سر چمکنے لگا تھا۔ مگر وہ خاموش بیٹھا ہوا اپنا بھدا سا پائپ پیتا رہا۔ دریچہ سے ہوا کے نخ بستہ جھونکے اندر آ رہے تھے اور فیکٹری کے ورکشاپ میں دھڑکتی ہوئی لوہے کی جھنکاروں کا شور سنائی دے رہا تھا۔ باہر ملگی نیلگوں کہر کے لچھے منڈا رہے تھے، اور اس دھند میں لپٹی ہوئی مینجنگ ڈائریکٹر کی خوبصورت کوٹھی اور نکھتی ہوئی معلوم ہو رہی تھی، جس کے باہری وارنڈے میں نیل کنٹھ دیوار سے پیٹھ کو ٹکائے ہوئے چپ چاپ بیٹھا ہوا تھا ۔ وارنڈے میں بالکل اندھیرا تھا۔ اور اس گہری تاریکی میں نیل کنٹھ کا سیاہ آبنوسی جسم آسیب زدہ سایہ کی طرح ڈراؤنا معلوم ہو رہا تھا۔

نیل کنٹھ اس طرح اندھیرے میں خاموش بیٹھا رہا اور جب کبھی دیپ چند تیزی سے بولتا تو وہ چونک کر کمرے کے دروازے کی طرف گھبرا کر دیکھتا جیسے اب کچھ نہ کچھ ہونے ہی والا ہے۔ لیکن دیپ چند اندر بیٹھا ہوا اطمینان سے باتیں کرتا رہا۔ اس کے چہرے پر ٹیبل لیمپ کے "سیڈ" کی پرچھائیں پڑ رہی ہے، اور اس دھندی روشنی میں اس کا منحنی جسم ناٹک کے کسی مسخرے کی طرح حقیر نظر آ رہا ہے۔ مگر دیپ چند کمپنی کا چیف اکاؤنٹنٹ ہے۔ اور کمپنی کی غیر قطانونی سازشوں میں اس کا کردار بہت اہم ہے۔ یہ بات نیلی آنکھوں والا وانچو بھی جانتا ہے اور اس کی اہمیت مینجنگ ڈائریکٹر کو بھی معلوم ہے، جس کو فیکٹری کے اندر سب لوگ کنور صاحب کہتے ہیں۔ اس لئے کہ وہ رانی بازار کے علاقہ کا جاگیردار ہے۔ وہ کاروباری مکینک سے زیادہ گھوڑوں کی نسلیں اور عورتوں کی مختلف قسموں کے متعلق بہت کچھ جانتا ہے۔ اس لئے کہ اس نے زندگی بھر ریس میں گھوڑے دوڑائے ہیں۔ اور عورت کے جسم پر کسی کیمیاگر کی طرح کوک شاستری تجربے کئے ہیں۔ اور جب سے جاگیرداری پر زوال آنے کی افواہیں سرکاری حلقوں میں گشت کرنے لگی ہیں، اس نے بھی اپنے سرمایہ کو محفوظ کرنے کیلئے کسی انڈسٹری میں داخل ہو جانا ہی اپنے حقوق میں بہتر سمجھا۔ اور اس دور اندیشی نے اس کو کنور شیوراج سنگھ سے ایک بارگی یونائیٹڈ انڈسٹریز کا مینجنگ ڈائریکٹر بنا دیا ہے۔ لیکن کمپنی کا چیف اکاؤنٹنٹ اس کی باتوں سے ذرا بھی مرعوب نہیں ہوا بلکہ اس نے بڑی بے نیازی سے کہہ دیا:

"اور آپ کو یہ معلوم ہے کہ میں کمپنی کا چیف اکاؤنٹنٹ ہوں۔ سارے رجسٹر میرے ہی پاس رہتے ہیں۔

مینجنگ ڈائریکٹر ایک بارگی برافروختہ ہو کر بولا "ٹھیک ہے کہ تمام رجسٹر تمہاری نگرانی میں رہتے ہیں مگر اس بات سے تمہارا مطلب؟"

وہ کہنے لگا "چوٹ کھایا ہوا انسان بڑا خطرناک ہوتا ہے، کنور صاحب! آپ میرے ساتھ حق تلفی کریں گے تو میں بھی سارے رجسٹروں کو کل ڈائریکٹروں کی میٹنگ میں پیش کر سکتا ہوں۔"

مینجنگ ڈائریکٹر کے سانس کی رفتار ایک دم سے تیز ہو گئی اور وہ منحنی جسم والے دیپ چند کو عقابی نظروں سے گھورنے لگا۔ لیکن دیپ چند بیٹھا ہوا مزے سے اپنی کنپٹی کھجاتا رہا۔ اس لئے کہ وہ اچھی طرح جانتا ہے کہ مینجنگ ڈائریکٹر اس کا کچھ بھی نہیں بگاڑ سکتا۔ وہ پوری طرح اس کے قابو میں ہے۔ دیپ چند اس کی سازش کے اتنے بڑے راز کا محافظ ہے کہ وہ جس وقت بھی چاہے اس کو نقصان پہنچا سکتا ہے۔ بات دراصل یہ ہے کہ سیمنٹ اور آئرن جن داموں پر چور بازار میں فروخت ہوتا ہے، کمپنی کے رجسٹروں میں ان کی قیمت بہت کم درج کی جاتی ہے۔ اور اسطرح اب تک مینجنگ ڈائریکٹر نے پوشیدہ طور پر کوئی دو لاکھ روپیہ غبن کر لیا ہے۔ لیکن دیپ چند کو اپنے اعتماد میں رکھنے کیلئے اس نے دس فیصدی کا شریک دار بنا لیا تھا۔ اور اس بیس ہزار روپے کی ادائیگی کیلئے اس کی نیت بدل گئی۔ اور دیپ چند کے اکثر توجہ دلانے پر بھی وہ برابر ٹالتا رہا۔ لیکن اس کے لئے کاستھوں کے رواج کے مطابق ابھی اس کو دس ہزار روپیہ تلک میں دینا ہے۔ ورنہ یہ سگائی نہیں ہو سکتی۔ لیکن مینجنگ ڈائریکٹر چاہتا ہے کہ بورڈ آف ڈائریکٹرز سے سفارش کر کے اس کی تنخواہ کو ڈھائی سو روپے ماہانہ سے ساڑھے تین سو کروا دے۔ مگر دیپ چند کو یہ رشوت منظور نہیں ہے۔ اسے بیس ہزار روپیہ چاہیے ہے اس لئے کہ وہ اپنی لڑکی کا بیاہ جلد ہی کر دینا چاہتا ہے۔

مینجنگ ڈائریکٹر کا چہرہ جھنجھلاہٹ کے اثر سے برابر غضبناک ہوتا جا رہا ہے۔ اس کی کاروباری زندگی پر جاگیرداری کا روپ برابر حاوی

ہوتا جارہا ہے۔ پھر ایکبارگی وہ کمپنی کے مینجنگ ڈائریکٹر سے صرف رانی بازار کے علاقہ کا کنورشیوراج سنگھ رہ گیا۔اس نے میز پر زور سے گھونسا مار کر کہا:

''تم میرے کمرے سے باہر نکل جاؤ'' اور پھر وہ چیخ کر زور سے بولا'' جاؤ جو تمہارے جی میں آئے کرو۔''

اور منحنی جسم والا نانک کا مسخرہ مسکین سی شکل بنائے ہوئے خاموشی سے اٹھ کر دروازے کے باہر چلا گیا۔ کمرے کے اندر گہری خاموشی چھا گئی۔ آتشدان میں دھکتے ہوئے کوئلے کبھی کبھی چٹخنے لگتے ہیں۔ اور باہر لان میں دیپ چند کے قدموں کی آہٹ سنائی دے رہی ہے۔ پھر وانچو نے اپنا بھدا پائپ میز پر رکھ دیا اور مینجنگ ڈائریکٹر سے کہنے لگا:

''کنور صاحب یہ آپ نے کیا کر دیا؟''

''کچھ نہیں سب ٹھیک ہے تم کل سویرے ہی اس کو نوٹس دے کر نوکری سے علیحدہ کردو۔''

وانچو گھبرا کر بولا'' لیکن اس طرح سے کام تو نہیں چلے گا۔ بلکہ اب تو وہ اور بھی آسانی سے ہم کو بلیک میل کر سکتا ہے، اس لئے کہ اس کے پاس ہمارے خلاف بہت سے ڈکومینٹری ثبوت موجود ہیں۔''

کنور شیوراج سنگھ گہری خاموشی میں کھو گیا۔ اور خود کو بڑے بے بس محسوس کرنے لگا۔ پھر اس نے بڑی بے چارگی سے کہا'' اچھا تو اب کچھ تم ہی کرو۔''

وانچو کہنے لگا، آپ ذرا اندر کوٹھی میں تشریف لے جائیں، سب کچھ ٹھیک ہو جائے گا۔ میرے ہوتے ہوئے بھلا آپ پر کوئی حرف آسکتا ہے۔''

کنور شیوراج سنگھ نے خاموشی سے اس کی طرف دیکھا اور پھر کرسی پر سے اٹھ کر وہ آہستہ آہستہ چلتا ہوا کمرے سے باہر چلا گیا۔اس کے چلے جانے کے بعد وانچو نے نیل کنٹھ کو اندر کمرے میں بلایا اور اس سے کہنے لگا:

''نیل کنٹھ مہاراج، دیکھو دیپ چند ابھی زیادہ دور نہ گیا ہوگا۔ تم جا کر اس کو بلا لاؤ، کہنا کہ سیکرٹری صاحب نے بلایا ہے'' اور نیل کنٹھ تیز تیز قدموں سے کوٹھی کے باہر چلا گیا۔ تھوڑی دیر بعد جب وہ لوٹا تو اس کے ہمراہ دیپ چند بھی تھا۔ نیل کنٹھ پھر جا کر ورانڈے میں ٹھہر گیا اور وانچو دیپ چند سے کہنے لگا:

اکاؤنٹنٹ صاحب آپ بھی خوب آدمی ہیں۔ بوڑھے ہونے کو آ گئے مگر مزاج پہچاننا آپ کو ابھی تک نہیں آیا۔ بھلا اس طرح بھی کوئی بات طے ہوتی ہے''

لیکن دیپ چند بھی کم سیانہ نہ تھا۔ وہ پہلے ہی بھانپ گیا تھا کہ اس کا'' ترپ'' ٹھیک پڑا ہے۔ اور اب وہ اس کے قابو سے نکل کر جا نہیں سکتے۔ اس دفعہ وہ بھی ذرا نرمی سے بولا'' مگر سیکرٹری صاحب یہ تو دیکھئے کہ کنور صاحب تو میرا گلا کاٹنے پر تلے ہوئے ہیں آہی بتایئے کہ میں کرتا بھی تو کیا۔''

وانچو اپنے خاص انداز میں ہنسنے لگا'' کمال کر دیا آپ نے۔ اتنا تو آپ جانتے ہی ہیں کہ زندگی میں پہلی بار وہ اس کاروباری بکھیڑے میں آ کر پھنسے ہیں۔ انہوں نے تو ہمیشہ حکم چلائے ہیں اور اپنی جاگیر میں من مانی حکومت کی ہے۔ دیکھئے رئیسوں سے بات کرنے کا اور ہی گر ہوتا ہے۔ ان کے سامنے تو ہر بات پر بس ہاں کرتے جایئے، پھر جو کام جی چاہے ان سے کرا لیجئے۔''

اور دیپ چند نے جیسے اپنی غلطی کو تسلیم کر لیا۔ ذرا پشیمانی کے سے انداز میں کہنے لگا'' اب کیا عرض کروں سیکرٹری صاحب۔ مجھے بھی اس واقت نامعلوم کیا سوجھی کہ ان کے سامنے ذرا تیزی سے بات کرنے لگا۔ دراصل میں اپنی لڑکی کی سگائی کے سلسلے میں ادھر بڑا پریشان ہوں۔ آپ

جانتے ہی ہیں کہ میں بوا ایسر کا پرانا مریض ہوں۔ روز بروز تندرستی گرتی جا رہی ہے۔ اپنی زندگی میں ہی اس کے ہاتھ پیلے کردوں، بس اب تو یہی لگن ہے۔"

وانچو ہمدردی کرنے لگا "جی ہاں، لڑکی کا ہونا بھی اس سوسائٹی میں اچھی خاصی مصیبت ہی ہے۔ لیکن بات کے اسی پہلو پر آپ نے زور دیا ہوتا تو بھلا کنور صاحب انکار کر سکتے تھے۔ انہوں نے لاکھوں روپیہ ریس بازی پر تباہ کیا ہے کیا اس کنیادان کے لئے وہ کچھ نہ کرتے۔"

"اچھا تو اب آپ ہی بتایئے کہ میں کیا کروں؟"

وانچو کہنے لگا "کہیئے گا کیا کنور صاحب نے جب آپ سے وعدہ کیا ہے تو آپ کو اپنا روپیہ ملے گا۔"

منحنی جسم والے دیپ چند کے روکھے چہرے پر ایک بارگی زندگی کی رمق پیدا ہوگئی۔ وہ مسکرا کر بولا "تو پھر اس کام کو اب کرا ہی دیجئے سیکرٹری صاحب! آپ کا بہت بڑا احسان ہوگا۔"

وانچو جلدی سے بولا "آپ خواہ مخواہ مجھ کو شرمندہ کر رہے ہیں" پھر اس نے میز کی دراز میں سے کنجی نکالی اور دیپ چند کے سامنے اس کو ڈال کر کہنے لگا، لیجئے ذرا سیف میں سے چیک بک نکال لیجئے۔ میں آپ کیلئے ابھی چیک تیار کیئے دیتا ہوں۔ اس وقت تو کنور صاحب کا موڈ بگڑا ہوا ہے مگر سویرے آفس پہنچنے سے پہلے ہی میں ان سے دستخط کروا کے آپ کو چیک دے دوں گا۔ آپ بالکل اطمینان رکھیں۔"

اور دیپ چند جیسے واقعی مطمئن ہوگیا۔ اس نے کچھ بھی نہ کہا۔ اور چپ چاپ گھبرائے ہوئے انداز میں کنجی اٹھائی اور دیوار کے پاس کھڑے ہوئے آہنی سیف کے پاس پہنچ گیا۔ پھر دیپ چند نے اس کے اوپر لگے ہوئے گہرے سبزی مائل چھوٹے بلب کو دیکھا۔ جو اپنی ایک آنکھ سے اس کی طرف گھور رہا تھا۔ گویا خطرے کی کوئی بات نہیں ہے۔ اس نے تالے کو کھول کر دروازے کو باہر کی طرف کھینچ لیا۔ آہنی سیف کا اندرونی حصہ منہ پھاڑے ہوئے نظر آنے لگا۔ اور وانچو گردن موڑے ہوئے مجرمانہ نظروں سے یہ سب کچھ دیکھتا رہا اور جیسے ہی دیپ چند نے آہنی سیف کے نچلے خانے کا ہینڈل مضبوطی سے پکڑ کر اس کو کھولنا چاہا اسی وقت وانچو نے دیوار میں لگے ہوئے سوئچ کو دبایا۔ دیپ چند ایکا ایکی بڑی بھیانک آواز سے چیخا۔ پھر اس کے کراہنے کی دبی، دبی آوازیں گہری خاموشی میں ہانپنے لگیں۔ اور وانچو نے جھٹ سے کمرے کے اندر اندھیرا کر دیا۔ آتشدان کی گہری سرخ روشنی میں اس کا بے ہنگم سایہ سامنے والی دیوار پر بڑا مہیب نظر آنے لگا۔ دیپ چند کے حلق کے اندر سے بلیوں کے غرانے کی سی خوفناک آوازیں نکل رہی تھیں۔ اور باہر فیکٹری کے ورکشاپ میں لوہے کے ٹکرانے کی آسیب زدہ تاریکی میں کھڑا ہوا وانچو بڑا پراسرار معلوم ہو رہا تھا۔ اس کی آنکھوں میں دہشت تھی اور اس کے گنجے سر پر پسینہ کی نمی آ گئی تھی۔ پھر وہ خواب میں بھٹکنے والے سایوں کی طرح آہستہ آہستہ قدم رکھتا ہوا آہنی سیف کے قریب جا کر ٹھہر گیا۔ اور ذرا دیر تک بالکل ساکت کھڑے رہنے کے بعد اس نے دیپ چند کی طرف دیکھا جس کا ہاتھ ابھی تک ہینڈل سے الجھا ہوا تھا۔ اور وہ فرش پر خاموش پڑا ہوا تھا۔ دھندلی روشنی میں اس کی پھٹی ہوئی آنکھیں بڑی ڈراؤنی معلوم ہو رہی تھیں۔ لیکن وانچو خون خوار نگاہوں سے کھڑا ہوا اس کو چپ چاپ دیکھتا رہا۔ پھر اس نے نیل کنٹھ کو آواز دی۔ اور نیل کنٹھ سہمی ہوئی آواز میں بولا:

"کیا حکم ہے سیکرٹری ساب؟"

وانچو کہنے لگا "جاؤ ورانڈے میں لگے ہوئے مین سوئچ کو "آف" کردو، اور اس کے بعد کمرے کے اندر چلے آنا۔"

باہر قدموں کی آہٹ سنائی دی۔ پھر آہنی سیف پر جلتا ہوا سرخ رنگ کا چھوٹا بلب بھی بجھ گیا۔ اب خطرے کی کوئی بات نہیں تھی۔ اور اس کے ساتھ ہی دیپ چند کا ہاتھ ہینڈل پر سے چھوٹ گیا اور اس کے بے جان جسم فرش پر ایک طرف کو لڑھک گیا۔ پھر ذرا دیر بعد کمرے کا دروازہ کھلا اور نیل کنٹھ اندر آ گیا۔ وانچو اس سے کہنے لگا:

"اس کو اٹھا کر باہر لان میں لے جاؤ۔ میں ابھی ذرا دیر میں آتا ہوں اس کی آواز میں دبی ہوئی تھرتھراہٹ تھی۔

نیل کنٹھ نے ایک بار بھرپور نظروں سے وانچو کو دیکھا۔ جیسے وہ پوچھ رہا ہو کہ کیا یہ گیا؟ پھر اس نے دیپ چند کی لاش کو اٹھا کر اپنی چوڑی چکلی پیٹھ پر لاد لیا۔ اور کسی کپڑے کی طرح کمر کو جھکائے سنبھل سنبھل کر قدم رکھتا ہوا کمرے سے باہر چلا گیا۔ پھر وانچو نے دیوار پر لگے ہوئے آہنی سیف کے سوئچ کو احتیاطاً دبا کر ''آف'' کر دیا اور اپنی کوٹ کی جیب میں سے ٹارچ نکال کر اس کو روشن کیا۔ پھر اس تیز روشنی میں وہ سیف کے پاس پہنچا اور اس کی پشت پر لگے ہوئے فلکس ایبل وائر کو علیحدہ کر دیا۔ اور دیوار پر لگے ہوئے برہنہ الیکٹرک وائر پر لڈ شیٹ چڑھا کر دونوں اسکرو، اچھی طرح کس دیئے۔ لیکن ابھی تک آہنی سیف کا اندرونی حصہ منہ پھاڑے ہوئے نظر آ رہا تھا۔ اور جب وہ اس کے دروازے کو بند کرنے لگا تو یکبارگی اس کو دیپ چند کی پھٹی ہوئی آنکھیں یاد آ گئیں۔ اس کا سارا جسم لرز اٹھا۔ اور آتشدان کے اندر دہکتے ہوئے انگارے کسی جلتی ہوئی چتا کی طرح چٹخنے لگے۔ وانچو کی سانس اب تیزی سے چلنے لگی اور وہ بدحواس سا کمرے کے باہر چلا گیا۔ کوٹھی کے اندر بالکل تاریکی چھائی ہوئی تھی۔ اس نے جلدی سے مین سوئچ ''آن'' کر دیا۔ اور ایک دم سے دریچوں پر روشنی کی ہلکی ہلکی لہریں جھلملانے لگیں۔ اس وقت کوٹھی کے اندر سے کنور صاحب کے کھانسنے کی آواز سنائی دی۔ مگر اس نے ادھر کوئی توجہ نہ دی اور تیزی سے ورانڈے کی سیڑھیوں پر سے اترتا ہوا باہر لان میں چلا گیا۔ جہاں نیل کنٹھ کھڑا ہوا اس کا انتظار کر رہا تھا۔ وانچو نے سرگوشی کے سے انداز میں اس کو دھیرے سے آواز دی۔ اور دونوں گہری دھند میں کھوئے ہوئے آہستہ آہستہ چلنے لگے۔ ان کے قدموں کی دبی، دبی آہٹ سنسان راستہ پر دور تک سنائی دیتی رہی۔!!

رات گئے جب نیل کنٹھ اپنے کوارٹر پر واپس آیا تو دھندلی روشنی میں اس نے ایک دبلے پتلے بچے کو دیکھا جو سردی سے سکڑا ہوا کھڑا تھا۔ اس نے پہلی ہی نظر میں پہچان لیا کہ وہ دیپ چند اکاؤنٹنٹ کا لڑکا منا تھا۔ اور تھرتھرائی ہوئی آواز میں بوڑھے چوکیدار کو پکار رہا تھا ''پربھو بابا'' اور پھر پربھو بابا اندر سے کھانستا ہوا اس کو دیکھتے ہی حیرت سے بولا:

''ارے تم اس سمے کہاں سے نکل پڑے، ہائے رام، کتنے زوروں کا جاڑا پڑ رہا ہے''

سردی سے سکڑا ہوا منا کہنے لگا۔ بابوجی ابھی تک گھر نہیں گئے۔ ماں جی گھبراتی ہیں۔ سو انہوں نے مجھ کو پوچھنے کے لئے بھیجا ہے۔ اور کرشنا دیوی تو رات کو نکلتی نہیں۔

بوڑھا چوکیدار کہنے لگا کہ وہ کنور صاحب کی کوٹھی پر گئے ہونگے۔ میں ابھی جا کر ان سے کہہ دوں گا۔ چلو پہلے میں تم کو کوارٹر تک چھوڑ آؤں۔ اور وہ لڑکے کو اپنے ہمراہ لے کر چل دیا۔ نیل کنٹھ اندھیرے میں کھڑا ہوا سب کچھ دیکھتا رہا۔ پھر ایک بارگی اس نے سنا کہ منا ٹھہر کر کہنے لگا تھا:

''پربھو دادا تم جا کر بابوجی کو لے آؤ، میں کوارٹر چلا جاؤں گا۔ تم جلدی سے آ جانا۔ وہ ننھی بلو ہے نا بابوجی کے بنا اس کو نیند نہیں آتی۔ خوب زور زور سے روتی ہے۔''

اور جیسے نیل کنٹھ کے کان کے پاس کوئی سرگوشی کے سے انداز میں کہنے لگا۔ جاؤ منا اب تمہارے بابوجی کبھی نہیں آئیں گے اور ننھی بلو روتے، روتے ان کے بغیر ہی سو جائے گی۔ وہ فیکٹری کے پاور ہاؤس کے اندر چپ چاپ پڑے ہیں۔ نہ کچھ بولتے ہیں، نہ کسی کی کچھ سن سکتے ہیں۔ تمہاری آواز اب تک نہیں پہنچ سکتی۔

اور نیل کنٹھ محسوس کرنے لگا کہ جیسے وہ بہت تھک گیا ہے۔ اس کا مضبوط پٹھوں والا جسم موم بتی کی طرح پگھلنے لگا ہے۔ اور اس کے چاروں طرف جیسے دبی، دبی سسکیاں دھڑک رہی ہیں۔ پھر وہ خواب کے سے عالم میں آہستہ آہستہ چلتا ہوا اپنے کوارٹر کے دروازے پر پہنچا اور اس کو کھٹکھٹانے لگا۔ لیکن اس شور سے وہ اچانک چونک پڑا اور اس کو یاد آ گیا کہ دروازہ تو اندر سے بند ہے۔ پھر کوارٹر کی پشت پر جا کر صحن کی پچھلی دیوار کو پھاند کر وہ اندر آ گیا۔ بالکل اسی طرح جیسے وہ ڈسٹرکٹ جیل کی پتھروں والی اونچی دیوار کو پھاند کر رات کے سناٹے میں فرار ہوا تھا۔ اس کے پیچھے گشت کرنے والے پہریداروں کی بھیانک سیٹیاں دیر تک چیختی رہیں۔ اور پھر اپنے کمرے کے اندر لیٹا ہوا وہ بڑی رات تک نہ جانے کیا اوٹ پٹانگ قسم

کی باتیں سوچتا رہا۔

دوسرے دن فیکٹری کے تمام ڈیپارٹمنٹ بند رہے۔ اس لئے کہ چیف اکاؤنٹنٹ دیپ چند کی اچانک موت ہوگئی تھی۔ اس کی لاش پاور ہاؤس کے اندر پائی گئی۔ اس نے الیکٹرک بھمبر ئیر کے سوئچ' بس بار' کو غلطی سے چھو لیا تھا اور اس حادثہ سے وہ جانبر نہ ہو سکا۔ اس اطلاع کے ساتھ ہی فیکٹری کے یارڈ میں یہ بھی سرگوشیاں ہورہی تھیں کہ دیپ چند نے خودکشی کرلی ہے۔ اور اس کی وجہ جاننے کے لئے کتنی ہی قیاس آرائیاں ہورہی تھیں۔ لیکن سہ پہر کو پروگرام کے مطابق ڈائریکٹرز کی میٹنگ ہوئی اور کنور شیوراج سنگھ کی سفارش پر دیپ چند کے بے سہارا خاندان کے لئے پانچ ہزار کی رقم گزارے کے لئے منظور کردی گئی۔

فیکٹری کی تعمیر ایکا ایکی مت پڑتی جارہی ہے۔۔!

پھاگن کی مہکی ہوئی ہوائیں چلنے لگی ہیں اور ان تیز ہواؤں میں سرسوں کے گہرے زرد پھولوں کی ڈالیاں جھومنے لگتی ہیں۔ اور وہ کھیتوں میں جیسے بسنتی آنچل لہرا جاتے ہیں۔ کھیتوں میں رات گئے تک ڈھولک اور جھانجیں بجا کرتی ہیں اور ہولی کے راگ اور نچے سروں میں گائے جاتے ہیں۔ پھر گاؤں کے اندر بڑے بڑے الاؤ دھکنے لگیں گے اور عبیر و گلال اڑنے لگے گا۔ پھاگن کی ہوائیں چیختی پھر رہی ہیں کہ ہولی آرہی ہے، ہولی آرہی ہے۔ پھر گیہوں کی لہلہاتی ہوئی کھیتیاں کٹنا شروع ہوجائیں گی۔ اور دور کے شہروں میں کام کرنے والے گاؤں کے لوگ موسم سرما میں جھیلوں پر اکٹھا ہونے والے آبی پرندوں کی طرح اپنی بستیوں میں آنا شروع ہوگئے ہیں۔ یونائیٹڈ انڈسٹریز لمیٹڈ کی فیکٹری کے یارڈ میں مزدوروں کا شور روز بروز مدھم پڑتا جارہا ہے۔ فصل کی کٹائی کرنے کے لئے کمپنی کے سارے قلی دھیرے دھیرے فیکٹری کا کام چھوڑ کر بھاگنے لگے ہیں۔ کمپنی نے گھبرا کر ان کی کئی ہفتہ کی مزدوری روک لی ہے۔ اس بات سے قلیوں کے روکھے چہروں پر ہر وقت جھنجھلاہٹ چھائی رہتی ہے۔ وہ ٹائم کیپر آفس میں اکٹھا ہوکر، زور، زور سے چلاتے ہیں۔

''یہ مزدوری کیوں نہیں ملتی، ایسا کیوں ہورہا ہے؟''

''یہ سب کیا ہے۔۔؟ ہولی کا تہوار آرہا ہے، ہم کو پیسہ چاہیے ہے''

''ہاں، ہم کو اپنی مزدوری چاہیے ہے، ہم کو اپنی مزدوری چاہیے ہے۔''

لیکن مزدوری ابھی نہیں مل سکتی، اس لئے کہ کمپنی چاہتی ہے کہ شوگر پلانٹ جلد ہی تعمیر ہوجائے۔ نہیں تو کمپنی کا بہت نقصان ہوجائے گا۔ مگر مزدور لوگ اس کے باوجود بھی نہیں ٹھہرتے۔ وہ گلا پھاڑ پھاڑ کر چیختے ہیں۔ سب کو گالیاں دیتے ہیں۔ پھر کسی روز تاروں کی چھاؤں میں اٹھ کر اپنی بستی کو چل دیتے ہیں۔ ان باتوں کو دیکھ کر بورڈ آف ڈائریکٹرز کی ایمرجنسی میٹنگ بلائی گئی اور یہ طے ہوا کہ قلی لوگوں کا ریٹ بڑھا دیا جائے۔ اس لئے کہ فیکٹری کی تعمیر میں کسی قسم کی تاخیر نہیں ہونا چاہیے۔ پھر اس کے بعد مزدوری کے ریٹ بڑھنا شروع ہوگئے۔

ایک روپیہ چھ آنے یومیہ!

ایک روپیہ دس آنے یومیہ!

ایک روپیہ چودہ آنے یومیہ!

مگر ان تین ہفتوں میں ریٹ بڑھانے کا تجربہ بھی کچھ کارگر ثابت نہ ہوا۔ بلکہ ہولی کا الاؤ دھکتے ہی مزدوروں نے اور بھی تیزی سے کام پر سے فرار ہونا شروع کردیا۔ ہر روز ٹائم کیپر، رجسٹر لے کر مینجنگ ڈائریکٹر کے آفس میں جاتا، اور سہمی ہوئی سی آواز میں رپورٹ سنایا۔ مینجنگ ڈائریکٹر جھنجھلا کر مزدوروں کے ساتھ سہمے ہوئے ٹائم کیپر کو بھی گالیاں دینے لگتا۔ پھر ایک روز اس نے وانچو کو اپنے دفتر میں بلایا، اور پریشانی کے عالم میں کہنے لگا:

''مسٹر وانچو آخر یہ سب کیا ہو رہا ہے۔ یہ ریٹ اس طرح کب تک بڑھایا جائے گا۔''

مگر وانچو بھی کچھ گھبرایا ہوا نظر آ رہا ہے، وہ آہستہ آہستہ کہنے لگا: '' کچھ سمجھ میں نہیں آ رہا ہے کنور صاحب، بات یہ ہے کہ یہ ترائی کا علاقہ ہے'' یہاں کی زمین بڑی زرخیز ہے۔اس دفعہ یہی سن رہا ہوں۔ کہ فصلیں بہت اچھی رہی ہیں۔ راشن کا زمانہ ہے، کسانوں کے ٹھاٹھ ہو گئے ہیں۔ اب انہیں یہ فیکٹری کی نوکری کیا اچھی لگے گی اور یہ زمینداری ابالیشن کی خبروں نے تو ان کا اور بھی دماغ خراب کر دیا ہے۔''

وہ اور بھی پریشان ہو کر بولا'' تم نے پوری کتھا سنانا شروع کر دی۔ اس طرح کیسے کام چلے گا۔ یہ بتاؤ کہ لیبر کا کیسے بندوبست ہو۔''

وانچو ذرا دیر تک مینجنگ ڈائریکٹر کے چہرے کی طرف دیکھتا رہا۔ پھر وہ بڑے اعتماد سے بولا'' میری سمجھ میں تو ایک ہی بات آتی ہے، لیکن اس میں خطرہ بھی ہے اور روپیہ بھی اچھا خاصہ خرچ ہو گا۔''

مینجنگ ڈائریکٹر جلدی جلدی کہنے لگا'' ذرا اپنے آپ کو بچا کر کام کرنا اور روپیہ کی تم فکر نہ کرو، میں ڈائریکٹروں سے نبٹ لوں گا۔ اور یوں بھی کچھ کم خرچ ہو رہا ہے۔ اگر آئندہ سیزن تک فیکٹری اسٹارٹ نہ ہوئی تو یہ سمجھ لو کہ کمپنی دیوالیہ ہو جائے گی۔''

وانچو پوچھنے لگا'' آپ کے خیال میں یہ بنگالی کیمسٹ سانیال کیسا آدمی ہے، اس پر اعتبار کیا جا سکتا ہے؟''

وہ گردن ہلا کر بولا'' میں سمجھتا ہوں کہ آدمی تو وہ کام کا ہے۔ انارکسٹ پارٹی میں کئی سال تک رہ چکا ہے۔ انہی دنوں پولیس نے ایک بار گرفتار کر لیا تھا۔ بہت بری طرح اس کو ٹارچر کیا مگر اس نے ذرا سا بھی سراغ نہ دیا۔ تم اس پر اعتبار کر سکتے ہو۔''

پھر وانچو نے چپراسی کو آواز دی اور اس کو سانیال کے بلانے کے لئے بھیج دیا۔ تھوڑی ہی دیر کے بعد بھدے چہرے والا کیمسٹ دفتر کے اندر آ گیا۔ وانچو نے خاموشی کے ساتھ اس کا گہری نظروں سے جائزہ لیا اور پھر پوچھنے لگا'' مسٹر سانیال، نومبر کے مہینہ میں آپ کمپنی کے کام سے بمبئی گئے تھے اور جہاں تک مجھے یاد پڑتا ہے، وہاں آپ نے گورنمنٹ لیبارٹری سے بھی کچھ مشورہ کیا تھا وہاں کوئی آپ کا جاننے والا تو نہیں ہے؟''

بھدے چہرے والا سانیال ذرا دیر تک غور کرنے کے بعد بولا'' جی ہاں! میری وائف کے ایک رشتہ دار اس میں کام کر رہے ہیں، جن کے فلیٹ میں دو روز تک ٹھہرا بھی تھا۔''

اور وانچو کا گھبرایا ہوا چہرہ ایک بار گی جیسے دمک اٹھا۔ وہ چٹکی بجا کر بولا'' پھر تو سب کچھ ٹھیک ہے۔ دیکھئے آج رات کی گاڑی سے آپ دہلی چلے جائیں اور وہاں سے ہوائی جہاز کے ذریعہ بمبئی پہنچ جائیے، آپ کو گورنمنٹ لیبارٹری کے ذریعہ ایک بڑا اہم کام کرنا ہے'' اور اس کے جواب کا انتظار کئے بغیر اس نے ٹیلیفون اٹھا کر دہلی کے واسطے سیٹ کی ریزرویشن کے لئے اسٹیشن ماسٹر سے گفتگو کی اور سہ پہر تک دس ہزار روپے کا ڈرافٹ بنوا کر اس کو دے دیا۔ پھر شام کے وقت مینجنگ ڈائریکٹر کی کوٹھی پر سانیال، وانچو کے ساتھ بند کمرے کے اندر دیر تک رازدارانہ باتیں کرتا رہا اور پروگرام کے مطابق شب کی ٹرین سے دہلی روزانہ ہو گیا۔

پانچویں دن فیکٹری میں سانیال کا بمبئی سے ٹیلیگرام آیا، لکھا تھا'' ہارڈ ویئر کا بازار بہت خراب ہے۔ کرشنگ سلنڈر ابھی تک نہیں ملا'' وانچو نے تار کو کئی بار پڑھا اور اپنے دفتر میں خاموش بیٹھا ہوا اس ''کوڈ نیوز'' پر غور کرتا رہا۔ پھر کئی روز اور گزر گئے لیکن کوئی اطلاع نہ ملی۔ اور وانچو کی بے چینی بڑھنے لگی۔ اس پریشانی میں اس کے رخساروں کی ابھری ہوئی ہڈیاں اور بدنما معلوم ہونے لگی تھیں۔ پھر ایک روز فیکٹری کا کیمسٹ سراسیمگی کے عالم میں اس کے دفتر میں داخل ہوا۔ اس کے چہرے کے بھدے نقوش گھبراہٹ سے دھندلے معلوم ہو رہے تھے۔ وانچو کرسی پر خاموش بیٹھا ہوا اس کو غور سے دیکھتا رہا۔ پھر اس نے آہستہ سے پوچھا۔

''کیا خبر لائے ہو؟''

''کام تو بن گیا؟''

وانچو مسکرانے لگا" تو پھر تم اتنے پریشان کیوں ہو؟"

ساتنیال دروزاہ کی طرف مڑ مڑ کر دیکھنے لگا۔ پھر اس کے قریب جھک کر کہنے لگا۔ مجھے ایک شخص پر شبہ ہوا ہے کہ وہ بمبئی سے میرا پیچھا کر رہا ہے" وانچو ملحظہ بھر کے لئے گہری خاموشی میں ڈوب گیا۔ پھر اس نے بڑے اعتماد کے ساتھ کہا:

"اچھا آپ جا کر ذرا سا نہا دھو کر آرام کیجئے۔ اس قدر گھبرانے کی کوئی بات نہیں سب کچھ ٹھیک ہو جائے گا۔

سنیال ذرا دیر تک خاموش کھڑا رہا پھر دفتر سے باہر چلا گیا۔ اور وانچو آہستہ آہستہ چلتا ہوا کھڑکی کے قریب آ کر کھڑا ہو گیا۔ بھدے چہرے والا کیمسٹ فیکٹری کے پھاٹک سے نکل کر اپنے کواٹر کی طرف جا رہا تھا۔ وانچو چپ چاپ کھڑا ہوا اس کو دیکھتا رہا اور جب ایک موڑ پر وہ نظروں سے اوجھل ہو گیا تو وہ پھر اپنی پر میز آ گیا۔ اور ٹیلیفون اٹھا کر مینجنگ ڈائریکٹر کو رنگ کیا۔ وہ کوٹھی پر موجود تھا۔ وانچو نے بنگالی کیمسٹ کے آنے کی اس کو اطلاع دی اور خود بھی دفتر سے نکل کر کنور صاحب کی کوٹھی کی طرف چل دیا۔

اور جب رات ذرا ڈھل گئی، اور گہرے سناٹے میں دونوں کا شور تیز ہو گیا، تو وانچو نے فیکٹری کی جیپ اسٹارٹ کی جس کی پچھلی سیٹ پر آبنوسی جسم والا نیل کنٹھ خاموش بیٹھا ہوا تھا۔ فیکٹری کے احاطہ سے نکل کر جیپ روشن نگر روڈ کی طرف مڑ گئی۔ تیز میل تک پختہ سڑک ہے، اس لئے جیپ سنسناتی ہوئی تیزی کے ساتھ گزرتی رہی۔ مگر جب ناہموار پتھریلی سڑک آ گئی تو جیپ کو جھٹکے لگتے اور وہ کھڑ کھڑانے لگتی۔ لیکن وانچو خاموشی سے بیٹھا ہوا اس کو ڈرائیو کرتا رہا۔ اس کے چہرے پر بڑا پراسرار سکوت چھایا ہوا ہے۔ اور نیل کنٹھ پچھلی سیٹ پر بیٹھا ہوا سوچتا رہا کہ جھٹکوں سے اس کا سر بوجھل ہوتا جا رہا ہے۔ باہر پھاگن کی ہوائیں چل رہی ہیں۔ پھاگن کی ہوائیں جو ہولی کا سندیسہ لاتی ہیں۔ اور ہولی جواب ختم ہو چکی ہے۔ اب ختم ہو چکی ہے۔ اب تو گیہوں کی فصلیں کٹ رہی ہیں۔ اور ھنسیا کی تیز باڑھ سے لہلہاتی ہوئی گیہوں کی بالیاں کھیتوں میں ڈھیر ہو جاتی ہیں۔ جانے اشیر گڑھ کے خوبصورت گاؤں میں اب نیل کنٹھ مہاراج کو کوئی یاد کرتا ہے۔ جس کی کتائی کا چوپال پر بڑا چرچا رہا کرتا تھا اور ایکا ایکی بانبی کی لے پر جھومنے والے ناگ کی طرح وہ بے ہوشی کیع عالم میں بڑبڑانے لگا۔

"میں ایک کسان ہوں، ہاں میں کسان ہوں!"

پھر کسی نے فوراً ہی اس کا گلا دبوچ لیا، نہیں تو مجرم ہے، تو مجرم ہے۔ پولیس تیرا وارنٹ لئے ابھی تک تلاش کر رہی ہے۔

نیل کنٹھ نے چونک کر دیکھا، سامنے وانچو اطمینان سے اسٹیرنگ پر بیٹھا ہوا تھا۔ اور پتھریلی سڑک پر جیپ ہچکولے کھا رہی تھی۔ اور ستاروں کی مدہم روشنی میں کوہستانی چٹانیں سایوں کی طرح کوسوں تک پھیلی ہوئی تھیں۔ پھر ایک بارگی وانچو نے جیپ کو نیچے ڈھلوان پر گھما دیا۔ نیل کنٹھ گھبرا کر اپنی سیٹ سے چمٹ گیا۔ لیکن جیپ ڈگمگاتی ہوئی آہستہ آہستہ گنجان درختوں کے نیچے کچھ دور تک چلتی رہی۔ اور پھر گہرے اندھیرے میں جا کر ٹھہر گئی۔ اور دونوں اتر کر نیچے آ گئے۔ وانچو نے آگے والی سیٹ کے نیچے سے ڈائنامائٹ کے بھاری کیس کو باہر نکالا۔ یہ ڈائنامائٹ جس کو فیکٹری کا کیمسٹ بمبئی سے اپنے ہمراہ لایا تھا۔ جس کو گورنمنٹ لیبارٹری سے منگل کیا گیا تھا اور جس پر کمپنی کا نو ہزار سے زائد روپیہ خرچ ہوا تھا۔ پھر نیل کنٹھ نے اس کو اپنے مضبوط ہاتھوں میں سنبھال لیا اور دونوں اندھیرے میں چلنے لگے ان کے قدموں کے نیچے خشک پتے کھڑ کھڑا رہے تھے اور درختوں سے الجھتی ہوئی کوہستانی ہوائیں ہانپتی ہوئی معلوم ہو رہی تھیں۔ اندھیرا بہت گہرا تھا اور پتھریلی چٹانوں میں بسنے والی کوکیلا ندی کا شور سنائی دینے لگا تھا دونوں اسی طرح کئی فرلانگ تک چلتے رہے۔ پھر ایک جھکے ہوئے ٹیلے پر سے گذر کر جب وہ نشیب میں پہنچے تو پتھروں سے ٹکراتا ہوا دریا کا شور بڑا ہیبتناک معلوم ہونے لگا تھا اس وادی میں کیلا ندی کا بہاؤ بہت تیز ہے۔ دونوں طرف سر بلند کوہسار ہیں اور جہاں پر دریا کا دھارا بہت تیز ہو گیا ہے، اس مقام پر سرکاری ڈیم بنا ہوا ہے۔ گورنمنٹ نے ہائیڈرو الیکٹرک پیدا کرنے کے لئے اس کو تعمیر کروایا ہے۔ اس باندھ کے پاس پانی گرجتا ہوا اونچائی پر سے گرتا ہے۔ اور قریب ہی میں پتھروں کی بنی ہوئی چھوٹی سے عمارت ہے جس کے سامنے دو پہریدار سنگینوں کو سمبھالے ہوئے

مستعدی سے کھڑے رہتے ہیں۔

پھر وانچو کی ہدایات کے مطابق نیل کنٹھ، ڈائنامائٹ کو سنبھالے ہوئے، آہستہ آہستہ بکھرے ہوئے پتھروں پر چلنے لگا۔ اور پھر وانچو، اس کے وائر کو مضبوطی سے پکڑے ہوئے، پتھریلی چٹانوں کے اندھیرے میں بیٹھا رہا۔ اس کی تیکھی نظریں سامنے پتھروں پر جاتے ہوئے نیل کنٹھ کا پیچھا کرتی ہیں۔ ڈیم کے پاس پہنچ کر، اچانک وہ اندھیرے میں غائب ہوگیا۔ اور دریائے کوکیلا کا تیز دھارا ڈیم کے نیچے گرجتا رہا۔ اس مہیب شور میں پھاگن کی ہوائیں جیسے سوگئی تھیں اور سربلند کوہساروں خوابوں میں ڈھکے ہوئے معلوم ہورہے تھے۔ پھر ایکا ایکی ڈیم کے اوپر ایک دھندلی روشنی میں ایک انسانی سایہ لہرایا اور اسی وقت پتھریلی عمارت کے نزدیک کھڑے ہوئے پہریدار نے چیخ کر کہا۔

''ہالٹ''

''ھے کون ہے، ٹھہر جاؤ''

اور اس کے ساتھ ہی بندوق کی تیز آواز وادی کے اندر دھڑکنے لگی۔ لیکن نیل کنٹھ آہنی گارڈ سے چمٹا ہوا ڈائنامائٹ کو ''فٹ'' کرتا رہا۔ گولی اس کی کنپٹی کے پاس سے ایکبارزن سے گزر گئی۔ وانچو اندھیرے میں بیٹھا ہوا سہمی نظروں سے ڈیم کی طرف دیکھتا رہا۔ ایک دفعہ پھر بندوق کی آواز کوہستانی چٹانوں میں چیخنے لگی۔ اور اس کی دھڑکن کوہساروں کی گہرائی میں دیر تک ہانپتی رہی۔ وانچو کا جسم تھرتھرا کر رہ گیا پھر ایک دم سے ڈائنامائٹ کا وائر زور زور سے ہلنے لگا۔ گویا اب اپنا کام شروع کر دینا چاہیے مگر نیل کنٹھ ابھی تک کہیں نظر نہیں آرہا تھا۔

کوئی ایک منٹ اس کے انتظار میں گزر گیا۔

پھر کئی منٹ بڑی بے چینی کے عالم میں گزر گئے!!

وانچو نے ایک بارگی جھنجھلا کر سوچا کہ وہ ڈیم کو اڑا دے۔ اس لئے کہ اب زیادہ تاخیر کرنا بہت خطرناک تھا۔ لیکن خطرے کے شدید احساس کے باوجود بھی وہ کچھ طے نہ کرسکا اس لئے کہ اگر نیل کنٹھ ڈیم کی تباہی کیساتھ وہیں مرگیا اور بعد میں اس کی لاش شناخت کرلی گئی تب تو بہت بڑا خطرہ پیدا ہوجاتا۔ اور یہی سوچ کر وہ برے اذیت ناک لمحوں میں سے گزرتا رہا اور سامنے ڈیم کی طرف دیکھتا رہا آخر رات کی مدھم روشنی میں نیل کنٹھ کا کبڑا جسم نظر آیا وہ پتھروں پر جھکا ہوا آہستہ آہستہ آرہا تھا جب وہ بالکل قریب آگیا تو وانچو نے آہستہ سے صرف اس قدر پوچھا ''سب ٹھیک ہے!'' اور نیل کنٹھ نے اثبات میں اپنی گردن ہلادی۔ وانچو بے نزئد تاخیر کئے بغیر ایک بارگی ڈائنامائٹ کو، آن، کردیا اور پھر کوہستانی وادی میں بڑی ہیبتناک گھڑگھڑاہٹ پیدا ہوئی اور خوابوں میں ڈھکی ہوئی سربلند پہاڑیاں لرزنے لگیں۔ سرکاری ڈیم چیتھڑوں کی طرح بکھر کر رہ گیا اور دریائے کوکیلا کا دھارا بڑی تیزی سے نشیب میں بہنے لگا۔

نیلی آنکھوں والا وانچو نیل کنٹھ کو اپنے ہمراہ لے کر درختوں کے گہرے اندھیرے میں تیز تیز قدموں سے چلنے لگا۔ مگر نیل کنٹھ ہر قدم پر لڑکھڑا جاتا۔ اس کے کندھے پر سے برابر خون بہہ رہا تھا، جو گولی سے بری طرح زخمی ہوگیا تھا اور جب وہ جیپ کے پاس پہنچا تو اس کے پیر بالکل بے قابو ہوچکے تھے۔ وہ ڈگمگاتا ہوا بے جان ہوکر پچھلی سیٹ پر گر پڑا۔ جیپ اسٹارٹ ہوگئی۔ راستہ بھر وہ کراہتا رہا اور اس کے زخم سے خون بہتا رہا۔ جیپ ہچکولے کھاتی تیزی سے گزرتی رہی۔ اور جب وہ فیکٹری کے اندر پہنچے تو نیل کنٹھ پر بے ہوشی کی سی کیفیت طاری تھی۔ اس کا آبنوسی جسم، چھپکلی کی طرح زردی مائل ہوگیا تھا۔ اور اسی لئے کوارٹر میں بھیجنے کی بجائے اس کو مینجنگ ڈائریکٹر کی کوٹھی پر ٹھہرا دیا گیا۔ دریائے کوکیلا پر بنے ہوئے ڈیم کے اس طرح تباہ ہوجانے پر ترائی کے علاقہ میں بڑی سنسنی پھیل گئی ہے۔ اور سرکاری حلقوں میں بڑا تہلکہ مچ گیا ہے۔ اس لئے کہ اس ''باندھ'' کی تعمیر پر گورنمنٹ کا کروڑ روپیہ خرچ ہوتھا۔ تحقیقات کرنے کے لئے تمام سرکاری افسروں نے بڑی دوڑ دھوپ شروع کردی ہے۔ ڈاک بنگلہ کی مرمت ہورہی تھی۔ اس لئے فیکٹری کے ''گیسٹ ہاؤس'' میں سب لوگ ٹھہرے ہوئے ہیں، اور بڑی سرگرمی کے ساتھ تفتیش ہورہی ہے۔ ہر

مشبتہ آدمی کو حراست میں لے کر پولیس بری طرح ''ٹارچر'' کر رہی ہے۔ اور انہیں دنوں اچانک ریونیو منسٹر کا داماد نرائن ولبھ فیکٹری میں آ گیا۔ وہ کمپنی کا سب سے اہم ڈائریکٹر ہے۔ رات کو مینجنگ ڈائریکٹر کے پرائیویٹ کمرے میں جب وہ اس کے پاس پہنچا تو ایک دم سیاس پر برس پڑا۔

''کنور صاحب یہ آپ نے سب کیا کر کے رکھ دیا ہے۔ مجھے ایسا جان پڑتا ہے کہ یہ فیکٹری اب برباد ہونے والی ہے۔''

مینجنگ ڈائریکٹر پہلے ہی سرکاری افسروں کی آمد سے بوکھلایا ہوا تھا۔ نرائن ولبھ کی باتوں پر وہ اور بھی بدحواس ہو گیا۔ آہستہ سے بولا'' بھئی میری سمجھ میں تو کچھ نہیں آ رہا ہے۔ میں تو یہاں سے بڑا عاجز آ گیا ہوں۔''

مگر وہ کہتا ہی رہا'' اب تو آپ ایسا کہیں گے ہی۔ مگر آپ کو کم سے کم یہ تو سوچنا چاہیے تھا کہ گورنمنٹ کا انٹیلیجنس ڈیپارٹمنٹ اتنا احمق تو نہیں کہ اتنی بڑی بات کو بھی نہ سمجھ سکتا۔ ہوم سیکرٹری کے پاس جو رپورٹ پہنچی ہے اس میں اس فیکٹری پر بھی شبہ ظاہر کیا گیا ہے۔ اس لئے کہ ادھر جو لیبر کی بالکل کمی نہیں شبہ کر سکتا ہے۔ دراصل ہوا بھی ایسا ہی ہے اس لئے کہ اب کمپنی کو قلیوں کی تلاش میں اپنے ایجنٹ گردونواح کی بھیڑ لگی رہتی ہے۔ کمپنی کا لیبر آفیسر ہر روز سویرے صرف پچاس آدمیوں کو اندر بلاتا ہے۔ اور وہ اس کے سامنے قطار بنا کر خاموش کھڑے ہو جاتے ہیں وہ ہر ایک کا جسم ٹٹول کر گوشت کے مضبوط پٹھوں کا اندازہ لگاتا ہے۔ اور جس آدمی کو وہ فٹ سمجھتا ہے اس کی چوڑی چکلی چھاتی پر کھریا سے سفید نشان بنا دیتا ہے۔ اس کا مطلب یہ ہے کہ اب اس کو فیکٹری میں کام مل گیا ہے اور چودہ آنے روز مزدوری ملے گی۔ اس کا نام اور پتہ ٹائم کیپر کے رجسٹر میں درج کر دیا جاتا ہے۔ پھاٹک کے باہر کھڑے ہوئے لوگ جانوروں کی طرح گردن اٹھا، اٹھا یہ سب کچھ دیکھتے ہیں اور سہمے ہوئے لہجہ میں آہستہ آہستہ باتیں کرتے ہیں..........!!

مینجنگ ڈائریکٹر اور بھی گھبرا گیا۔ وہ بڑے شکست خوردہ لہجہ میں کہنے لگا'' مجھے کیا معلوم تھا کہ یہ سب کچھ بھی ہو جائے گا۔ وانچو تو مجھ سے برابر یہی کہتا رہا کہ کوئی خطرے کی بات نہیں۔ سب ٹھیک ہو جائے گا'' اس طرح وانچو پر سارا الزام رکھ کر وہ جیسے کس قدر مطمئن ہو گیا اور اس بات کا اثر بھی ٹھیک ہی ہوا۔ یوں بھی کمپنی کا مینجنگ ڈائریکٹر ہونے کے علاوہ وہ رانی بازار کے علاقہ کا جاگیردار بھی تھا۔ اس لئے نرائن ولبھ ایک دم سے وانچو پر بگڑنے لگا.......

''وہ تو میں نے پہلے ہی کہا تھا کہ یہ وانچو مجھ کو بڑا خطرناک آدمی معلوم پڑتا ہے۔ آپ اس کی سازشوں کو نہیں سمجھ سکتے۔ دیکھئے اب یہی سب سے بہتر طریقہ ہے کہ وانچو کو اسی اشوع پر فیکٹری سے فوراً علیحدہ کر دیا جائے۔ ورنہ جب تک وہ یہاں موجود ہے ہر وقت خطرہ سامنے ہے آپ پریشان نہ ہوں، میں سب کچھ سنبھال لوں گا..........''

مینجنگ ڈائریکٹر گہری خاموشی میں کھو گیا اس لئے کہ وہ کسی طرح یہ نہیں چاہتا تھا کہ وانچو اس کے خلاف ہو جائے وہ اس کے ہر خطرناک راز کو جانتا ہے۔ اس طرح نوکری سے برطرف ہو جانے پر اس کا برگشتہ ہو جانے کا پورا خوف تھا۔ تھوڑی دیر تک اسی طرح چپ رہنے کے بعد وہ کہنے لگا'' میں تو سوچ رہا تھا کہ اس بات پر اگر وہ کمپنی کا مخالف ہو گیا تو سرکاری گواہ بن کر بہت بڑی مصیبت بن سکتا ہے۔ میرا خیال ہے کہ کسی اور طریقہ سے اس کو یہاں سے ابھی ہٹا دیا جائے۔ بعد میں دیکھا جائے گا'' اور یہ بات نرائن ولبھ ایم، ایل، اے کی سمجھ میں بھی آ گئی۔ اور پھر دونوں کسی نتیجہ پر پہنچنے کے لئے دیر تک کمرے کے اندر بیٹھے ہوئے باتیں کرتے رہے..........

اور جب نرائن ولبھ کمرے سے باہر چلا گیا تو کنور صاحب نے وانچو کو بلوا لیا۔ اور ساری باتیں اس کو بتا دیں۔ اور پھر یہ طے ہوا کہ وہ نیپال کی راجدھانی کاٹھمنڈو چلا جائے سرحد کو پار کرنے میں کوئی مشکل نہ ہوگی اس لئے کہ رانا دلیر جنگ جو ریاست کے ایک اہم رکن تھے، وہ کنور صاحب کی شکارگاہوں میں اکثر شکار کھیل چکے تھے اور دونوں کے آپس میں بڑے اچھے مراسم تھے۔ اور جب تک کاٹھمنڈو میں رہے گا اس کو برابر ایک ہزار روپیہ مہینہ مینجنگ ڈائریکٹر کی طرف سے ملتا رہے گا۔ پھر ایک روز فیکٹری کی کار میں بیٹھ کر وہ اسٹیشن کی طرف چل دیا۔ کوئی نہیں جانتا کہ وہ کہاں جا رہا

ہے۔ دفتر میں کام کرنے والے صرف اسی قدر جانتے ہیں کہ وہ کمپنی کے کسی ضروری کام کے سلسلہ میں کلکتہ جارہا ہے اور وانچو کار میں خاموش بیٹھا ہوا دور ہوتی ہوئی فیکٹری کی عمارت کو دیکھتا رہا، جس کی تعمیر کے لئے اس نے خطرناک سازشیں کی تھیں اور وہ فیکٹری اس کی آنکھوں سے دور ہوتی جارہی تھی اس کی گہری نیلی آنکھیں بڑی پراسرار معلوم ہوتی تھیں............

سرکاری ڈیم تباہ ہوجانے کی وجہ سے کوکیلا ندی میں بڑا بھیانک طوفان آگیا ہے۔ بھپری ہوئی لہریں ترائی کے میدانی علاقوں میں، شب خون مارنے والے غنیم کی طرح پھیلتی جارہی ہیں۔ گیہوں کی لہلہاتی فصلیں پانی کے بہاؤ میں بہہ گئی ہیں۔ ساری بستیاں ویران ہوتی جارہی ہیں۔ اور تباہ حال کسان اپنے گھروں کو چھوڑ چھوڑ کر بھاگ رہے ہیں اور راحیل روڈ پر مریل انسانوں کے قافلے گزرتے ہیں۔ اس لئے کہ سیلاب زدگان کے لئے امیر گڈھ میں سرکار نے ریلیف کیمپ قائم کردیا ہے۔ اس سلسلہ میں گورنمنٹ کا جو پریس نوٹ شائع ہوا ہے، اس میں اعلان کیا گیا ہے کہ اس تباہی میں کمیونسٹوں کی دہشت پسندی کو دخل ہے۔ جو اپنے سیاسی مفاد کے لئے ملک میں بے اطمینانی اور ہیجان پیدا کرانا چاہتے ہیں۔ اور اس لئے پولیس نے کسان سبھا کے دفتر پر چھاپہ مار کر کتنے ہی کسان ورکروں کو حراست میں لے لیا ہے۔

نیل کنٹھ کنور صاحب کی کوٹھی کے ایک مختصر سے کمرے میں لیٹا ہوا آہستہ آہستہ کراہ رہا ہے۔ اس کے کندھے پر سفید پٹیاں بندھی ہوئی ہیں۔ اور اس کا مضبوط پٹھوں والا آبنوسی جسم چھپکلی کی مانند زردی مائل ہوگیا ہے۔ خون کے زیادہ بہہ جانے سے اس پر بار، بار غشی کے دورے پڑتے ہیں اور کنور صاحب نے کمپنی کی طرف سے کمشنر کے اعزاز میں اپنی خوبصورت کوٹھی پر ایک شاندار ڈنر کا انتظام کیا ہے۔ جس کا ہنگامہ رات گئے تک فیکٹری کے اندر گونجتا رہا۔

پسماندگان

انتظار حسین

ہاشم خان اٹھالیس برس کا کڑیل جوان، لمبا تڑ نگا، سرخ وسفید جسم آن کی آن میں چٹ پٹ ہوگیا۔ کمبخت مرض بھی آندھی دھاندی آیا۔ صبح لگی ہلکی حرارت تھی شام ہوتے ہوتے بخار تیز ہوگیا۔ صبح جب ڈاکٹر آیا تو پتہ چلا کہ سرسام ہوگیا ہے۔ غریب ماں باپ نے اپنی سی سب کچھ کر ڈالی۔ دن بھر میں ڈاکٹر سے لے کر پیروں فقیروں تک سب کے دراز ے کھٹکھٹاتے لیکن نہ دوا دارو نے اثر کیا اور نہ تعویز گنڈے کام آئے۔ پہر رات ہوئی تھی پھر حالت بھگو گئی اور ایسی بگڑی کہ صبح پکڑنی دشوار ہوگئی۔ ماں باپ نے ساری رات آنکھوں میں کاٹی اور بلک بلک کر دعا مانگی کہ کسی طرح صبح ہوجائے۔ ان کی دعا قبول ہوئی تو سہی مگر ادھر صبح کا گجر بجا ادھر مریض نے پٹ سے دم دے دیا۔ آناً فاناً مرنے والوں کی خبر بھی آناً فاناً پھیلتی ہے سارے محلّہ میں ملک پڑ گیا جس نے سنا سناٹے میں آ گیا حلیمہ بوا کے گھر خبر نبو نے پہنچائی۔ دہلیز میں قدم رکھتے ہی بولی ''اجی حلیمہ بوا قہر ہوگیا۔ ہاشم ختم ہوگیا'' حیمہ بوا کے منہ سے بے ساختہ نکلا'' ہئے ہئے'' حلیمہ بوا اس وقت چولہے پہ بیٹھی بچوں کے ناشتہ کیلئے روٹی ڈال رہی تھی۔ مگر ہاتھ پیر ہاتھ ہی میں رہ گیا۔ فوراً انہوں نے الٹا چولہے کی آگ ٹھنڈی کردی۔ کلثوم کی بیٹی کی خانصاحنی سے ایسی لڑائی تھی کہ آپس کا بھاجی بجرا بھی بند تھا۔ چنانچہ کلثوم کی بیٹی کا منہ کھلا ہوا ہے نابی بی میں ضرور جاؤں گی''۔ یہ کہہ کر چادر اٹھا فوراً خانصاحب منی کے گھر کی طرف روانہ ہوگئی۔ صو بیدار نی بھی خبر سنتے ہی اٹھ کھڑی ہوئی تھیں۔ مگر پھر انہیں کچھ خیال آیا صوبیدار صاحب کو مردانے سے بلوا کر ہدایت کیا وقت کی روٹی ہماری طرف سے ہوگی اس کا انتظام کرواؤ میں جارہی ہوں'' پھر انہوں نے چلتے چلتے نوکرانی کو بھی ایک ہدایت کر ڈالی کہ اری دیکھ ری رات کی روٹیں رکھی ہیں لونڈے کو بھوک لگے تو گھی بورا سے اسے روٹی کھلا دیجو''۔

صوبیدارنی نے خانصاحنی کے گھر تک کا راستہ عجلت سے لیکن خاموشی سے طےکیا۔ انہوں نے عورتوں کی تقلید مناسب نہ سمجھ جنہوں نے مردوں کے ہجوم سے گزرتے ہوئے گلی ہی سے اپنے جزبات کا دبہ دبہ اظہار شروع کر دیا تھا۔ ہاں دہلیز سے گھسنے کے بعد ان سے ضبط نہ ہوسکا ان کے بین صرف چند ثانیوں تک سنے جاسکے گھر میں کہرام مچا ہوا تھا۔ اس میں صوبیدارنی یا کسی کی آواز بھی الگ سنائی نہیں دے سکتی تھی۔

گھر میں کہرام مچا ہوا تھا لیکن باہر اسی قدر خاموشی چھائی ہوئی تھی۔ بیٹھک سے کرسیاں اٹھا دی گئی تھیں۔ اب وہاں صرف جاجم بچھی ہوئی تھی ایک شخص خاموشی سے بیٹھا کفن سی رہا ہے۔ اس کے چہرے پہ نہ تو حزن وملال کی کیفیت تھی اور نہ اطمینان اور خوشی کی جھلک تھی ایسی جاندار چیزیں بھی ہوتی ہیں جو احساس سے سرے سے ہی عاری ہوتی ہیں۔ اور ایسی بے جان چیزیں بھی ہوتی ہیں جو ہر دم ایک نئی کیفیت پیدا کرتی ہیں۔ سفید لٹھا عید کی چاندنی رات کو درزی کی جس دوکان اور جس گھر میں نظر آتا ہے اس سے حرکت اور روشنی پیدا ہوتی ہے۔ جب اس کا کفن سلتا ہے تو سفید غبار کی طرح بیٹھنے لگتا ہے۔ بیٹھک میں سب سے نمایاں چیز تو یہ کفن ہی تھا۔ ویسے اس سے الگ ایک کونے میں خان صاحب گھٹنوں میں سر دیے چپ چاپ بیٹھے تھے۔ اکا دکا اور لوگ بھی وہاں نظر آتے تھے لیکن زیدہ لوگوں نے بیٹھک سے باہر گلی میں ٹھہرنا مناسب سمجھا تھا۔ دبی دبی آواز میں گفتگو ہوتی اور خود بخود ختم ہوجاتی۔ پھر کوئی نیا شخص گلی میں داخل ہوتا۔ آہستہ سے کسی کے پاس جا کھڑا ہوتا۔ سرگوشی کے انداز میں کچھ سوال کرتا کچھ غم اور حیرت کا اظہار کرتا اور پھر چپ ہوجاتا۔ صوبیدار سب سے الگ بیٹھک کی دہلیز پر اکڑوں بیٹھے کسی سوچ میں گم تھے۔ بیٹھک کے سامنے ذرا ہٹ کر ایک دوسرا مکان تھا جس کے چبوترے پہ باقر بھائی اور تجمل بیٹھے بڑے سنجیدہ انداز میں ہولے ہولے باتیں کرتے تھے ان کے انداز گفتگو نے علی ریاض کو کئی مرتبہ للچایا تھا، لیکن ان کے پاس جانے کا اسے کوئی بہانہ ہاتھ نہ آیا۔ البتہ جب چھنوں میاں وہاں پہنچے تو ہمت کر کے وہ بھی آہستہ سے ادھر ہولیا۔

چھنوں میاں ہاشم کی خبر سن کر گھر سے بہت لپ کے چلے تھے۔لیکن گلی میں داخل ہوتے ہے ان کی رفتار دھیمی پڑ گئی شاید انہیں اپنے قدموں کی آہٹ سے بھی کچھ الجھن ہو رہی تھی۔چھنوں میاں جب تجمل اور باقر بھائی کے پاس پہنچے تو اس وقت تجمل ہاشم خاں کے تھانیداری کے انتخاب کا ذکر کر رہا تھا۔

''ہاشم خاں کی چھاتی تھی غضب تھی مجھ سے تو دو اس میں سما جائیں۔بس باقر بھائی سمجھ لو کہ سپر نٹنڈنٹ نے جو دیکھا تو دنگ رہ گیا''۔علی ریاض آہستہ سے بولے'' کیا خبر ہے بھائی اسی کی نظر لگ گئی ہو''

''ہاں کیا خبر ہے'' تجمل نے تائید کی۔

باقر بھائی دھیمے سے لہجہ میں بولے'' سب کہنے کی باتیں ہیں۔موت کا بہانہ ہوتا ہے

کل نفس ذائقہ الموت

چھنوں میاں نے ٹھنڈا سا سانس لیا'' کیا خدا کی قدرت ہے؟'' باقر بھائی دونوں ہاتھوں سے سر پکڑے اکڑوں بیٹھے تھے۔اگلی نگاہیں زمین پہ جمی ہوئی تھیں اسی کیفیت میں بیٹھے بیٹھے پھر بولے'' آدمی میں کیا رکھا ہے۔ہوا کا جھونکا ہے آیا اور گیا''

علی ریاض کی آنکھوں میں ایک تحیر کی کیفیت پیدا ہوئی'' باقر بھائی کیا ہوتا ہے۔آدمی اچھا خاصہ بیٹھا کہ ہچکی آئی پٹ سے دم نکل گیا۔جا رہا ہے۔جا رہا ہے۔ٹھوکر لگی۔آدمی ختم کچھ عجب کرشمہ ہے''

باقر بھائی سوچتے ہوئے بولے'' بس بھائی سانس کا ایک تار ہے جب تک چلتا ہے چلتا ہے۔ذرا ٹھیس لگی' تار ٹوٹا آدمی ختم''

تجمل اور چھنوں میاں دونوں کسی گہری سوچ میں ڈوب گئے۔چند لمحوں تک علی ریض بھی چپ رہا۔مگر وہ بولا بھی تو کچھ اس انداز سے گویا خواب میں بڑبڑا رہا ہے'' زندگی کا کیا بھروسہ آنکھ بند ہوئی کھیل ختم...... کہا ستم ہے ادھر نوکری کا پروانہ آیا ادر موت کا تار برقی آ گیا اس کے بھید وہی جانے عجب کارخانہ ہے اس کا'' پھر علی ریاض بھی کسی سوچ میں ڈوب گیا ایک ڈیڑھ منٹ تک مکمل خاموشی رہی۔علی ریاض اور چھنوں میاں دونوں بت بنے ہوتے تھے باقر بھائی بدستور ہاتھوں میں سر تھامے کہنیاں گھٹنوں پہ ٹیکے بیٹھے تھے۔مگر ان کی آنکھیں شاید اب بند ہوتی جا رہی تھیں علی ریاض پھر چونکا اور'' ؟؟؟؟؟؟؟ باقر بھائی سے مخاطب ہوا'' باقر بھائی...... خدا ہے بھی یا نہیں؟ باقر بھائینے اپنی آنکھیں کھولیں'' بھائی میرے......''...... وہ رکے اور پھر بولے'' موت ہی اس کا سب سے بڑا ثبوت ہے کہ خدا ہے''۔

علی ریاض باقر بھائی کی صورت تکتا رہا۔پھر خیال کی نہ جانے کونسی دنیا میں پہنچ گیا تجمل اور چھنوں میاں پھر کسی خیال تک گم تھے۔پھر چھنوں میاں نے گھٹنے سے اپنی ٹھوڑی اٹھائی اور نیم محسوس سے انداز میں پھر چھا گئی باقر بھائی اس طرح بے حسن و حرکت بیٹھے تھے البتہ علی ریاض اور تجمل نے ان کی طرف دیکھا مگر کچھ بولے نہیں۔چھنوں میاں کی زبان سے ایک فقرہ پھر نکلا'' بار بار اس کی شکل آنکھوں کے سامنے آتی ہے۔یقین نہیں آتا کہ وہ مر گیا۔

''یقین کیسے آئے یار'' تجمل آہستہ آہستہ کہہ رہا تھا'' ترسوں تک تو اچھا بھلا تھا۔بازار میں مجھ سے مڈھ بھیڑ ہوئی میں پوچھنے لگا'' ہاشم خاں کب جا رہے ہو نوکری پہ'' بولا'' یار تقرری تو ہو گئی ہے اس ہفتے میں چلا ہی جاؤں گا''۔

علی ریاض نے ٹھنڈا سانس لیا۔'' ہاں غریب چلا ہی گیا''

چھنوں میاں نے علی ریاض کے فقرے پر دھیان نہیں دیا۔وہ تجمل سے مخاطب تھے'' بھئی پچھلی جمعرات کو میں اور وہ دونوں شکار کو گئے ہیں'' شکار کے لفظ کے ساتھ ساتھ مختلف انمٹ بے جوڑ تصویریں چھنوں میاں کی آنکھوں کے سامنے ابھر آئیں۔پھریری لے کر بولے'' کیا نشانہ تھا نیک بخت کا صبح کی دھند میں ہاتھ کو ہاتھ سجھائی نہیں دیتا۔قازیں ہڑبڑا کر اٹھی ہیں۔پروں کی پھڑ پھڑاہٹ پہ دھوں سے گولی چلائی اور قازیں ٹپ ٹپ گر رہی ہیں۔اب اسی دفعہ کا ذکر ہے صاحب مجھے تو پتہ چلا نہیں کہ ہرنی کدھر سے اٹھی اور کدھر چلی۔بندوق کو تانتے ہوئے بولا'' وہ ہرنی چلی'' میں نے کہا کہ بہت دور ہے'' مگر وہ مانس کہا سنتا تھا دن سے گولی چلا دی۔ہرنی بس قدم گری میں چلی اور پھر لڑکھڑا کے گر پڑی '' چھنوں میاں چپ

ہوگئے۔ پھر کچھ سوچتے ہوئے بولے" وقت کی بات ہے۔ بعض وقت منہ سے ایسی آواز نکلتی ہے کہ پوری ہو کر رہتی ہے۔ شکار سے واپسی میں کہنے لگا "چھنوں میاں اپنا یہ آخری شکار تھا۔ اب ہم چلے جائیں گے غریب سچ مچ چلا گیا"

باقر بھائی کے جسم کو آخر ذرا جنبش ہوئی۔ سوچتے ہوئے بولے" جمعرات کا دن تھا...... وقت کیا تھا؟؟؟؟ علی ریاض اور تجمل دونوں بھائی کو تکنے لگے۔ باقر بھائی اک ذرا تامل سے ہچکچاتے ہوئے بولے" ایسے وقت میں جانور کو نہیں مارنا چاہیے"

آہستہ آہستہ اٹھتے قدموں کے افسردہ شور سے ساری بزریا میں ایک خاموشی سی چھا گئی۔ کالے پنواڑی کی دوکان پہ جو قہقہے بلند ہو رہے تھے وہ ایکا ایکی بند ہو گئے۔ سامنے کے کوٹھے والی ننگی پہاڑن کے سلسلہ میں شبراتی کے ذہن میں ایک بہت پھڑکتا ہوا فقرہ آیا تھا۔ اسے اس اچھے فقرے کا گلا گھونٹ دینا پڑا۔ سامنے ایک سائیکل سوار گزر رہا تھا۔ میت دیکھ کر وہ بھی سائیکل سے اتر پڑا۔ سمی حلوائی اس وقت موتی چور کے لڈو بنا رہا تھا۔ اس کے ہاتھ یک بیک رک گئے اور آنکھوں میں ایک حیرت انگیز افسردگی کی کیفیت پیدا ہوگئی۔ ملا پنساری کے اعصاب پر مذہب سوار تھا شائد اس لئے وہ موت کی سنجیدگی سے کچھ ضرورت سے زیادہ ہی مرعوب ہو جاتا تھا۔ بڑھیا کو تین پیسے کا دھنیا تولتے تولتے وہ ایک ساتھ اٹھ کر کھڑا ہوا۔ اور جب تک جنازے کو کاندھا دینے کا ثواب حاصل نہ کر لیا پلٹ کر نہیں آیا۔ یوں تو اس نے واپس آتے ہی کام میں لگ جانے کی کوشش کی تھی۔ مگر بڑھیا کے بھی آخر کچھ روحانی مطالبات تھے۔ ملاں کے واپس آتے ہی اس نے سوال کیا" بھیارے یو کس کی میت تھی؟"

ملاں نے ٹھنڈا سانس بھرتے ہوئے جواب دیا" خانصاحب ہیں نا دے ان کا لونڈا گذر گیا۔"

بڑھیا کی آنکھیں کھلی کی کھلی رہ گئیں" ہائے اللہ"

ہیرا سنار ابھی ابھی گلال لینے کی نیت سے دوکان پہ پہنچا تھا۔ خانصاحب کا سن کر وہ چونکا" خانصاحب جی کا پتر......؟ وا مرگیسو؟ بڑی گھٹنا ہوگئی"، پھر ذرا تامل سے بولا" وا کی دیہی تو بڑی بنی ہوئی تھی کیسے مر گیو؟"

ملاں نے پھر ٹھنڈا سانس لیا" مہاراج موت بڑی بلوان ہے وہ بوڑھے جوان کسی کو نہیں چھوڑتی"

ہیرا بھی بہک نکلا" ملاں یو تو سچ کیوے ہے۔ موت تو جوگیوں اور مہارشیوں کو بھی آئی اور شکتی مان راجوں مہاراجوں کو بھی آئی، راجہ کنش ادبک چتر ہو تھا پر موت نے وا کو بھی داب ہی لیو"۔

ملاں کے لہجے میں اب توانائی پیدا ہوئی" لالہ رشی منی ہوں یا پیر پیغمبروں موت نے کسی کو معاف نہیں کیا۔ سنیں کیا کہ افلطون نے ایک بوٹی تیار کی۔ اپنے شاگرد سے مرتے وقت کہا کہ مجھے دفن مت کیجیو۔ یو بوٹی نے چراغ میں ڈال کے میرے سرہانے چالیس دن تک جلائیو چراغ بجھنے نہ پائے۔ چالیسویں دن میں اٹھ کھڑا ہوں گا۔ مگر چالیسویں دن کیا ہوا کہ شاگرد کی آنکھ لگ گئی اور چراغ بجھ گیا افلطون مرا کا مرا رہ گیا۔ تو لالہ موت بڑی ظالم ہے"

ہیرا کا سر جھک گیا۔

بڑھیا کے لہجہ میں افسردگی پیدا ہوگئی" ہاں بابا سوت پر کسو کا کیا بس ہے۔" بڑھیا چپ ہوگئی مگر جب کوئی کچھ نہ ملا تو ایک فقرہ پھر اس کی زبان سے نکل گیا" خانصاحب منی کے دونوں کڑیل جوان گئے......اس کے غضب سے ڈرتا ہی رہے۔"

ملاں نے بڑے فلسفیانہ انداز مین جواب دیا" بڑی بیوہ امتحان لیوے ہے۔"

شبراتی نہ جانے کس لہر میں کالے کی دوکان سے اٹھ کر ملاں کی دوکان پر آ بیٹھا تھا۔ ملاں کے اس فقرے سے وہ گرما گیا" ملاں بے یوں تیرا خدا بڑی زہری ہے جو اس کے امتیان کے اڑنگے میں آ گیو۔ اس کا کباڑا گیا۔"

ملاں کو ٹوٹ کر غصہ تو شاید ہی زندگی میں آیا ہو۔ مگر اس کے لہجہ میں ہلکی سی برہمی ضرور پیدا ہوگئی کہنے لگا" بھیا خدا تو دے میرا بھی ہے اور تیرا بھی ہے۔"

شبراتی کا بغاوت کا جوش جھاگ کی طرح بیٹھ گیا۔ جواب وہ کیا دیتا۔ اس کا سر جھک گیا اور اس کی ٹھوڑی کھسک کر گھٹنوں پہ آن ٹکی۔ ملاں اب شبراتی سے قطعاً بے نیاز ہو کر فضا میں گھورنے لگا تھا۔

بڑھیا کنجڑی، ہیرا، شبراتی، ملاں چاروں کے چاروں چند لمحوں کیلئے بالکل گم سم ہو گئے۔ اور ان کے چہروں پہ کچھ ایسی کیفیت پیدا ہو گئی جو زندگی کی بے ثباتی اور کسی بڑی طاقت کے وجود کے احساس سے پیدا ہوتی ہے۔

آخر بڑھیا کنجڑی چونکی "لا میرے بیر ادھنیا باندھ دے۔ میں چلی"

ملاں نے ہڑ بڑا کر ترازو اٹھائی اور دھنیا تول کر کاغذ میں باندھنے لگا۔ اب ہیرا بھی ہوش میں آ گیا تھا۔ اس نے تقاضا کیا "ملاں مو کو بھی گلال باندھ دے"

"کتنے کا دوں؟"

"اکنی کا۔"

"لالہ اکنی کے گلال میں آ گیا بینک لگے گی تہوار روز روز تھوڑا ہی آوے ہے"

پہاڑن نکٹی اب بن ٹھن کر اپنے چھجے پہ آ کھڑی ہوئی تھی۔ کسی جلے تن کے نے پچھلے برس اس کی بے مروتی سے بھن کر دن دہاڑے دانتوں سے اس کی ناک کاٹ لی تھی۔ یوں اس کے سیاہ چہرے کی پھبن تو ضرور بگڑ گئی تھی مگر اس سے نہ تو اس کی قہر بھری گات کا جادو زائل ہوا تھا۔ اور نہ اس کے ٹھسے میں فرق پڑا تھا۔ شبراتی نے اسے دیکھ کر زور سے انگڑائی لی اور اونچی لے میں گانے لگا۔

یارب نگاہ ناز پہ لیسنس کیوں نہیں؟

بنو کو یہ فائدہ تھا کہ خانصاحبنی کی دیوار سے اس کی دیوار ملی ہوئی تھی بلکہ اس مشترک دیوار میں باہمی سمجھوتے سے ایک الٹی سیدھی کھڑکی بھی پھوڑی گئی تھی۔ آج یہ کھڑکی بنو کے بہت کام آئی۔ آنسوؤں کا غلبہ جب بھی کم ہوا اور طبیعت رونے سے جب بھی ذرا چاٹ ہوئی بنو اس کھڑکی سے نکل کر اپنے گھر پہنچ گئی۔

حلیمہ بوا نے تو الٹتے وقت اپنے ننھے نواسے کا خیال ہی نہیں کیا تھا۔ اب اس نے بھوک بھوک کا غل مچانا شروع کیا۔ جنازہ اٹھنے کے بعد وہ بھی اس کھڑکی سے نکل بنو کے گھر جا پہنچیں۔ ان کا مقصد تو صرف اتنا تھا کہ بنو کے گھر رات کا کوئی ٹکڑا نوالہ بچا ہو تو نواسے کو کھلا کر اس کا حلق بند کر دیں۔ وہاں وہ بنو سے باتوں میں لگ گئیں۔ حلیمہ بوا کی آنکھوں میں ہاشم خاں کی تصویر بار بار پھر جاتی تھی۔ خانصاحبنی کی بدنصیبی کا خیال بھی انہیں رہ رہ کر آ رہا تھا۔ بنو پر بی تقریباً کچھ یہی عالم گزر رہا تھا۔ چنانچہ جب حلیمہ بوا نے یہ کہا "ڈوبی خانصاحبنی ت جیتے جی مرگئی" تو بنو کی آواز میں بھی درد پیدا ہو گیا بولی "بدنصیب کی کوکھ اجڑ گئی دو پوت تھے دونوں ختم ہو گئے آنگن میں جھاڑو سی دلگئی۔

حلیمہ بوا کچھ دیر چپ رہیں پھر کھوئے کھوئے سے انداز میں بولیں۔ حضوں کی قسمت ہی ایسی ہووے ہے۔ خانصاحبنی کمبخت کو عہدے راس نہیں آئے۔ یاد نہیں جب خانصاحب کو مجسٹریٹی ملی تھی تو کیسے کھٹیا پہ پڑے تھے۔

"ہاں ئے حاکم ہوتے موئے مرض کی بھینٹ چڑھ گیا عہدہ"

حلیمہ بوا کو خانصاحبنی کے بڑے بیٹے کا واقعہ یاد آ گیا "اس کا بڑا پوت بھی ایسے ہی جوانی کی بھری بہار میں گیا۔ اے بی بی یہ سمجھو کہ چاند کی پہلی کو تحصیلداری کا خط آیا اور ستائیسویں کو اس غریب کا تار آ گیا۔ وہ بھی آناً فاناً گیا۔ خانصاحبی کی ساری موتیں ایسے ہی ہوئیں۔"

بنو کسی اور عالم میں کھو گئی تھی۔ اس کی آنکھیں خلا میں گھور رہی تھیں۔ اور ان آنکھوں میں ایک عجیب سی کیفیت پیدا ہو گئی تھی۔ وہ چند لمحے بالکل چپ رہی پھر ٹھنڈا سانس لیتے ہوئے بولی "با........ پالیں پوسیں چھاتی پہ سلا سلا کے بڑا کریں اور پھر قبر میں سلائی آئیں غضب ہے۔"

بنو پھر اس عالم میں کھو گئی۔ حلیمہ بوا بھی کچھ متاثر ہوئیں اب وہ بھی چپ تھیں۔

حلیمہ بوا کو پھر کچھ یاد آیا۔ بولیں ''کمبخت ہاتھوں میں دل رکھتی تھی ۔ پوت کا ۔ اس عید پہ اس کیلئے وہ بھاری اچکن بنوائی کہ کیا کوئی بیاہ میں بنوائیگا۔

بنو اسی کھوئے کھوئے انداز میں پھر بولی ''رزق برق پوشاکیں سب رکھی رہ جاویں ہیں چاند کے سے ٹکڑوں پہ دم کے دم میں سینکڑوں من مٹی پڑ جاوے ہے''

بنو چپ ہوگئی تھی۔ حلیمہ بوا گم متھان بنی بیٹھی تھی۔

بنو ایک ساتھ پھر چونکی اور حلیمہ بوا سے مخاطب ہوئی۔ مخاطب ہوئی۔ '' حلیمہ بوا یہ خدا کا کیا انصاف ہے جسے اولا دے گا۔ دیئے چلا جاوے گا جس سے چھینے گا وسکا گھر اجڑ کردے گا''۔

حلیمہ بوا بولیں ''اری میا شکایت کیا ہے اس کی چیز تھی اس نے لے لی بنو نے اک ذرا تلخی سے جواب دیا ''اجی اولاد نہ ہو تو صبر ہے کہ بھی تقدیر میں اولاد نہ تھی نہ ہوئی مگر کلیجہ کے ٹکڑے یوں مٹی میں ملانے کیلئے کہاں سے جگر آوے''۔

حلیمہ بو کو کوئی جواب بن نہ آیا تو وہ خاموش ہوگئیں۔ لیکن پھر جلد ہی ان کی سمجھ میں بات آ گئی بولیں ''اجی سب اپنے اپنے اعمال ہووے ہیں'' انہوں نے ک ذرا تامل کیا اور پھر کہنے لگیں ''بی بی ہم نے تو کسی لڑنے والی کو پھلتے نہ دیکھا۔ کمبخت دا نتا کل کل کوئی اچھی بات تھوڑائی ہے۔ کلثوم بات بات پہ اس کے بیٹے کو یاد کرتی تھی۔ آخر بیٹا بدنصیب ختم ہوگیا''

اس سلسلہ میں حلیمہ بوا بھی کچھ کہنا چاہتی تھیں لیکن ان کے لاڈلے نواسے نے پھر وہی رٹ لگانی شروع کردی کہ ''بوا جی بھوک لگی ہے'' حلیمہ بوا نے اسے بہت بہلایا پھسلایا۔ مگر وہ کہاں ماننے والا تھا۔ حلیمہ بوا کو خود بھی اس کی بھوک کا احساس تھا۔ بنو سے کہنے لگیں ''میرا بچہ آج بھوک سے ہلکان ہوگیا''

بنو کو بھی دبی دبی شکایت پیدا ہوئی ''اجی ابھی تو میت گئی ہے کب لوگ واپس آئے اور کب روٹی ملی''۔

حلیمہ بوا کو یکا یک ایک سوال یاد آیا ''اری روٹی کس کی طرف سے ہے؟''

''صو بیدارنی دے رہی ہیں''

''پھر تو اچھی روٹی دے گی''

بنو تنگ آ کر بولی ''اجی ہاں ہاں اچھی روٹی دے گی۔ قبولی پک رہی ہے''۔

''قبولی؟'' حلیمہ بوا کو بڑا تعجب ہوا ''ڈوبا یہ الغاروں پیسہ جو ہے وہ کیا چھاتی پہ دھر کے قبر میں لے جاویگی''۔

بنو کہنے لگی ''حلیمہ بوا! یہ تو سب دل کی بات ہووے ہے۔ ہمارے باپ کی کیا حیثیت تھی مگر تمہیں تو یاد ہوگا ہماری ساس کے مرنے پہ گوشت روٹی دی تھی''۔

حلیمہ بوا تائیدی لہجہ میں بولیں ''ارے بھئی برادری کا تو لحاظ کرنا ہی پڑے ہے اور قبولی؟ قبولی تو بڈھوں ٹھڈوں کے مرنے میں دی جاوے ہے''۔

قبر تیار ہونے میں ابھی خاصی دیر تھی، علی ریاض، تجمل، باقر بھائی اور چھنوں میاں قبرستان سے نکل کر کربلا کی طرف ہولئے۔ یہ کربلا ایسی لمبی چوڑی عمارت تو نہیں تھی۔ بس ایک بڑے رقبہ میں پکی چاردیواری کھینچی ہوئی تھی۔ شاید دانستہ یہ اہتمام کیا گیا تھا۔ کہ اس میں درخت نہیں ہونے چاہیں پھر ابھی ایک کونے میں نیم کے دو گھنے درخت نظر آتے تھے۔ اس کے عقب میں آموں کا ایک گھنا باغ تھا۔ بائیں سمت صرف بیریاں ہی نہیں بلکہ اس سے پرے املی کے بلند و بالا درخت بھی نظر آتے تھے۔ ایسے ماحول میں یہ کربلا لق و دق صحرا کا تاثر بھلا کیا پیش کرتی۔ مگر اس کی فضا ایک گہری اداسی کا رنگ لئے ہوئے ضرور تھی

یہ چار دیواری تو پست ہی تھی۔لیکن اس کے پھاٹک کا آہنی کٹہرہ خاصا بلند تھا اور اس سے ایک ایسا وقار ٹپکتا تھا جو اس قسم کی عمارتوں کے دروازوں سے مخصوص ہے۔مگر یہ آہنی کٹہرہ عمارت کی سب سے بلند چیز نہیں تھی۔اس دروازے میں دو مینار بھی تو شامل تھے جو آہنی کٹہرے سے کہیں بلند تھے۔الگ بات ہے کہ اس کھلی فضا میں وہ دور سے پست ہی نظر آتے تھے اس کھلی فضا میں ایک وسیع وعریض چار دیواری کے ساتھ ان دو میناروں کو دیکھ کر کچھ اس قسم کی کیفیت گزرتی تھی جیسے بعض لوگ کوئی صحیح لفظ موجود نہ ہونے کی وجہ سے حساس تنہائی کہنے لگے۔

آہنی دروازے کے عین سامنے ایک پکی قبر تھی جو زمین کی سطح سے بالکل ہموار تھی، باقر بھائی کو آج ہی نہیں اس سے پہلے بھی اکثر مرتبہ اس قبر پہ شک ہوا تھا کہ ہر سال دلدل کی ناپیں اور ماتمیوں کے قدم دونوں اسے مس کرتے ہیں۔یہ تو خیر سب جانتے تھے کہ یہ قبر مولانا حیدر امام کی تھی اور ان کے زہد کا احترام کرتے ہوئے ہی انہیں مناسب مقام پر دفن کیا گیا تھا۔مگر علی ریاض اس شعر کو پڑھنے کی کوشش کر رہا تھا جو اس قبر پر نقش تھا۔ پہلا مصرعہ تو صاف تھا۔ بڑے شوق سے سن رہا تھا زمانہ!

لیکن دوسرے مصرعہ کے آخری لفظ بالکل مٹ گئے تھے۔ہمیں سو گئے داستاں.........علی ریاض نے بہت بہت سر مارا مگر اس کی سمجھ میں کچھ نہ آیا آخر باقر بھائی نے اس معمہ کو حل کیا کچھ تو انہیں مٹے ہوئے لفظ پڑھنے کی انگل تھی پھر یوں بھی انہوں نے مذہبی کتابوں کے ساتھ ساتھ تھوڑا سا وقت شاعری کے مطالعہ پر بھی صرف کیا تھا۔آخر بہت سوچ سمجھ کر انہوں نے دوسرا مصرعہ پڑھا۔ہمیں سو گئے داستان سنتے سنتے۔علی ریاض نے ہی نہیں تجمل اور چھنوں میاں نے بھی شعر کی داد دی علی ریاض نے بڑے اہتمام سے اپنے لہجہ میں افسردگی کا رنگ پیدا کیا اور شعر پڑھنے لگا۔

بڑے شوق سے سن رہا تھا زمانہ

ہمیں سو گئے داستان سنتے سنتے

''واہ'' چھنوں میاں کے منہ سے بے ساختہ نکلا ''کس کا شعر ہے''

علی ریاض تھوڑا سا چکرایا پھر سوچتے ہوئے بولا ''انیس کا معلوم ہوتا ہے؟ کیوں باقر بھائی؟''

باقر بھائی نے جواب دیا ''بھئی شعر تو منہ سے بول رہا ہے کہ میں میر انیس کا ہوں''

''واہ واہ میر انیس بھی کیا کیا شعر کہہ گئے ہیں'' چھنوں میاں نے پھر داد دی۔

''باقر بھائی'' علی ریاض کا لہجہ یکا یکی بدلا ''سنتے ہیں کہ میر انیس شعر خود نہیں کہتے تھے''۔

چھنوں میاں کا چہرہ سرخ پڑ گیا تڑخ کر بولے ''پھر کیا جنید خاں لکھ کے دے جاتے تھے۔''

علی ریاض نے جلدی سے اپنی بات کی تشریح کی ''ابھی ہم نے تو یہ سنا ہے کہ محرم کے دنوں میں میر انیس جب سو کے اٹھتے تھے تو ان کے سرہانے امام حسین علیہ السلام کا لکھا ہوا مرثیہ رکھا ہوتا تھا''۔

چھنوں میاں کے چہرے پہ سرخی جس تیزی سے آئی تھی اسی تیزی سے غائب ہوگئی ہاں اسی تیزی کے ساتھ ان کی آنکھوں میں حیرت کی کیفیت پیدا ہوگئی تھی۔''اچھا؟''

تجمل نے براہ راست باقر بھائی سے سوال کیا ''کیوں بھائی۔سچ ہے یہ؟''

باقر بھائی نا معلوم کس قماش کی آدمی تھے کسی بات کی نہ تو زور شور سے تائید کرتے تھے اور نہ زور شور سے تردید کرتے تھے۔ان کے جواب میں ہاں اور نہیں دونوں پہلو شامل ہوتے تھے۔کہنے لگے ''ہاں لکھنؤ جا کے کسی سے پوچھو اور یہ واقعہ تو لکھنؤ کے بچے بچے کی زبان پہ ہے.........''

تجمل نے بے صبرے پن سے پوچھا ''کیا واقعہ؟''

یہی کہ ایک دفعہ میر انیس اور مرزا دبیر میں بحث ہوگئی کہ دیکھیں مولا کو کس کا مرثیہ پسند ہے۔دونوں نے مرثیہ لکھا اور اپنا اپنا مرثیہ بڑے امام باڑے میں علموں کے پاس رکھیائے صبح کو جو جا کے دیکھیں ہیں تو میر انیس کا مرثیہ تو ویسا ہی لکھا ہے اور مرزا دبیر کے مرثیے پہ پنجے کا نشان۔''

پنجے کا نشان؟ ‘‘ تجمل اور چھنوں میاں دونوں کی آنکھیں پھٹی کی پھٹی رہ گئیں۔
علی ریاض نے بڑے اعتماد سے کہا ’’ہاں پنجے کا نشان۔ بس جناب میر انیس کا تو برا حال ہوا سمجھے کہ مولا کی شان میں کوئی گستاخی ہوگئی۔ پھر رات ہوئی ذرا آنکھ جھپکی ہوگی کہ گھوڑے کی ٹاپوں کی آواز آئی۔ میر انیس چونک پڑے‘‘ علی ریاض رکا اور تجمل اور میاں دونوں کی آنکھوں میں آنکھیں ڈال کے باری باری دیکھا تجمل اور چھنوں میاں دونوں حیرت سے ٹکٹکی باندھے اسے دیکھ رہے تھے اور تو اور باقر بھائی کی بے نیازی میں بھی فرق آچلا تھا۔ علی ریاض پھر بولا ’’گھوڑے کے ٹاپوں کی آواز پاس آتی گئی۔ بس سمجھو کہ سارا امام باڑہ گونجنے لگا۔ میر انیس کیا دیکھتے ہیں کہ ایک سفید گھوڑا ہے اس پہ ایک بزرگ سوار ہیں۔ چہرے پہ سیاہ نقاب پڑی ہوئی، کمر میں تلوار۔ میر انیس کے برابر آئے اور ان کے سر پہ ہاتھ رکھ کر بولے‘‘ کہ انیس تو میری اولاد ہے۔ دبیر میرا عاشق ہے اس کا دل ٹوٹ جاتا‘‘ .... میر انیس کی روتے روتے ہچکی بندھ گئی۔ آنکھ کھلی تو نہ گھوڑا نہ گھوڑا سوار۔ تڑکا نکل آیا تھا۔ مسجد میں اذان ہو رہی تھی۔‘‘

علی ریاض کی داستان ختم ہو چکی تھی۔ تجمل اور چھنوں میاں ایک ڈیڑھ منٹ تک علی ریاض کو تکتے رہے پھر ان کی نگاہیں باقر بھائی پہ جم گئیں باقر بھائی نے اک ذرا لاپرواہی سے کھنکار کر یہ ثابت کرنے کی کوشش کی کہ وہ اس داستان سے کچھ ایسے زیادہ متاثر نہیں ہیں۔ پھر آپ ہی آپ کہنے لگے ’’مگر اس روایت سے تو یہی ثابت ہوتا ہے کہ انیس خود مرعیہ لکھتے تھے۔‘‘

’’مگر صاب‘‘ باقر بھائی اب تچی کے اشارے کے بغیر چل رہے تھے ’’انیس کی شاعری واقعی انسانی کلام نہیں ہے .... معجزہ ہے‘‘۔
باقر بھائی چند لمحوں کیلئے بالکل خاموش رہے اور پھر آپ ہی آپ بڑبڑانے لگے۔

’’گودی ہے کبھی ماں کی کبھی قبر کا آغوش
سرگرم سخن ہے کبھی انسان کبھی خاموش
گل پیرہن اکثر نظر آئے ہیں کفن پوش
گہہ تخت ہے اور گاہ جنازہ بہ سر دوش‘‘

باقر بھائی اک ذرا رکے ان کی آواز ڈوبنے لگی تھی ’’ہا کیا شعر ہے‘‘۔

اک طور پہ دیکھا نہ جواں کو نہ مسن کو
شب کو تو چھپر کھٹ میں ہیں تابوت میں دن کو

باقر بھائی چپ ہو گئے اب وہ پھر بت بن گئے تھے، علی ریاض، تجمل اور چھنوں میاں پہ بھی سکتہ چھا گیا تھا۔ چاروں طرف خاموشی چھائی ہوئی تھی۔ البتہ آس پاس کے نیم اور املی کے درختوں میں دھیما دھیما شور ضرور برپا تھا۔ ہوا بہت تیز تو نہیں تھی۔ اسے موسم کا اثر کہئے کہ ہوا کا کوئی جھونکا اگر دبے پاؤں بھی آتا تو زرد پتوں کو بہانہ مل جاتا اور ٹہنیوں سے بچھڑ کر فضا میں تیرنے لگتے۔ بہتی ہوئی ریت کے ریلے میں یم کے بہت سے ننھے ننھے زرد پتے بھی آ گئے تھے۔ اور قبر پہ بڑے قرینے سے بچھ گئے تھے۔

اس نیم بیدار نیم خوابیدہ فضا میں نیم کے درختوں سے لے کر کربلا کی دیواروں کی منڈیروں تک ہر چیز کچھ اجڑی اجڑی سے نظر آرہی تھی اور علی ریاض، تجمل، چھنوں میاں گم متھان بنے بیٹھے تھے اور باقر بھائی پر مراقبہ کی کیفیت طاری تھی۔

آخر چھنوں میاں نے اس سکوت کو توڑا انہوں نے بڑے مرے ہوئے انداز میں انگڑائی لی ’’بھئی دھوپ میں چٹخی آ گئی یہاں سے اٹھو‘‘۔
چھنوں میاں کھڑے ہوئے۔ دوسرے بھی اٹھ کھڑے ہوئے چھنوں میاں نے اس سلسلہ میں مشورے یا اطلاع کی ضرورت نہیں سمجھی۔ شاید جوانستہ طور پر ان کے قدم بیریوں کی طرف اٹھ گئے تھے یہ بیریاں اس سال اللہ دئے نے لے رکھی تھیں اس نے اس برگزیدہ قافلہ کو بیریوں کی طرف آتے دیکھا تو بے تحاشا پکا ہوا تھا۔ قریب پہنچ کر اس نے چھوٹتے ہی سلام کیا ’’میاں سلام‘‘۔

’’سلام‘‘ صرف چھنوں میاں نے سلام کا جواب دینا ضروری سمجھا۔

بیریوں میں داخل ہوتے ہوئے چھنوں میاں کہنے لگے ’’صاب موسم اب بدل ہی گیا۔ دھوپ میں اچھی خاصی تیزی آ گئی ہے۔‘‘

’’ہاں‘‘ تجمل بولا ’’جاڑے تو اب گئے ہی سمجھو میں ہولی کے انتظار میں ہوں ہولی چلی اور میں نے باہر سونا شروع کیا‘‘۔

چھنوں میاں اللہ دئے کی طرف متوجہ ہو گئے ’’ابے اللہ دئے کب جل رہی ہے ہولی؟‘‘

’’اگلے شکر کو جل جاوے گی جی۔ بس چھنوں میاں بیر بھی اگلے شکر تک کے ہیں ہولی کے بعد ان میں کنڈا ر پڑ جاوے گی‘‘ پھر ذرا رک کر بولا ’’میاں بیر کھالو‘‘

چھنوں میاں بیزار ہو کر بولے ’’میرے یار دم تو لینے دے‘‘

اللہ دیا چپ ہو گیا۔ اس نے اپنی رفتار دھیمی کر دی اور پیچھے تجمل کے برابر برابر ہو لیا۔ کچھ دیر وہ خاموش چلتا رہا پھر آہستہ سے بولا ’’تجمل میاں کتنی دیر ہے دفن ہونے میں؟‘‘

’’آدھ گھنٹے سے کم کیا لگے گا‘‘

اللہ دیا ے خاموش چلتا رہا پھر ذرا ہچکچا کر بولا ’’تجمل میاں جو ہونی ہووے ہے وے ہو کے ہی رہوے ہے (میرا ماتھا وسی وخت ٹھنکا تھا۔ میں نے ہاشم میاں کو منع بھی کیا پر وہنوں نے میری سنی نہیں‘‘۔

علی ریاض چپ چاپ پیچھے چلے آ رہے تھے۔ ان فقروں پر ان کے کان کھڑے ہوئے۔ انہوں نے چال تیز کر دی اور پاس آ کر بولے ’’کیا بات؟‘‘

’’امی میں دس روز اکے شکار کی بات کر رہا ہوں‘‘ اللہ کی آواز اب ذرا بلند ہو گئی تھی ’’چھنوں میاں تو ساتھ۔ پوچھ لو میں نے منع کیا تھا یا نہیں۔ سالا لیل کنٹھ رستہ کاٹ گیا۔ میں نے کہا کہ ہاشم میاں لوٹ چل پھر وہنوں نے مجھے ڈپٹ دیا۔ جب ہرنی اٹھی تو میرا کلیجہ دھک سے رہ گیا‘‘ اللہ دیا چپ ہوا اور جب وہ پھر بولا تو اس کی آواز نے تقریباً سرگوشی کا رنگ اختیار کر لیا تھا ’’اجی دس کے ہرن کو پچھلے مہینے ہاشم میاں نے مارا تھا۔ میرا دل اندر سے یو کیوے کہ اللہ دئے آج کچھ ہووے گا۔ میں نے کہا کہ ہاشم میاں گولی مت چلاؤ۔ پر جی وہنوں نے مجھے پھر جھڑک دیا‘‘

اللہ دیا چپ ہو گیا بیریوں کے پتے خاموش تھے ہوا شاید بہت دھیمی ہو گئی تھی۔ صرف قدموں کی چاپ سنائی دے رہی تھی۔ اللہ دیے کی جھونپڑی کے قریب پہنچ کر سب لوگ چار پائی پر بیٹھ گئے۔

اللہ دئے نے حقہ بھی تازہ کر کے رکھ دیا تھا چھنوں میاں نے دو گھونٹ خاموشی سے لئے۔ پھر آپ ہی آپ کہنے لگے۔ بھئی اب کچھ ہی کہہ لو مگر ہم تو بچپن سے شکار کھیلتے آ رہے ہیں ہم نے تو کبھی شگن وگن کی پروا نہیں کی‘‘۔

علی ریاض بولے ’’بھائی یہ نئی روشنی کا زمانہ ہے۔ آج ہم کہتے ہیں کہ صاحب بڑے بوڑھے لوگ بڑے دقیانوسی تھے۔ تو ہم پرست تھے .... مگر صاحب ان کا کہا ہوا آج بھی پتھر کی لکیر ہے‘‘۔

تجمل نے بے ساختہ ٹکڑا لگایا ’’یہ واقعہ ہے‘‘۔

علی ریاض کی بات جاندار تھی۔ چھنوں میاں کو مجبوراً باقر بھائی سے رجوع کرنا پڑا ’’باقر بھائی آپ کا کیا خیال ہے؟‘‘

باقر بھائی پھر اپنے اسی مذبذب سے لہجہ میں بولے ’’اللہ بہتر جانتا ہے کیا بھید ہے .... ویسے ہم نے بہت سی رسمیں ہندوؤں سے لی ہیں اسلام تو شگون وگون کا قائل ہے نہیں‘‘

چھنوں میاں کی بات کی تائید ہوئی تھی۔ پھر بھی انہوں اس جواب پہ کچھ بے اطمینانی سی محسوس کی۔

علی ریاض چند لمحوں تک بالکل گم سم رہا پھر بڑبڑانے لگا ’’اس کے بھید وہی جانے عجب طلسمات ہے یہ دنیا‘‘۔

باقر بھائی کی نیت جواب دینے کی نہیں تھی بس یونہی بیٹھے بیٹھے کہنے لگے ''میاں ہم تو یہ جانتے ہیں کہ تقدیر میں جو لکھ گیا وہ مٹ نہیں سکتا''۔

باقر بھائی پھر کسی دوسری دنیا میں جا پہنچے، علی ریاض، تجمل اور چھنوں میاں گم متھان بنے بیٹھے تھے۔ ہوا کا تنفس بہت دھیما ہوگیا تھا۔ مگر بیریوں کے پتوں میں ایک دبا دبا سا شور تھام کچھ ایسا شور کہ بچے چوری چھپے کچھ کتر کتر کر کھا رہے ہیں اللہ دئے نے جلدی سے گوپھیا اٹھائی اور اس میں اینٹ رکھ کر آگے چلا بیریوں کے بیچوں بیچ درختوں کے گھنے سائے میں پہنچ کر اس نے گوپیا گھمائی اور ساتھ میں حلق سے للکانے کی آواز بھی نکالی بیریوں کے پتوں میں یکا یک ایک ہنگامہ پیدا ہوا اور طوطوں کی ایک ڈار چیختی چلاتی تیزی سے پتوں کی تہ سے اٹھی اور فضا میں ایک الٹی سیدھی سبز دھاری بن کر پھیل گئی۔ گوپھیا نے دوہرا طلسم پیدا کیا اس کے اشارے سے سبز طوطے آسمان کی طرف اٹھے اور سبز سرخ بیر زمین پہ گرے۔ اللہ دئے نے سرخ سرخ بیریوں سے گود بھری اور اسے مہمانوں کے سامنے جا کر خالی کر دیا کہنے لگا'' میاں پونڈا بیر ہے پکے پکے بین کے لایا ہوں۔ ذرا یوں چکھ کے دیکھو''۔

باقر بھائی نے کسی قسم کا اظہار خیال نہیں کیا ہاں علی ریاض نے ان کو کھٹ مٹھے ہونے کی تعریف کی۔ چھنوں میاں کا خیال تھا اگر پسا ہوا نمک ہوتا تو لطف آ جاتا تجمل بیر کھاتے کھاتے پوچھنے لگا۔'' اے اللہ دئے بیریوں سے تو تو نے اچھا کما لیا ہوگا؟''

اللہ دیا برافسردہ سے لہجے میں بولا'' اجی تجمل میاں ان بیروں سے کیا بینک لگے گی۔ اب کی برس بڑا گھاٹا آیا ہے۔ آموں کی فصل سوکھی نکل گئی ساری رقم ڈوب گئی۔ سنگھاڑوں کی بیل لی تھی دسے جونک لگ گئی۔ تجمل میاں بس اپنی تو بدھیا بیٹھ گئی۔'' سنگھاڑوں کی بیل سے اللہ دیا کا ذہن کسی اور طرف منتقل ہوگیا۔ اس کا رخ چھنوں میاں کی طرف ہوگیا۔'' اجی چھنوں میاں وے پوکھر تھی نہیں اپنی وس پہ آج کل مرغابی بہت گر رئی اے''۔

چھنوں میاں چونکے'' اچھا''

'' ہاں میاں''

'' دیکھ لیں کسی دن''

للہ دیا بولا'' تو چھنوں میاں اس سالے جانور کا بھروسہ نہیں اے بس چلنا ہے تو جلدی چلے چلو کسی دن پوہ پھٹنے سے پہلے تاروں کی چھاؤں می چلو تڑکے کے گھر پہ آن لگیں گے''۔

چھنوں میاں جواب دینے ہی والے تھے کہ علی ریاض بیچ میں بول اٹھا۔ اس کی آنکھیں دور قبرستان کی طرف دیکھ رہی تھیں۔ اور وہ کہہ رہا تھا'' یار لوگ تو واپس جا رہے ہیں حد ہوگئی ہم یہی بیٹھے رہ گئے''۔

چھنوں میاں، علی ریاض، تجمل، باقر بھائی چاروں اٹھ کھڑے ہوئے۔ بیریوں سے باہر نکلتے ہوئے اللہ دئے نے پھر چھنوں میاں کو ٹھوکا '' تو چھنوں میاں کب چل رئے او؟''

چھنوں میاں دل ہی دل میں حساب لگاتے ہوئے بولے'' کل؟ کل نہیں .... پرسوں نتیجہ ہے۔ ہاں اترسوں آ جائیو۔ مگر دن چڑھے سے پہلے پہلے واپس آنا ہے''

اللہ دیا گرما کر بولا'' دن چڑھے؟ کیا کہہ رئے او چھنوں میاں۔ اجی۔ فجر کی نماز مجست میں آگے پڑھیں گے''۔

توبہ شکن

بانو قدسیہ

بی بی رو رو کر ہلکان ہو رہی تھی۔ آنسو بے روک ٹوک گالوں پر نکل کھڑے ہوئے تھے۔

''مجھے کوئی خوشی راس نہیں آتی۔ میرا نصیب ہی ایسا ہے۔ جو خوشی ملتی ہے۔ ایسی ملتی ہے کہ گویا کوکا کولا کی بوتل میں ریت ملا دی ہو کسی نے۔''

آنکھیں سرخ ساٹن کی طرح چمک رہی تھیں اور سانسوں میں دمے کے اکھڑے پن کی سی کیفیت تھی۔ پاس ہی پپو بیٹھا کھانس رہا تھا۔ کالی کھانسی نامراد کا حملہ جب بھی ہوتا بیچارے کا منہ کھانس کھانس کر بینگن سا ہو جاتا۔ منہ سے رال بہنے لگتا اور ہاتھ پاؤں اینٹھ سے جاتے۔ امی سامنے چپ چاپ کھڑکی میں بیٹھی ان کو یاد کر رہی تھیں۔ جب وہ ایک ڈی سی کی بیوی تھیں اور ضلع کے تمام افسروں کی بیویاں ان کی خوشامد کرتی تھیں۔ وہ بڑی بڑی تقریبوں میں مہمان خصوصی ہوا کرتیں، اور لوگ ان سے درخت لگواتے، ربن کٹواتے...... انعامات تقسیم کرواتے۔

پروفیسر صاحب ہر تیسرے منٹ مدھم سی آواز میں پوچھتے...... ''لیکن...... آخر بات کیا ہے بی بی...... ہوا کیا ہے......

وہ پروفیسر صاحب کو کیا بتاتی کہ دوسروں کے اصول اپنانے سے اپنے اصول بدل نہیں جاتے صرف ان پر غلاف بدل جاتا ہے۔ ستار کا غلاف، مشین کا غلاف، تکیے کا غلاف...... درخت کو ہمیشہ جڑوں کی ضرورت ہوتی ہے۔ اگر اسے کرسمس ٹری کی طرح یونہی داب داب کر مٹی میں کھڑا کر دیں گے تو کتنے دن کھڑا رہے گا۔ بالآخر تو گرے ہی گا۔

وہ اپنے پروفیسر میاں کو کیا بتاتی کہ اس گھر سے رسہ تڑوا کر جب وہ بانو بازار پہنچی تھی اور جس وقت وہ ربڑ کی ہوائی چپلوں کا بھاؤ چار آنے کم کروا رہی تھی تو کیا ہوا تھا؟

اس کے بوائی پھٹے پاؤں ٹوٹی چپلوں میں تھے۔ ہاتھوں کے ناخنوں میں برتن مانجھ مانجھ کر کیچ جمی ہوئی تھی۔ سانس میں پیاز کے باسی لچھوں کی بو تھی۔ قمیض کے بٹن ٹوٹے ہوئے اور دوپٹے کی لیس ادھڑی ہوئی تھی۔ اس ماندے حال جب وہ بانو بازار کے ناکے پر کھڑی تھی تو کیا ہوا تھا؟

یوں تو دن چڑھتے ہی روز کچھ نہ کچھ ہوتا ہی رہتا تھا پر آج کا دن بھی خوب رہا۔ ادھر پچھلی بات بھولتی تھی ادھر نیا تھپڑ لگتا تھا۔ ادھر تھپڑ کی ٹیس کم ہوتی تھی ادھر کوئی چٹکی کاٹ لیتا تھا۔ جو کچھ بانو بازار میں ہوا وہ تو فقط فل سٹاپ کے طور پر تھا۔

صبح سویرے ہی سنتو جمعدارنی نے برآمدے میں گھستے ہی کام کرنے سے انکار کر دیا۔ رانڈ سے اتنا ہی تو کہا تھا کہ نالیاں صاف نہیں ہوتیں۔ ذرا دھیان سے کام کیا کر۔ بس جھاڑو وہیں پٹخ کر بولی۔

''میرا حساب کر دیں جی......''

کتنی خدمتیں کی تھیں بدبخت کی۔ صبح سویرے تام چینی کے مگ میں ایک رس کے ساتھ چائے۔ رات کے جھوٹے چاول اور باسی سالن روز کا بندھا ہوا تھا۔ چھ مہینے کی نوکری میں تین نائلون جالی کے دوپٹے۔ امی کے پرانے سلیپر اور پروفیسر صاحب کی قمیض لے گئی تھی۔ کسی کو جرات نہ تھی کہ اسے جمعدارنی کہہ کر بلا لیتا۔ سب کا سنتو سنتو کہتے منہ سوکھتا تھا۔ پر وہ تو طوطے کی سگی پھوپھی تھی۔ ایسی سفید چشم واقع ہوئی کہ فوراً حساب کر،

جھاڑو بغل میں داب، سر پر سلفچی دھر...... یہ جاوہ جا۔

بی بی کا خیال تھا کہ تھوڑی دیر میں آ کر پاؤں پکڑے گی۔ معافی مانگے گی اور ساری عمر کی غلامی کا عہد کرے گی۔ بھلا ایسا گھر اسے کہاں ملے گا۔ پر وہ تو ایسی دفان ہوئی کہ دوپہر کا کھانا پک کر تیار ہو گیا پر سنتو مہارانی نہ لوٹی۔

سارے گھر کی صفائیوں کے علاوہ غسلخانے بھی دھونے پڑے اور کمروں میں ٹاکی بھی پھیرنی پڑی۔ ابھی کمر سیدھی کرنے کو لیٹی ہی تھی کہ ایک مہمان بی بی آ گئیں۔ منے کی آنکھ سے مشکل لگی تھی۔ مہمان بی بی حسن اتفاق سے ذرا اونچا بولتی تھیں۔ منا اٹھ بیٹھا اور اٹھتے ہی کھانسنے لگا۔ کالی کھانسی کا بھی ہر علاج کر دیکھا تھا پر نہ تو ہومیوپیتھی سے آرام آیا نہ ڈاکٹری علاج سے۔ حکیموں کے کشتے اور معجون بھی رائیگاں گئے۔ بس ایک علاج رہ گیا تھا اور یہ علاج سنتو جمعدارنی بتایا کرتی تھی۔ بی بی! کسی کالے گھوڑے والے سے پوچھو کہ منے کو کیا کھلائیں۔ جو کہے سو کھلا۔ دنوں میں آرام آ جائے گا۔

لیکن بات تو مہمان بی بی کی ہو رہی تھی۔ ان کے آنے سے سارے گھر والے اپنے اپنے کمروں سے نکل آئے اور گرمیوں کی دوپہر میں خورشید کو ایک بوتل لینے کے لئے بھگا دیا۔ ساتھ ہی اتنا سارا سودا اور بھی یاد آ گیا کہ پورے پانچ روپے دینے پڑے۔

خورشید پورے تین سال سے اس گھر میں ملازم تھی۔ جب آئی تھی تو بغیر دوپٹے کے کھوکھے تک چلی جاتی تھی اور اب وہ بالوں میں پلاسٹک کے کلپ لگانے لگی تھی۔ چوری چوری پیروں کو کیوٹیکس اور منے کو پاؤڈر لگانے کے بعد اپنے چہرے پر بے بی پاؤڈر استعمال کرنے لگی تھی۔ جب خورشید موٹی ململ کا دوپٹہ اوڑھ کر ہاتھ میں خالی سکوائش کی بوتل لے کر سراج کے کھوکھے پر پہنچی تو سڑکیں بے آبادسی ہو رہی تھیں، نقدی والے ٹین کی ٹرے میں دھرتی ہوئی خورشید بولی۔

''ایک بوتل مٹی کا تیل لا دو...... دوسات سوسات کے صابن...... تین پان سادہ...... چار میٹھے...... ایک نلکی سفید دھاگے کی...... دو لولی پاپ اور ایک بوتل ٹھنڈی ٹھار سیون اپ کی......

روڑی کوٹنے والا انجن بھی جا چکا تھا اور کولتار کے دو تین خالی ڈرم تازہ کوٹی ہوئی سڑک پر اوندھے پڑے تھے۔ سڑک پر سے حدت کی وجہ سے بھاپ سی اٹھتی نظر آتی تھی۔

دائی کی لڑکی خورشید کو دیکھ کر سراج کو اپنا گاؤں یاد آ گیا۔ ڈھلے میں اسی وضع قطع، اسی چال کی سیندوری سے رنگ کی نوبالغ لڑکی حکیم صاحب کی ہوا کرتی تھی۔ ٹانسے کا برقعہ پہنتی تھی۔ انگریزی صابن سے منہ دھوتی تھی اور شاید خمیرہ گاؤزبان اور کشتہ مروید ار بمعہ شربت صندل کے اتنی مقدار میں پی چکی تھی کہ جہاں سے گزر جاتی سیب کے مربے کی خوشبو آنے لگتی۔ گاؤں میں کسی کے گھر کوئی بیمار پڑ جاتا تو سراج اس خیال سے اس کی بیمار پرسی کرنے ضرور جاتا کہ شاید وہ اسے حکیم صاحب کے پاس دوا لینے کے لئے بھیج دے۔ جب کبھی ماں کے پیٹ میں درد اٹھتا تو سراج کو بہت خوشی ہوتی۔ حکیم صاحب ہمیشہ اس نفخ کی مریضہ کے لئے دو پڑیاں دیا کرتے تھے۔ ایک خالی پڑیا گلاب کے عرق کے ساتھ پینا ہوتی تھی اور دوسری سفید پڑیا سونف کے عرق کے ساتھ۔ حکیم صاحب کی بیٹی عموماً اسے اپنے خط پوسٹ کرنے کو دیا کرتی۔ وہ ان خطوں کو لال ڈبے میں ڈالنے سے پہلے کتنی دیر سونگھتا رہتا تھا۔ ان لفافوں سے بھی سیب کے مربے کی خوشبو آیا کرتی تھی۔

اس وقت دائی کر موکی بیٹی گرم دوپہر میں اس کے سامنے کھڑی تھی اور سارے میں سیب کا مربہ پھیلا ہوا تھا۔

پانچ روپے کا نوٹ نقدی والے ٹرے میں سے اٹھا کر سراج نے چھچی نظروں سے خورشید کی طرف دیکھا اور کھنکھار کر بولا...... ''ایک ہی سانس میں اتنا کچھ کہہ گئی۔ آہستہ آہستہ کہو نا۔ کیا کیا خریدنا ہے؟''

ایک بوتل مٹی کا تیل...... دوسات سوسات صابن...... تین پان سادہ، چار میٹھے۔ ایک نلکی بٹر فلائی والی سفید رنگ کی...... ایک بوتل سیون

اپ کی......جلدی کر،گھر میں مہمان آئے ہوئے ہیں۔

سب سے پہلے تو سراج نے کھٹاک سے سبز بوتل کا ڈھکنا کھولا اور بوتل کو خورشید کی جانب بڑھا کر بولا۔

''یہ تو ہوگئی بول اور......''

''بوتل کیوں کھولی تو نے......اب بی بی جی ناراض ہوں گی۔''

''میں سمجھا کہ کھول کر دینی ہے......''

''میں نے کوئی کہا تھا تجھے کھولنے کے لئے''

''اچھا اچھا بابا۔میری غلطی تھی۔یہ بوتل تو پی لے۔میں ڈھکنے والی اور دے دیتا ہوں تجھے......''

جس وقت خورشید بوتل پی رہی تھی،اس وقت بی بی کا چھوٹا بھائی اظہر ادھر سے گزرا۔اسے سٹرا سے بوتل پیتے دیکھ کر وہ مین بازار جانے کی بجائے الٹا چودھری کالونی کی طرف لوٹ گیا اور این ٹائپ کے کوارٹر میں پہنچ کر برآمدے ہی سے بولا۔

''بی بی!آپ یہاں بوتل کا انتظار کر رہی ہیں اور وہ لاڈلی وہاں کھوکھے پر خود بوتل پی رہی ہے سٹرا لگا کر۔''

بھائی تو اخبار والے کی فرائض سرانجام دے کر سائیکل پر چلا گیا لیکن جب دو روپے تیرہ آنے کی ریزگاری مٹھی میں دبائے،دوسرے ہاتھ میں مٹی کے تیل کی بوتل اور بغل میں سات سو سات صابن کے ساتھ سیون اپ کی بوتل لیے خورشید آئی تو سنتو جمعدارنی کے حصے کا غصہ بھی خورشید پر ہی اترا۔

''اتنی دیر لگ جاتی ہے تجھے کھوکھے پر۔''

''بڑی بھیڑ تھی جی......''

''سراج کے کھوکھے پر......اس وقت؟''

''بہت لوگوں کے مہمان آئے ہوئے ہیں جی......سمن آباد میں ویسے ہی مہمان بہت آتے ہیں......سب نوکر بوتلیں لے جا رہے تھے۔''

''جھوٹ نہ بول کمبخت!میں سب جانتی ہوں۔''

خورشید کا رنگ فق ہوگیا۔

''کیا جانتی ہیں جی آپ......''

''ابھی کھوکھے پر کھڑی تو......بوتل نہیں پی رہی تھی۔''

خورشید کی جان میں جان آئی۔پھر وہ بپھر کر بولی۔

''وہ میرے پیسوں کی تھی جی......آپ حساب کر دیں جی میرا......مجھ سے ایسی نوکری نہیں ہوتی......''

بی بی تو حیران رہ گئی۔

سنتو کا جانا گویا خورشید کے جانے کی تمہید تھی۔لمحوں میں بات یوں بڑھی کہ مہمان بی بی سمیت سب برآمدے میں جمع ہوگئے اور کترن بھر لڑکی نے وہ زبان درازی کی کہ جن مہمان بی بی پر بوتل پلا کر رعب گانٹھنا تھا وہ الٹا اس گھر کو دیکھ کر قائل ہوگئیں کہ بدنظمی،بے ترتیبی اور بدتمیزی میں یہ گھر حرف آخر ہے۔

آناً فاناً مکان نوکرانی کے بغیر سونا سونا ہوگیا۔

ادھر جمعدارنی اور خورشید کا رنج تو تھا ہی،اوپر سے پپو کی کھانسی دم نہ لینے دیتی تھی۔جب تک خورشید کا دم تھا کم از کم اسے اٹھانے پچکارنے

والا تو کوئی موجود تھا۔ اب کفگیر تو چھوڑ چھاڑ کے بچے کو اٹھانا پڑتا۔ اسے بھی کالی کھانسی کا دورہ پڑتا تو رنگت بینگن کی سی ہو جاتی۔ آنکھیں سرخا سرخ نکل آتیں اور سانس یوں چلتا جیسے کٹی ہوئی پانی کی ٹیوب سے پانی رس رس کے نکلتا ہے۔

سارا دن وہ یہی سوچتی رہی کہ آخر اس نے کونسا گناہ کیا ہے جس کی پاداش میں اس کی زندگی اتنی کٹھن ہے۔ اس کے ساتھ کالج میں پڑھنے والیاں تو ایسی تھیں گویا ریشم پر چلنے سے پاؤں میں چھالے پڑ جائیں اور یہاں وہ کپڑے دھونے والے تھاپے کی طرح کرخت ہو چکی تھی۔ رات کو پلنگ پر لیٹتی تو جسم سے انگارے جھڑنے لگتے۔ بدبخت خورشید کے دل میں ترس آ جاتا تو دو چار منٹ دکھتی کمر میں مکیاں مار دیتی ورنہ اوئی آئی کرتے نیند آ جاتی اور صبح پھر وہی سفید پوش غریبوں کی سی زندگی اور تندور میں لگی ہوئی روٹیوں کا سی سینک!

اس روز دن میں کئی مرتبہ بی بی نے دل میں کہا۔

'ہم سے اچھا گھرانہ نہیں ملے گا تو دیکھیں گے۔ ابھی کل برآمدے میں آئی بیٹھی ہوں گی۔ دونوں کالے منہ والیاں' پر اسے اچھی طرح معلوم تھا کہ اس سے اچھا گھر ملے نہ ملے وہ دونوں اب ٹوک کر نہ رہیں گی۔

سارے گھر میں نظر دوڑاتی تو چھت کے جالوں سے کر رکی ہوئی نالی تک اور ٹوٹی ہوئی سیڑھیوں سے لے کر اندر ٹپ ٹپ برسنے والے نلکے تک عجیب کسمپرسی کا عالم تھا، ہر جگہ ایک آنچ کی کسر تھی۔ تین کمروں کا مکان جس کے دروازوں کے آگے ڈھیلی ڈوروں میں دھاری دار پردے پڑے تھے، عجب سی زندگی کا سراغ دیتا تھا۔ نہ تو یہ دولت تھی اور نہ ہی یہ غریبی تھی۔ ردی کے اخبار کی طرح اس کا تشخص ختم ہو چکا تھا۔

جب تک اباجی زندہ تھے اور بات تھی۔ کبھی کبھار مائیکہ جا کر کھلی ہوا کا احساس پیدا ہو جاتا۔ اب تو اباجی کی وفات کے بعد امی، اظہر اور منی بھی اس کے پاس آ گئے تھے۔ امی زیادہ وقت پچھلی پوزیشن یاد کر کے رونے میں بسر کرتیں۔ جب رونے سے فراغت ہوتی تو وہ اڑوس پڑوس میں یہ بتانے کے لئے نکل جاتیں کہ وہ ایک ڈپٹی کمشنر کی بیگم تھیں اور حالات نے انہیں یہاں سمن آباد میں رہنے پر مجبور کر دیا ہے۔

منی کو مٹی کھانے کا عارضہ تھا۔ دیواریں کھرچ کھرچ کر کھوکھلی کر دی تھیں۔ نامراد سیمنٹ کا پکا فرش اپنی نرم نرم انگلیوں سے کرید کر دھر دیتی۔ بہت مرچیں کھلائیں۔ کونین ملی مٹی سے ضیافت کی۔ ہونٹوں پر دہکتا ہوا کوئلہ رکھنے کی دھمکی دی پر وہ شیر کی بچی مٹی کو دیکھ کر بری طرح ریشہ خطمی ہوتی۔

اظہر جس کالج میں داخلہ لینا چاہتا تھا جب اس کالج کے پرنسپل نے تھرڈ ڈویژن کے باعث انکار کر دیا تو دن رات ماں بیٹا مرحوم ڈی سی صاحب کو یاد کر کے روتے رہے۔ ان کے ایک فون سے وہ بات بن جاتی جو پروفیسر فخر کے کئی پھیروں سے نہ بنی۔

امی تو دبی زبان میں کئی بار یہاں تک کہہ چکی تھیں کہ ایسا داماد کس کام کا جس کی سفارش ہی شہر میں نہ چلے۔ نتیجے کے طور پر اظہر نے پڑھائی کا سلسلہ منقطع کر لیا۔ پروفیسر صاحب نے بہت سمجھایا پر اس کے پاس تو باپ کی نشانی ایک موٹر سائیکل تھا۔ چند ایک دوست تھے جو سول لائنز میں رہتے تھے وہ بھلا کیا کالج وا لج جاتا۔

اس سارے ماحول میں پروفیسر فخر کیچڑ کا کنول تھے۔

لمبے قد کے دبلے پتلے پروفیسر...... سیاہ آنکھیں جن میں تجسس اور شفقت کا ملا جلا رنگ تھا۔ انہیں دیکھ کر خدا جانے کیوں ریگستان کے گلہ بان یاد آ جاتے۔ وہ ان لوگوں کی طرح تھے جن کے آدرش وقت کے ساتھ دھندلے نہیں پڑ جاتے...... جو اس لئے محکمہ تعلیم میں نہیں جاتے کہ ان سے سی ایس پی کا امتحان پاس نہیں ہو سکتا۔ وہ دولت کمانے کے کوئی بہتر گر نہیں جانتے۔ انہوں نے تو تعلیم و تدریس کا پیشہ اس لئے چنا تھا وہ انہیں نوجوانوں کی پرتجسس آنکھیں پسند تھیں۔ انہیں فسٹ ائیر کے وہ لڑکے بہت اچھے لگتے تھے جو گاؤں سے آتے تھے اور آہستہ آہستہ شہر کے رنگ میں رنگے جاتے تھے۔ ان کے چہروں سے جو ذہانت ٹپکتی تھی، دھرتی کے قریب رہنے کی وجہ سے ان میں جو دوا اور دو چار قسم کی عقل تھی پروفیسر فخر انہیں

صیقل کرنے میں بڑا لطف حاصل کرتے تھے۔

وہ تعلیم کا میلاد النبی ﷺ کا فنکشن سمجھتے۔ جب گھر گھر دیے جلتے ہیں اور روشنی سے خوشی کی خوشبو آنے لگتی ہے۔ ان کے ساتھی پروفیسر جب سٹاف روم میں بیٹھ کر خالص Have-Nots کے انداز میں نو دولتی سوسائٹی پر تبصرہ کرتے تو وہ خاموش رہتے کیونکہ ان کا مسلک لوئی پا سچر کا مسلک تھا۔ کولمبس کا مسلک تھا۔ ان کے دوست جب فسٹ کلاس، سیکنڈ کلاس اور سلیکشن گریڈ کی باتیں کرتے تو پروفیسر فخر منہ بند کیے اپنے ہاتھوں پر نگاہیں جما لیتے۔ وہ تو اس زمانے کی نشانیوں میں سے رہ گئے تھے جب شاگرد اپنے استاد کے برابر بیٹھ نہ سکتا تھا۔ جب استاد کے آشیرباد کے بغیر شانتی کا تصور بھی گناہ تھا۔ جب استاد خود کبھی حصول دولت کے لئے نہیں نکلتا تھا لیکن تاجدار اس کے سامنے دوزانو آ کر بیٹھا کرتے تھے۔ جب وہ شاہ جہانگیر کے دربار میں میاں میر صاحب کی طرح کہتا کہ

''اے شاہ! آج تو بلا لیا ہے پر اب شرط عنایت یہی ہے کہ پھر کبھی نہ بلانا۔''

جب استاد کہتا۔

''اے حاکم وقت! سورج کی روشنی چھوڑ کر کھڑا ہو جا۔''

جب بی بی نے پہلی بار پروفیسر فخر کو دیکھا تھا تو فخر کی نظروں کا مجذوبانہ حسن شہد کی مکھیوں جیسا جذبہ خدمت اور صوفیائے کرام جیسا انداز گفتگو اسے لے ڈوبا۔ بی بی ان لڑکیوں میں سے تھی جو درخت سے مشابہ ہوتی ہیں۔ درخت چاہے کیسا ہی آسمان چھونے لگے، بالآخر مٹی کے خزانوں کو نچوڑتا ہی رہتا ہے۔ وہ چاہے کتنے ہی چھتنارہ کیوں نہ ہو، بالآخر اس کی جڑوں میں نیچے اترتے رہنے کی ہوس باقی رہتی ہے...... اور پھر پروفیسر کا آدرش کوئی مانگے کا کپڑا تو تھا نہیں کہ مستعار لیا جاتا لیکن بی بی تو ہوا میں جھولنے والی ڈالیوں کی طرح یہی سوچتی رہی کہ اس کا دھرتی کے ساتھ کوئی تعلق نہیں۔ وہ ہوا میں زندہ رہ سکتی ہے۔ محبت ان کے لئے کافی ہے۔

تب اباجی زندہ تھے اور ان کے پاس شیشوں والی کار تھی جس روز وہ بی اے کی ڈگری لے کر یونیورسٹی سے نکلی تو اس کے اباجی ساتھ تھے۔ ان کی کار رش کی وجہ سے عجائب گھر کی طرف کھڑی تھی۔ مال کو کراس کر کے جب وہ دوسری جانب پہنچے تو فٹ پاتھ پر اس نے پروفیسر کو دیکھا۔ وہ جھکے ہوئے اپنی سائیکل کا پیڈل ٹھیک کر رہے تھے۔

''سر سلام علیکم......!''

فخر نے سر اٹھایا اور ذہین آنکھوں میں مسکراہٹ آ گئی۔

''وعلیکم السلام۔ مبارک ہو آپ کو......''

سیاہ گاؤن میں وہ اپنے آپ کو بہت معزز محسوس کر رہی تھی۔

''سر میں لے چلوں آپ کو......''

بڑی سادگی سے فخر نے سوال کیا...... ''آپ سائیکل چلانا جانتی ہیں؟''

''سائیکل پر نہیں جی...... میرا...... مطلب ہے کار کھڑی ہے۔ جی میری۔''

فخر سیدھا کھڑا ہو گیا اور بی بی اس کے کندھے کے برابر نظر آنے لگی۔

دیکھیے مس...... استادوں کے لئے کاروں کی ضرورت نہیں ہوتی۔ ان کے شاگرد کاروں میں بیٹھ کر دنیا کا نظام چلاتے ہیں۔ استادوں کو دیکھ کر کار روکتے ہیں لیکن استاد شاگردوں کی کار میں کبھی نہیں بیٹھتا کیونکہ شاگرد سے اس کا رشتہ دنیاوی نہیں ہوتا۔ استاد کا آسائش سے کوئی تعلق نہیں ہوتا۔ وہ مرگ چھالا پر سوتا ہے۔ بڑ کے درخت تلے بیٹھتا اور جو کی روٹی کھاتا ہے۔''

بی بی کو تو جیسے ہونٹوں پر بھڑ ڈس گئی۔

ابھی چند ثانیے پہلے وہ ہاتھوں میں ڈگری لے کر فل سائز فوٹو کھنچوانے کا پروگرام بنا رہی تھی اور اب یہ گاؤن، یہ اونچا جوڑا، یہ ڈگری، سب کچھ نفرت انگیز بن گیا۔ جب مال روڈ پر ایک فوٹوگرافر کی دکان کے آگے کار رکی تو اباجی نے کہا۔

''ایک تو فائز سائز تصویر کھنچوالو اور ایک پورٹریٹ......''

''ابھی نہیں اباجی! میں پرسوں اپنی دوستوں کے ساتھ مل کر تصویر کھنچواؤں گی۔''

''صبح کی بات پر ناراض ہو ابھی تک؟'' اباجی نے سوال کیا۔

''نہیں جی وہ بات نہیں ہے۔''

صبح جب وہ یونیورسٹی جانے کے لئے تیار ہو رہی تھی تو اباجی نے دبی زبان میں کہا تھا کہ وہ کنووکیشن کے بعد اسے فوٹوگرافر کے پاس نہ لے جا سکیں گے کیونکہ انہیں کمشنر سے ملنا تھا۔ اس بات پر بی بی نے منہ تھتھالیا تھا......اور جب تک اباجی نے وعدہ نہیں کر لیا تب تک وہ کار میں سوار نہ ہوئی تھی۔

اب کار فوٹوگرافر کی دکان کے آگے کھڑی تھی۔ اباجی اس کی طرف کا دروازہ کھولے کھڑے تھے لیکن تصویر کھنچوانے کی تمنا آپی آپ مرگئی۔

بی اے کرنے کے بعد کالج کا ماحول دور رہ گیا۔ یہ ملاقات بھی گرد آلود ہو گئی اور غالباً طاق نسیاں پر بھی دھری رہ جاتی اگر اچانک کتابوں کی دکان پر ایک دن اسے پروفیسر فخر نظر نہ آ جاتے۔

وہ حسب معمول سفید قمیض خاکی پتلون میں ملبوس تھے۔ رومن نوز پر عینک ٹکی ہوئی تھی اور وہ کسی کتاب کا غور سے مطالعہ کر رہے تھے۔ بی بی اپنی دو تین سہیلیوں کے ساتھ دکان میں داخل ہوئی......اسے ویمن اینڈ ہوم قسم کے رسالے درکار تھے۔ عید کارڈ اور سچ کرافٹ کے پمفلٹ خریدنے تھے۔ لو کیلری ڈائٹ قسم کی ایسی کتابوں کی تلاش تھی جو سالوں میں بڑھایا ہوا وزن ہفتوں میں گھٹا دینے کے مشورے جانتی ہیں۔ لیکن اندر گھستے ہی گویا آئینے کا لشکارا پڑا۔

''سلام علیکم سر......''

''وعلیکم السلام......'' مٹھ کے بھکشو نے جواب دیا۔

''آپ نے مجھے شاید پہچانا نہیں سر......میں آپ کی سٹوڈنٹ ہوں جی۔'' قمر زبیری......

اس نے دوستوں کی طرف خفت سے دیکھ کر کہا۔

''میں نے تمہیں پہچان لیا ہے قمر بی بی......کیا کر رہی ہیں آپ ان دنوں؟''

''میں جی......کچھ نہیں جی......سر!''

ایک سہیلی نے آگے چلنے کا اشارہ کیا۔ دوسری نے کمر میں چٹکی کاٹی لیکن وہ تو اس طرح کھڑی تھی گویا کسی فلم سٹار کے آگے آٹوگراف لینے کھڑی ہو۔

''آپ ایم اے نہیں کر رہی ہیں پولیٹیکل سائنس میں؟''

''اس کی تو شادی ہو رہی ہے سر۔''

کھی کھی کر کے ساری کبوتر زادیاں ہنس دیں۔

بی بی نے قاتلانہ نظروں سے سب کو دیکھا اور بولی۔ ''جھوٹ بولتی ہیں جی......میں تو جی ایم اے کروں گی۔''

اب پروفیسر مکمل پروفیسر بن گیا جوان چہرے پر متانت آ گئی۔

''دیکھیے۔ پڑھی لکھی لڑکیوں کا وہ رول نہیں ہے جو آج کل کی لڑکیاں ادا کر رہی ہیں۔ آپ کو شادی کے بعد یاد رکھنا چاہیے کہ تعلیم سونے کا زیور نہیں ہے جسے بنک کے لاکرز میں بند کر دیا جاتا ہے بلکہ یہ تو جادو کی وہ انگوٹھی ہے جسے جس قدر رگڑتے چلے جاؤ اسی قدر خوشیوں کے دروازے کھلتے جاتے ہیں۔ آپ کو اس تعلیم کی زکوٰۃ دینا ہوگی۔ اسے دوسروں کے ساتھ Share کرنا ہوگا۔''

بات بہت معمولی اور سادہ تھی۔ اس نوعیت کی باتیں عموماً عورتوں کے رسالوں میں چھپتی رہتی ہیں...... لیکن فخر کی آنکھوں میں، اس کی باتوں میں وہ حسن تھا جو ہمیشہ سچائی سے پیدا ہوتا ہے جب وہ پمفلٹ اور وزن گھٹانے کی تین کتابیں خرید کر کار میں آ بیٹھی تو اس کی نظروں میں وہی چہرہ تھا وہ بھیگی بھیگی آواز تھی۔

پروفیسر فخر کو دیکھنے کی کوئی صورت باقی نہ تھی لیکن اس کی آواز کی لہریں اسے ہر لحظہ زیرِ آب کیے دیتی تھیں۔ اٹھتے بیٹھتے، جاگتے سوتے، وہی شکاری کتے جیسا ستا ہوا چہرہ، اندر کو دھنسی ہوئی چمکدار آنکھیں اور خشک ہونٹ نظروں کے آگے گھومنے لگے۔ پھر یہ چہرہ بھلائے نہ بھولتا اور وہ اندر ہی اندر بل کھائی رسی کی طرح مروڑی جاتی۔

ان ہی دنوں اس نے فیصلہ کیا کہ وہ پولیٹیکل سائنس میں ایم اے کرے گی۔ حالانکہ اس کے گھر والے ایک اچھے بر کی تلاش میں تھے۔ ہاتھی مرا ہوا بھی سوا لاکھ کا ہوتا ہے۔ ڈپٹی کمشنر ریٹائر ہو کر بھی اونچی نشست والی کرسی سے مشابہ ہوتا ہے۔ اباجی کے مال و متاع کو گو اندر سے گھن لگ چکا تھا لیکن حیثیت عرفی بہت تھی۔ نوکر چاکر کم ہو گئے تھے۔ سوشل لائف بھی پہلے سی نہ رہی تھی۔ فنکشنوں کے کارڈ بھی کم ہی آتے لیکن رشتے ڈی سی صاحب کی بیٹی کے چلے آ رہے تھے اور اعلیٰ سے اعلیٰ آ رہے تھے۔ اس کی امی گو پڑھی لکھی عورت نہ تھی۔ لیکن بااثر بارسوخ خواتین کی صحبت نے اسے خوب صیقل کر دیا تھا۔ اس میں ایک ایسی خوش اعتمادی اور پرکاری پیدا ہو گئی تھی کہ کالجوں کی پروفیسریں اس کے ہوتے ہوئے اپنے آپ کو کمتر سمجھا کرتیں۔

جس وقت بی بی نے پولیٹیکل سائنس کرنے پر ضد کی تو امی نے زبردست مخالفت کی۔ اباجی نے قدم قدم پر اڑچن پیدا کی کہ جولڑکی ہمیشہ پولیٹیکل سائنس میں کمزور رہی ہے وہ اس مضمون میں ایم اے کیونکر کرے گی۔ کئی گھنٹوں کی بحث کے بعد اباجی اس بات پر رضامند ہو گئے کہ وہ پروفیسر سے ٹیوشن لے سکتی ہے۔

جس روز ریٹائرڈ ڈی سی صاحب کی کار سمن آباد گئی تو پروفیسر فخر گھر پر موجود نہ تھے۔ دوسری مرتبہ جب بی بی کی امی گئیں تو پروفیسر صاحب کسی سیمینار میں تشریف لے جا چکے تھے۔ ملاقات پھر نہ ہوئی۔ تیسری بار جب بی بی اور اباجی ٹیوشن کا طے کرنے گئے تو پروفیسر صاحب مونڈھے پر بیٹھے ہوئے مطالعہ میں مصروف تھے۔ باہر کے نلکے کے ساتھ نیلے رنگ کی پلاسٹک کی ٹیوب لگی ہوئی تھی۔ ٹیوب ویل کا پانی سامنے کے تنگ احاطے میں اکٹھا ہو رہا تھا لیکن پروفیسر صاحب اس سے غافل ٹٹی شفق میں حروف ٹٹول ٹٹول کر پڑھ رہے تھے۔

پہلے اباجی نے ہارن بجایا۔ پھر خانساماں خانساماں کہہ کر آوازیں دیں۔ نہ تو اندر سے کوئی باورچی قسم کا آدمی نکلا اور نہ ہی پروفیسر صاحب نے سر اٹھا کر دیکھا۔ بالآخر اباجی نے خفت کے باوجود دروازہ کھولا اور بی بی کو ساتھ لے کر برآمدے کے طرف چلے۔ ٹیوب غالباً دیر سے لگی ہوئی تھی اور مٹی کیچڑ میں بدل چکی تھی۔ بڑی احتیاط سے قدم دھرتے ہوئے سیڑھیوں تک پہنچے اور پھر کھنکار کر پروفیسر صاحب کو متوجہ کیا۔

پونہ گھنٹہ بیٹھے رہنے کے باوجود نہ تو اندر سے کوکا کولا آیا نہ چائے کے برتنوں کا شور سنائی دیا۔ اس بے اعتنائی کے باوجود دونوں باپ بیٹے سہمے سے بیٹھے تھے۔ شام گہری ہو چلی تھی اور سمن آباد یے گھروں کے آگے چھڑکاؤ کرنے میں مشغول تھے۔ قطار صورت گھروں سے ہر سائز اور ہر عمر کا بچہ نکل کر اس چھڑکاؤ کو بطور ہولی استعمال کر رہا تھا۔ عورتیں نائیلون جالی کے دوپٹے اوڑھے آ جا رہی تھیں۔ ایک ایسے طبقے کی زندگی جاری تھی جو نہ

امیر تھا اور نہ ہی غریب...... دونوں کے درمیان کہیں مرغ بسمل کی طرح لٹک رہا تھا۔

جب بات پڑھانے تک جا پہنچی تو پروفیسر فخر بولے۔

''جی ہاں۔ میں انہیں پڑھا دوں گا۔ بخوشی''

اب پہلو بدل کر ریٹائرڈ ڈی سی صاحب نے کہا...... معاف کیجئے پروفیسر صاحب! لیکن بات پہلے ہی واضح ہو جانی چاہیے...... یعنی آپ...... میرا مطلب ہے آپ کی Renumeration کیا ہوگی؟''

ٹیوشن کی فیس کو خوبصورت سے انگریزی لفظ میں ڈھال کر گویا ڈی سی صاحب نے اس میں سے ذلت کی پھانس نکال دی۔

لیکن پروفیسر صاحب کا رنگ متغیر ہو گیا اور وہ مونڈھے کی پشت کو دیوار سے لگا کر بولے۔

''میں...... مجھے...... دراصل مجھے گورنمنٹ پڑھانے کا عوضانہ دیتی ہے سر۔ اس کے علاوہ...... میں ٹیوشن نہیں کرتا...... تعلیم دیتا ہوں۔ جو چاہے جب چاہے مجھ سے پڑھ سکتا ہے۔''

''دیکھیے جناب...... میں اس لیے پڑھاتا ہوں کہ مجھے پڑھانے کا شوق ہے۔ اگر میں تحصیدار ہوتا تو بھی پڑھاتا۔ اگر ضلع کا ڈی سی ہوتا تو بھی پڑھاتا۔ کچھ لوگ پیدائشی میری طرح ہوتے ہیں۔ ان کے ماتھے پر مہر تی ہے پڑھنے کی...... ان کے ہاتھوں پر لکیرہ ہوتی ہے پڑھانے کی۔''

بی بی کے حلق میں نمکین آنسو آ گئے۔

دو غیرتوں کا مقابلہ تھا۔ ایک طرف ڈی سی صاحب کی وہ غیرت تھی جسے ہر ضلع کے افسروں نے کلف لگائی تھی۔ دوسری جانب ایک Idealistic آدمی کی غیرت تھی جو گھونگے کی طرح اپنا سارا گھر اپنے ہی جسم پر لاد کر چلا کرتا ہے اور ذرا سی آہٹ پا کر اس گھونگے میں گوشہ نشین ہو جاتا ہے۔

پروفیسر صاحب بڑی بھلی سی باتیں کیے جا رہے تھے اور اس کے اباجی مونڈھے میں یوں بیٹھے تھے جیسے بھاگ جانے کی تدبیریں سوچ رہے ہوں۔

''فائن آرٹس کا دولت کی ذخیرہ اندوزی سے کوئی تعلق نہیں ہے۔ میں سمجھتا ہوں میرا پروفیشن فائن آرٹس کا ایک شعبہ ہے۔ انسان میں کلچر کا شعور پیدا کرنے کی سعی...... انسان میں تحصیل علم کی خواہش بیدار کرنا...... عام سطح سے اٹھ کر سوچنا اور سوتے رہنا...... ایک صحیح استاد ان نعمتوں کو بیدار کرتا ہے۔ ایک تصویر، ایک گیت، ایک خوبصورت بت بھی یہی کچھ کر پاتے ہیں۔ ساز بجانے والے کو اگر آپ لاکھ روپیہ دیں اور اس پر پابندی لگائیں کہ وہ ساز کو ہاتھ نہ لگائے تو وہ غالباً وہ...... اگر وہ Genuine ہے تو آپ کی پیشکش ٹھکرا دے گا...... میں ٹیچر ہوں۔ Genuine ٹیچر...... میں Fake نہیں ہوں...... زبیری صاحب......!''

ڈی سی صاحب اپنی بیٹی کے سامنے ہار ماننے والے نہیں تھے۔

''اور جو پیٹ میں کچھ نہ ہو تو غالباً سازندہ مان جائے گا۔''

''پھر وہ سازندہ Fake ہوگا۔ Passion کا اس کی زندگی سے کوئی تعلق نہ ہوگا بلکہ غالباً وہ اپنے آرٹ کو ایک تمغہ، ایک پاسپورٹ، ایک اشتہار کی طرح استعمال کرتا ہوگا۔''

''اچھا جی آپ پیسے نہ لیں لیکن بی بی کو پڑھا تو دیا کریں۔''

''جی ہاں۔ میں بخوشی پڑھا دوں گا۔''

''تو کب آیا کریں گے آپ؟...... میں کار بھجوا دیا کروں گا۔''

پروفیسر فخر کی آنکھیں تنگ ہوگئیں اور وہ ہچکچا کر بولے..... ''میں تو کہیں نہیں جاتا شام کے وقت.....''

''تو میرا.....تو میرا مطلب ہے کہ آپ اسے پڑھائیں گے کیسے؟''

''یہ چار پانچ کے درمیان کسی وقت آجایا کریں۔ میں پڑھا دیا کروں گا۔''

بی بی کے پیروں تلے سے یوں زمین نکلی کہ اس وقت تک واپس نہ لوٹی جب تک وہ اپنے پلنگ پر لیٹ کر کئی گھنٹے تک آنسوؤں سے اشنان نہ کرتی رہی۔

عورت کے لئے عموماً مرد کی کشش کے تین پہلو ہوتے ہیں۔

بے نیازی

ذہانت اور

فصاحت

یہ تینوں اوصاف پروفیسروں میں بقدرِ ضرورت ملتے ہیں۔ اسی لئے ایسے کالجوں میں جہاں مخلوط تعلیم ہو لڑکیاں عموماً اپنے پروفیسروں کی محبت میں مبتلا ہو جاتی ہیں..... اس محبت کا چاہے کچھ نتیجہ نہ نکلے لیکن ہیروشپ کی طرح اس کا اثر ان کے ذہنوں میں ابدی ہوتا ہے جس طرح ملکیت ظاہر کرنے کے لئے پرانے زمانے میں گھوڑوں کو داغ دیا جاتا تھا اسی طرح اس رات بی بی کے دل پر مہر فخر لگ گئی۔

ابا جی ہر آنے جانے والے سے پروفیسر فخر کے احمق پن کی داستان یوں سنانے بیٹھ جاتے جیسے یہ بھی کوئی ویت نام کا مسئلہ ہو۔ ان کے ملنے والے پروفیسر فخر کی باتوں پر خوب ہنستے۔ بی بی کو شبہ ہو چلا تھا کہ انہوں نے بیٹی کو ٹیوشن کی اجازت نہ دی تھی پھر بھی اندر ہی اندر ابا جی فخر کی شخصیت سے مرعوب ہو چکے تھے۔

ایک دن جب بی بی اپنی سہیلی سے ملنے سمن آباد گئی اور سامنے والی لائن میں اسے پروفیسر فخر کا مکان دکھائی دیا تو اچانک اس کے دل میں ایک زبردست خواہش اٹھی۔ وہ خوب جانتی تھی کہ اس سارے وقت پروفیسر صاحب کالج جا چکے ہوں گے۔ پھر بھی وہ گھر کے اندر چلی گئی۔ سارے کمرے کھلے پڑے تھے۔ لمبے کمرے میں ایک چارپائی بچھی تھی جس کا ایک پایہ غائب تھا اور اس کی جگہ اینٹوں کی تھٹی لگی ہوئی تھی۔ تینوں کمروں میں کتابیں ہی کتابیں تھیں۔ ہر سائز، ہر پیپر اور ہر طرح کی پرنٹنگ والی کتابیں۔ ان کتابوں کو درستگی کے ساتھ آراستہ کرنے کی خواہش بڑی شدت کے ساتھ بی بی کے دل میں اٹھی۔

جستی ٹرنک پر پڑے ہوئے کپڑے، زرد رو چھپکلیاں جو بڑی آزادی سے چھت سے جھانک رہی تھیں اور کونوں میں لگے ہوئے جالے۔ ان چیزوں کا بی بی پر بہت گہرا اثر ہوا۔

باورچی خانے سے کچھ جلنے کی خوشبو آرہی تھی لیکن پکانے والا دیگچی سٹوو پر رکھ کر کہیں گیا ہوا تھا۔ بی بی نے تھوڑا سا پانی دیگچی میں ڈالا اور سہیلی سے ملے بغیر آگئی۔

جس روز بی بی نے پروفیسر فخر سے شادی کرنے کا فیصلہ کیا اسی روز جمالی ملک کا رشتہ بھی آ گیا۔

جمالی ملک لاہور کے ایک نامی گرامی ہوٹل میں منیجر تھے۔ بڑی پریس کی ہوئی شخصیت تھی۔ اپنی پتلون کی کریز کی طرح۔ اپنے چمکدار بوٹوں کی طرح جگمگاتی ہوئی شخصیت..... وہ کسی ٹوتھ پیسٹ کا اشتہار نظر آتے تھے۔ صاف ستھرے دانتوں کی چمک ہمیشہ چہرے پر رہتی۔

جمالی ملک اپنے ہوٹل کی تنظیم، صفائی اور سروس کا سمبل تھے۔

ایئر کنڈیشنڈ لابی میں پھرتے ہوئے، مدھم بتیوں والی بار میں سرپرائز وزٹ کرتے ہوئے لفٹ کے بٹن دباتے ہوئے، ڈائننگ ہال میں

لازوال اردو فسانے 83 (حصہ دوم)

وی آئی پیز کے ساتھ پرتکلف گفتگو کرتے ہوئے، ان کا وجود کٹ گلاس کے فانوس کی طرح خوبصورت اور چمکدار تھا۔

جس روز اس بڑے ہوٹل کے بڑے مینجر نے بی بی کے خاندان کو کھانے کی دعوت دی اسی روز ڈرائی کلینرز سے واپسی پر بی بی کی مڈبھیڑ پروفیسر فخر کے ساتھ ہوگئی۔ وہ فٹ پاتھ پر پرانی کتابوں والی دو دکانوں کے سامنے کھڑے تھے اور ایک پرانا سا مسودہ دیکھ رہے تھے۔

ان سے پانچ قدم چھ قدم دور ''ہر مال ملے آٹھ آنے'' والا چیخ چیخ کر سب کو بلا رہا تھا۔ ذرا سا ہٹ کر وہ دکان تھی جس میں سرخ چونچوں والے، ہریل طوطے، سرخ افریقہ کی چڑیاں اور خوبصورت لقے کبوتر غٹرغوں غٹرغوں کر رہے تھے۔ پروفیسر صاحب پر سارے بازار کا کوئی اثر نہ ہو رہا تھا اور وہ بڑے۔ انہماک سے پڑھنے میں مشغول تھے۔

کار پارک کرنے کی کوئی جگہ نہ تھی۔ بالآخر محکمہ تعلیم کے دفتر میں جا کر پارک کروائی اور پیدل چلتی ہوئی پروفیسر فخر تک جا پہنچی۔

پرانی کتابیں بیچنے والے دور دور تک پھیلے ہوئے تھے۔ کرم خوردہ کتابوں کے ڈھیر تھے۔ ایسی کتابیں اور رسالے بھی تھے جنہیں امریکن وطن لوٹنے سے پہلے سیروں کے حساب سے بیچ گئے تھے اور جن کے صفحے بھی ابھی نہ کھلے تھے۔

''سلام علیکم سر......!''

چونک کر سر نے پیچھے دیکھا تو بی بی شرمندہ ہوگئی...... اللہ! اس پروفیسر کی آنکھ میں کبھی تو پہچان کی کرن جاگے گی؟ ہر بار نئے سرے سے اپنا تعارف تو نہ کروانا پڑے گا۔

''آپ اتنی دھوپ میں کھڑے ہیں سر......''

پروفیسر نے جیب سے ایک بوسیدہ اور گندہ رومال نکال کر ماتھا صاف کیا اور آہستہ سے بولے ''ان کتابوں کے پاس آکر گرمی کا احساس باقی نہیں رہتا۔''

بی بی کو عجیب شرمندگی سی محسوس ہوئی کیونکہ جب کبھی وہ پڑھنے بیٹھتی تو ہمیشہ گردن پر پسینے کی نمی سی آجاتی اور اسے پڑھنے سے الجھن ہونے لگتی۔

''آپ کو کہیں جانا ہو تو...... جی میں چھوڑ آؤں آپ کو۔''

''نہیں میرا سائیکل ہے ساتھ...... شکریہ!''

بات کچھ بھی نہ تھی۔ فٹ پاتھ پر پرانی کتابوں کی دکان کے سامنے ایک بے نیاز چھوڑے پروفیسر کے ساتھ جس کے کالر پر میل کا نشان تھا، ایک سرسری ملاقات تھی چند ثانیے بھر کی۔

لیکن اس ملاقات کا بی بی پر تو عجیب اثر ہوا۔ سارا وجود تحلیل ہو کر ہوا میں مل گیا۔ کندھوں پر سر نہ رہا...... اور پاؤں میں چلنے کی سکت نہ رہی تھی۔ حالانکہ پروفیسر فخر نے اس سے ایک بات بھی ایسی نہ کی جو بظاہر توجہ طلب ہوتی۔ پر بی بی کے تو ماتھے پر جیسے انہوں نے اپنے ہاتھ سے چندن کا ٹیکہ لگا دیا۔ کھوئی کھوئی سی گھر آئی اور غائب سی بڑے ہوٹل پہنچ گئی۔

جب وہ شمعوز کی ساڑھی پہنے آئینہ خانے سے لابی میں پہنچی تو دراصل وہ آکسیجن کی طرح ایک ایسی چیز بن چکی تھی جسے صرف محسوس کیا جا سکتا ہے۔ جمالی ملک صاحب شارک سکن کے سوٹ میں ملبوس، کالر میں کارنیشن کا پھول لگائے گھٹنوں پر کلف شدہ سرویٹ سرکھے اتنے ٹھوس نظر آرہے تھے کہ سامنے میز پر کہنیاں ٹکائے جھینگے کا پلاؤ اور چوپ سوئی کھانے والی لڑکی پر انہیں شبہ تک نہ ہو سکا اور وہ جان ہی نہ سکے کہ مسلسل باتیں کرنے والی لڑکی دراصل ہوٹل میں موجود ہی نہیں ہے۔

اگر بی بی کی شادی جمالی ملک سے ہو جاتی تو کہانی آئسنگ لگے کیک کی طرح دلآویز ہوتی۔ لفٹ کی طرح اوپر کی منزلوں کو چڑھنے والی،

سوئمنگ پول کے اس تختے کی طرح جس پر چڑھ کر ہر تیر نے والا سمر سولٹ کرنے سے پہلے کئی فٹ اوپر چلا جایا کرتا ہے۔

لیکن......

شادی تو بی بی کی پروفیسر فخر سے ہوگئی۔

ڈی سی صاحب کی بیٹی کا بیاہ اس کی پسند کا ہوا اور اس شادی کی دعوت ہوٹل میں دی گئی جس کے منیجر جمالی صاحب تھے۔ دلہن کے گھر والوں نے چار ڈی لکس قسم کے کمرے دو دن پہلے سے بک کرر کھے تھے اور بڑے ہال میں جہاں رات کا آرکسٹرا بجا کرتا ہے، وہیں دولہا دلہن کے اعزاز میں بہت بڑی دعوت رہی۔ نکاح بھی ہوٹل میں ہی ہوا اور رخصتی بھی ہوٹل ہی سے ہوئی۔ ساری شادی کا ہنگامہ مفقود تھا۔ ایک ٹھنڈ کا، ایک خاموشی کا احساس مہمانوں پر طاری تھا۔ ٹھنڈے ٹھنڈے ہال میں یخ بستہ کولڈ ڈرنکز پیتے ہوئے سرد مہر سے مہمانوں سے مل کر بی بی اپنے میاں کے ساتھ سمن آباد چلی گئی۔

لیکن اس رخصتی سے پہلے ایک اور بھی چھوٹا سا واقعہ ہوا۔

نکاح سے پہلے جب دلہن تیار کی جارہی تھی اور اسے زیور پہنایا جارہا تھا، اس وقت بجلی اچانک فیوز ہوگئی۔ پہلے بتیاں گئیں پھر ائیر کنڈیشنر کی آواز بند ہوگئی۔ چند ثانیے تو کانوں کو سکون سا محسوس ہوا لیکن پھر لڑکیوں کا گروہ کچھ تو گرمی کے مارے اور کچھ موم بتیوں کی تلاش میں باہر چلا گیا۔

اندھیرے کمرے میں ایک آراستہ دلہن رہ گئی۔ ارد گرد خوشبو کا احساس باقی رہا اور باقی سب کچھ غائب ہوگیا۔

بتیاں پورے آدھے گھنٹے بعد آئیں۔

اب خدا جانے یہ جمالی ملک کی سکیم تھی یا واپڈا والوں کی سازش تھی۔ بجلی چلے جانے کے کوئی دس منٹ بعد بی بی کے دروازے پر دستک ہوئی۔ ڈری ہوئی آواز میں بی بی نے جواب دیا۔

''کم ان......''

ہاتھ میں شمعدان لیے جمالی ملک داخل ہوا۔

اس نے آدھی رات جیسا گہرا نیلا سوٹ پہن رکھا تھا۔ کالر میں کارنیشن کا پھول تھا اور اس کے آتے ہی تمبا کو ملی کوئی تیز سی خوشبو کمرے میں پھیل گئی۔

بی بی کا دل زور زور سے بجنے لگا۔

''میں یہ بتانے آیا تھا کہ ہمارا جنریٹر خراب ہوگیا ہے۔ تھوڑی دیر میں بجلی آجائے گی......کسی چیز کی ضرورت تو نہیں آپ کو؟

وہ خاموش رہی۔

''میں یہ کینڈل سٹینڈ آپ کے پاس رکھ دوں؟''

اثبات میں بی بی نے سر ہلا دیا۔

جمالی ملک نے شمعدان ڈریسنگ ٹیبل پر رکھ دیا۔

جب پانچ موم بتیوں کا عکس بی بی کے چہرے پر پڑا اور کنکھیوں سے اس نے آئینے کی طرح دیکھا تو لمحہ بھر کو تو اپنی صورت دیکھ کر وہ خود حیران سی رہ گئی۔

''آپ کی سہیلیاں کدھر گئیں؟''

''وہ نیچے چلی گئی ہیں شاید......''

''اگر آپ کو کوئی اعتراض نہ ہوتو......تو میں یہاں بیٹھ جاؤں چند منٹ۔''

بی بی نے اثبات میں سر ہلا دیا۔

وہ اپالو کی طرح وجیہہ تھا۔ جب اس نے ایک گھٹنے پر دوسرا گھٹنا رکھ کر سر کو صوفے کی پشت سے لگایا تو بی بی کو عجیب قسم کی کشش محسوس ہوئی۔ جمالی ملک کے ہاتھ میں سارے ہوٹل کی ماسٹر چابیاں تھیں اور اس کی بڑی سی انگوٹھی نیم روشنی میں چمک رہی تھی۔

اس خاموش خوبصورت آدمی کو بی بی نے اپنے نکاح سے آدھ گھنٹہ پہلے پہلی بار دیکھا اور اس کی ایک نظر نے اسے اپنے اندر اس طرح جذب کر لیا جسے سیاہی چوس سیاہی کو جذب کرتا ہے۔

''میں آپ کو مبارکباد پیش کر سکتا ہوں؟......'' اس نے مضطرب نظروں سے بی بی کو دیکھ کر پوچھا۔

وہ بالکل چپ رہی۔

''لڑکیاں......خاص کر آپ جیسی لڑکیوں کو ایک بڑا زعم ہوتا ہے اور اسی ایک زعم کے ہاتھوں وہ ایک بہت بڑی غلطی کر بیٹھتی ہیں۔''

نقلی پلکوں والے بوجھل پپوٹے اٹھا کر بی بی نے پوچھا...... ''کیسی غلطی؟''

''کچھ لڑکیاں محض رشی سادھوؤں کی تپسیا توڑنے کو خوشی کی معراج سمجھتی ہیں......''

وہ سمجھتی ہیں کہ کسی بے نیازی کی ڈھال میں سوراخ کر کے وہ سکون معراج کو پا لیں گی۔ کسی کے تقویٰ کو برباد کرنا خوشی کے مترادف نہیں ہے۔ کسی کے زہد کو عجز و انکساری میں بدل دینا کچھ اپنی راحت کا باعث نہیں...... ہاں دوسروں کے لئے احساس شکست کا باعث ہو سکتی ہے یہ بات......

چابیاں ہاتھ میں گھوم پھر رہی تھیں۔ ذہانت اور فصاحت کا دریا رواں تھا۔

''یہ زعم......عورتوں میں، لڑکیوں میں کب ختم ہوگا؟......میرا خیال تھا آپ ذہین ہیں لیکن آپ بھی وہی غلطی کر بیٹھی ہیں جو عام لڑکی کرتی ہے۔ آپ بھی توبہ شکن بننا چاہتی ہیں۔''

''مجھے......مجھے پروفیسر فخر سے محبت ہے۔''

''محبت......؟ آپ پروفیسر فخر کو یہ بتانا چاہتی ہیں کہ اندر سے وہ بھی گوشت پوست کے بنے ہوئے ہیں۔ اپنے تمام آئیڈیلز کے باوجود وہ بھی کھانا کھاتے ہیں۔ سوتے ہیں......اور محبت کرتے ہیں......ان کا کورٹ آف آرمر اتنا سخت نہیں جس قدر وہ سمجھتے ہیں۔''

وہ چاہتی تھی کہ جمالی ملک سے کہے کہ تم کون ہوتے ہو مجھے پروفیسر فخر کے متعلق کچھ کہنے والے! تمہیں کیا حق پہنچتا ہے کہ یہاں لیڈر کے صوفے سے پشت لگا کر سارے ہوٹل کا ماسٹر چابیاں ہاتھ میں لے کر اتنے بڑے آدمی پر تبصرہ کرو......لیکن وہ بے بس سنے جا رہی تھی اور کچھ کہہ نہیں سکتی تھی۔

''میں پروفیسر صاحب سے واقف نہیں ہوں لیکن جو کچھ سنا ہے اس سے یہی اندازہ لگایا ہے کہ......وہ اگر مجرد رہتے تو بہتر ہوتا......عورت تو خواہ مخواہ توقعات سے وابستہ کر لینے والی شے ہے......وہ بھلا اس صنف کو کیا سمجھ پائیں گے؟''

''جمالی صاحب!......اس نے التجا کی۔

''آپ سی لڑکیاں اپنے رفیق حیات کو اس طرح چنتی ہیں جس طرح مینو میں سے کوئی اجنبی نام کی ڈش آرڈر کر دی جائے محض تجربے کی خاطر......محض تجسس کے لئے......''

وہ پھر بھی چپ رہی۔

''اتنے سارے حسن کا پروفیسر صاحب کو کیا فائدہ ہوگا بھلا...... منی پلانٹ پانی کے بغیر سوکھ جاتا ہے۔ عورت کا حسن پرستش اور ستائش کے بغیر مرجھا جاتا ہے...... کسی ذہین مرد کو بھلا کسی خوبصورت عورت کی کب ضرورت ہوتی ہے؟ اس کے لئے تو کتابوں کا حسن بہت کافی ہے۔''

شمعدان اپنی پانچ موم بتیوں سمیت دم سادھے جل رہا تھا اور وہ کیوٹیکس لگے ہاتھوں کو بغور دیکھ رہی تھی۔

''مجھ سے بہتر قصیدہ گو آپ کو کبھی نہیں مل سکتا قمر...... مجھ سا گھر آپ کو نہیں مل سکتا کیونکہ میرا گھر اس ہوٹل میں ہے اور ہوٹل سروس سے بہتر کوئی سروس نہیں ہوتی اور مجھے یہ بھی یقین ہے کہ میری باتوں پر آپ کو اس وقت یقین آئے گا جب آپ کے چہرے پر چھائیاں پڑ جائیں گی۔ ہاتھ کیکر کی چھال جیسے ہو جائیں گے اور پیٹ چھاگل میں بدل جائے گا...... میں تو چاہتا تھا...... میری تو تمنا تھی کہ جب ہم اس ہوٹل کی لابی میں اکٹھے پہنچتے...... جب اس کی بار میں ہم دونوں کا گزر ہوتا۔ جب اس کی گیلریوں میں ہم چلتے نظر آتے تو امریکن ٹورسٹ سے لے کر پاکستانی پیٹی بوژوا تک سب، ہماری خوش نصیبی پر رشک کرتے لیکن آپ آئیڈیلسٹ بننے کی کوشش کرتی ہیں۔ یہ حسن کے لئے گڑھا ہے بربادی کا۔''

ساون کی رات جیسا گہرا نیلا سوٹ، کارنیشن کا سرخ پھول اور آفٹر شیو لوشن سے بسا ہوا چہرہ بالآخر دروازے کی طرف بڑھا اور بڑھتے ہوئے بولا۔

''کسی سے آئیڈیلز مستعار لے کر زندگی بسر نہیں ہو سکتی محترمہ...... آورش جب تک اپنے ذاتی نہ ہوں ہمیشہ منتشر ہو جاتے ہیں۔ پہاڑوں کا پودا ریگستان میں نہیں لگا کرتا۔''

اس میں تو اتنا حوصلہ بھی نہ رہا تھا کہ آخری نظر جمالی ملک پر ہی ڈال لیتی۔ دروازے کے مدور ہینڈل پر ہاتھ ڈال کر جمالی ملک نے تھوڑا سا پٹ کھول دیا۔ گیلری سے لڑکیوں کے ہنسنے کی آوازیں آنے لگیں۔

''میں بھی کس قدر احمق ہوں۔ اس سے اپنا کیس plead کر رہا ہوں جو کبھی کا فیصلہ کر چکی ہے...... اچھا جی مبارک ہو آپ کو......''

دروازہ کھلا اور پھر بند ہو گیا۔

جاتے ہوئے وجیہہ منیجر کو ایک نظر بی بی نے دیکھا اور اپنے آپ پر لعنت بھیجتی ہوئی اس نے نظریں جھکا لیں۔

چند لمحوں بعد دروازہ پھر کھلا اور ادھ کھلے پٹ سے جمالی ملک نے چہرہ اندر کر کے دیکھا۔ اس کی ہلکی براؤن آنکھوں میں نمی اور شراب کی ملی جلی چمک تھی جیسے گلابی شیشے پر آہوں کی بھاپ اکٹھی ہو گئی ہو۔

''مجھ سے بہتر آدمی تو آپ کو مل رہا ہے...... لیکن مجھ سے بہتر گھر نہ ملے گا آپ کو مغربی پاکستان میں۔''

اسی طرح سنتو جمعدارنی کے جانے پر بی بی نے سوچا تھا۔ ہم سے بہتر گھر کہاں ملے گا کلموہی کو۔

اسی طرح خورشید کے چلے جانے پر وہ دل کو سمجھاتی تھی کہ اس بدبخت کو اس سے اچھا گھر کہاں ملے گا اور ساتھ ساتھ بی بی یہ بھی جانتی تھی کہ اس سے بہتے گھر چاہے نہ ملے وہ لوٹ کر آنے والیوں میں سے نہیں تھیں۔ اتنے برس گزرنے کے بعد آپ ایک پل تعمیر ہو گیا۔ آپی آپ ماضی سے جوڑنے والا۔ وہ دل برداشتہ انارکلی چلی گئی...... اس کا خیال تھا کہ وہ چار گھنٹے کی غیر موجودگی میں سب کچھ ٹھیک کر دے گی۔ سنتو جمعدارنی اور خورشید تک کو آٹے دال کا بھاؤ معلوم ہو جائے گا۔

لیکن ہوا یوں کہ جب وہ اپنے اکلوتے دس روپے کے نوٹ کو ہاتھ میں لیے بانو بازار میں کھڑی تھی اور سامنے ربڑ کی چپلوں والے سے بھاؤ کر رہی تھی اور نہ چپلوں والے پونے تین سے نیچے اترتا تھا اور نہ وہ ڈھائی روپے سے اوپر چڑھتی تھی، عین اس وقت ایک سیاہ کار اس کے پاس آ کر رکی۔

اپنے بوائی پھٹے پیروں کو نئی چپل میں پھنساتے ہوئے اس نے ایک نظر کار والے پر ڈالی۔

وہ ایالو کے بت کی طرح وجیہہ تھا۔

کنپٹیوں کے قریب پہلے چند سفید بالوں نے اس کی وجاہت پر رعب حسن کی مہر بھی لگا دی تھی۔ وقت نے اس سینٹ کا کچھ نہ بگاڑا تھا۔ وہ اسی طرح محفوظ تھا جیسے ابھی کولڈ سٹوریج سے نکلا ہو۔

بی بی نے اپنے کیکر کے چھال جیسے ہاتھ دیکھے......

پیٹ پر نظر ڈالی جو چھاگل میں بدل چکا تھا......

اور ان نظروں کو جھکا لیا جن میں اب کتیرہ گوند کی بجھی بجھی سی چمک تھی۔

جمالی ملک اس کے پاس سے گزرا لیکن اس کی نظروں میں پہچان کی گرمی نہ سلگی۔

واپسی پر وہ پروفیسر صاحب سے آنکھیں چرا کر بستر پر لیٹ گئی اور آنسوؤں کا رکا ہوا سیلاب اس کی آنکھوں سے بہہ نکلا۔

پروفیسر صاحب نے بہت پوچھا لیکن وہ انہیں کیا بتاتی کہ درخت چاہے کتنا ہی اونچا کیوں نہ ہو جائے اس کی جڑیں ہمیشہ زمین کو ہوس سے کریدتی رہتی ہیں۔ وہ انہیں کیا سمجھاتی کہ آئیڈیلز کچھ مانگے کا کپڑا نہیں جو پہن لیا جائے۔

وہ انہیں کیا کہتی کہ عورت کیسے توقعات وابستہ کرتی ہے......

اور.....

یہ توقعات کا محل کیونکہ ٹوٹتا ہے؟

وہ غریب پروفیسر صاحب کو کیا سمجھاتی!

ایسی باتیں تو غالباً جمالی ملک بھی بھول چکا تھا۔

لوہے کا کمر بند

رام لعل

بہت عرصہ گزرا کسی ملک میں ایک سوداگر رہتا تھا۔ اس کی بیوی بہت خوبصورت تھی۔ اتنی کہ اس کی محض ایک جھلک دیکھنے کیلئے عاشق مزاج لوگ اس کی گلی کے چکر لگایا کرتے تھے۔ یہ بات سوداگر کو بھی معلوم تھی۔ اس لئے اس نے اپنی بیوی پر سخت پابندیاں عائد کررکھی تھیں اس کی اجازت کے بغیر وہ کسی سے مل نہیں سکتی تھی۔ اس کے قریب قریب تمام ملازم دراصل اس سوداگر کے خفیہ جاسوس تھے۔ جو اس کی بیوی کی حرکتوں پر کڑی نظر رکھتے تھے۔ سوداگر کو کبھی بھی دو دو تین تین سال کیلئے دور دور کے ممالک میں بیوپار کے سلسلے میں جانا پڑتا تھا۔ کیونکہ سفر میں کئی سمندر بھی حائل ہوتے تھے۔ جنہیں عبور کرتے وقت کئی بار بحری قزاقوں سے بھی واسطہ پڑ جاتا تھا۔

ایک بار وہ ایسی ہی ایک تجارتی مہم پر روانہ ہونے والا تھا۔ گھر چھوڑنے سے ایک رات پہلے وہ اپنی بیوی کی خواب گاہ میں گیا اور بولا۔

''جان من! تم سے جدا ہونے سے پہلے میں تمہیں ایک تحفہ دینا چاہتا ہوں۔ مجھے یقین ہے یہ تحفہ تمہیں ہمیشہ میری یاد دلاتا رہے گا۔ کیونکہ یہ تمہارے جسم کے ساتھ ہمیشہ چپکا رہے گا''

یہ کہہ کر سوداگر نے اپنی بیوی کے چاندی سے بدن پر کمر کے نچلے حصے کے ساتھ لوہے کا ایک کمر بند جوڑ دیا اور کمر بند میں ایک تالا بھی لگا دیا۔ پھر تالے کی چابی اپنے گلے میں لٹکاتے ہوئے بولا۔

''یہ چابی میرے سینے پر ہر وقت لٹکی رہے گی۔ اس کی وجہ سے میں بھی تمہیں یاد کرتا رہوں گا۔''

سوداگر کی بیوی نے لوہے کے کمر بند کو غور سے دیکھا تو سمجھ گئی کہ یہ دراصل اسے بدکاری سے باز رکھنے کیلئے پہنایا گیا ہے۔ اس کی آنکھوں میں آنسو آ گئے اور بولی۔ ''آپ کو مجھ پر اعتماد نہیں ہے نا! اسی لئے آپ نے ایسا کیا ہے۔ لیکن میں تو آپ سے محبت کرتی ہوں۔ کبھی آپ کو شکایت کا موقع ملا؟''

سوداگر نے جواب دیا۔

''میرے دل میں تمہاری طرف سے کوئی شبہ نہیں ہے۔ لیکن چونکہ زمانہ بہت خراب ہے اور میں مردوں کی ذات سے بخوبی واقف ہوں۔ وہ ہمیشہ کمزور اور بے سہارا عورتوں کی تاک میں رہتے ہیں۔ اسی خیال سے میں نے تمہیں محفوظ کر دیا ہے۔ اب کوئی بھی شخص تمہاری عصمت نہیں لوٹ سکے گا۔''

یہ کہہ کر سوداگر تو اپنے سفر پر روانہ ہو گیا۔ لیکن اس کی بیوی لوہے کے کمر بند کی وجہ سے سخت پریشانی محسوس کرنے لگی۔ یہ تکلیف جسمانی کم تھی ذہنی زیادہ۔

کمر بند کی وجہ سے وہ خود کو ایک قیدی سمجھنے لگی۔ اٹھتے بیٹھتے اسے کمر کے گرد کسے ہوئے لوہے کے کمر بند کا شدید احساس ہوتا تھا۔ اس کمر بند کی وجہ سے اسے دوسرے مردوں کا خیال زیادہ آنے لگا تھا۔ جن سے بچانے کیلئے اس کے شوہر نے یہ انوکھا طریقہ اپنایا تھا۔ وہ اس کی غلام تو نہیں تھی۔ لیکن اس کی زندگی غلاموں سے بھی بدتر ہو گئی اور یہ سب اس کے بے پناہ حسن کی وجہ سے ہوا تھا۔

وہ اتنی حسین نہ ہوتی تو اس کے ساتھ اس قسم کا ظالمانہ سلوک بھی ہرگز نہ کیا جاتا۔ اپنے شوہر کے ظلم کو یاد کر کے اور اپنے حسن کو آئینے میں

دیکھ کر وہ دکھی ہو جاتی اور کبھی رونے بھی لگتی۔ لیکن وہ کر ہی کیا سکتی تھی۔ اب تو وہ ہر طرح سے بے بس تھی۔ بند کھڑکیوں اور دروازوں کے باہر اسے کتنے مردوں کی سیٹیاں سنائی دیتی تھیں۔ بعض لوگ تو اس کا نام پکارتے ہوئے یا شعر پڑھتے ہوئے گلی میں سے گزرتے۔ یہ شعر اس کے بے پناہ حسن کی تعریف میں یا خود ان کی اپنی اندرونی کیفیتوں کے غماز ہوتے۔ لیکن وہ کبھی دروازہ یا کھڑکی کھول کر باہر نہیں جھانکتی تھی۔ کیونکہ وہ اپنے شوہر سے بہت محبت کرتی تھی۔ اس کے ملازم اس قسم کی آوازیں سن کر ہمیشہ چوکنے ہو جاتے تھے، اور وہ اپنے دل میں کبھی کبھی پیدا ہو جانے والی اس خواہش کو بڑی سختی سے دبا لیتی تھی کہ وہ کسی روز تو کھڑکی کو ذرا سا کھول کر اپنے عاشقوں کی شکل ہی دیکھ لے۔

اس کے کانوں میں جو سیٹیاں گونجتی تھیں، اور عاشقانہ اشعار پڑھنے کی جو آوازیں آتی تھیں۔ ان کی وجہ سے شکیل اور بہادر مردوں کی تصویریں اپنے آپ اس کی آنکھوں کے سامنے آ جاتیں۔

لیکن کبھی کبھی اس کے ذہن میں یہ خیال بھی آتا کہ اس کے عاشقوں میں ایک بھی ایسا بہادر آدمی نہیں جو مکان کی اونچی دیوار پھلانگ کر اسے اغواء کر کے لے جائے۔

رفتہ رفتہ اغواء کئے جانے کے تصور محض سے ہی اسے تسکین ملنے لگی اسے لگتا کہ وہ ایک اجنبی مرد کے آگے اس کے گھوڑے پر سوار ہے وہ گھوڑے کو سرپٹ بھگائے لے جا رہا ہے۔ اور اسے گھر سے سینکڑوں کوس دور ایک گھنے جنگل میں لے جاتا ہے۔ جہاں سے اسے کوئی بھی واپس نہیں لے جا سکے گا۔ اب وہ اپنے شکی مزاج اور ظالم شوہر کے پنجے سے ہمیشہ کیلئے آزاد ہو چکی ہے۔ لیکن جب وہ اپنے اجنبی عاشق کے ساتھ جسمانی تعلق کی بات سوچنے بیٹھتی تو اس کے آنسو نکل پڑتے ہیں۔ کمر میں وہ ہے کے کمربند کی وجہ سے تو وہ کسی بھی مرد کے کام کی نہیں رہی تھی جب تک اس کمربند کو کھول نہ دیا جائے لیکن اس کی چابی تو اس کے شوہر کے پاس تھی۔

ایک مرتبہ سوداگر کی بیوی کے کانوں میں ایک ایسی مغنی کے گانے کی آواز آئی۔ جسے سنتے ہی وہ مضطرب ہو گئی۔ اس سے رہا نہ گیا اس نے اپنے قیمتی زیورات اپنے نوکروں کو انعام کے طور پر دے دیئے اور ان سے کہا۔

"اس مغنی کو تھوڑی دیر کے لئے میرے پاس لے آؤ۔ اس کا گانا سنوں گی۔ اس کی آواز میں بڑا سوز ہے، جس نے میرے دل میں میرے پیارے شوہر کی یاد تازہ کر دی ہے۔ جو ایک مدت سے مجھ سے ہزاروں کوس دور پردیس میں ہے اور میں اس کے فراق میں دن رات تڑپا کرتی ہوں۔"

ملازم فوراً اس مغنی کو بلا کر لے آئے۔ وہ اس علاقے کا مشہور و معروف مغنی تھا۔ لوگ اس کی آواز سن کر وجد میں آ جاتے تھے۔ وہ مردانہ حسن و شکوہ کا ایک بے مثال نمونہ تھا۔ اونچا قد، مضبوط جسم، لمبے لمبے بازو، سانولا رنگ اور لہراتے ہوئے گھنگھریالے بال اس کی آنکھوں میں غضب کی کشش تھی، اور محبت کی ایک عجیب سے شدت بھی۔ اس نے بھی سوداگر کی بیوی کے حسن کے چرچے سن رکھے تھے اور غائبانہ طور پر اس سے محبت بھی کرنے لگا تھا۔ اب جب وہ اس حسینہ کے سامنے اچانک پہنچا دیا گیا تو متعجب سا رہ گیا۔ پہلے تو اسے اعتبار ہی نہ رہا کہ حقیقت ہو سکتی ہے۔ اس لئے اپنی آنکھیں بار بار ملیں۔ لیکن جب اسے یقین ہو گیا کہ وہ سچ مچ اپنے دل کی ملکہ حضور کے سامنے کھڑا ہے تو پہلے وہ دل ہی دل میں اپنی خوش نصیبی پر مالک دو جہاں کا شکر بجا لایا۔ پھر سر جھکا کر بولا۔

"اے حسینہ عالم............! میں آپ کی کون سی خدمت سرانجام دے سکتا ہوں۔؟

سوداگر کی بیوی مغنی کے مردانہ حسن پر پہلی ہی نظر میں فریفتہ ہو گئی۔ لیکن اپنے ملازموں کی موجودگی میں اس نے اپنی کیفیت کا اظہار کرنا مناسب نہ سمجھا۔ صرف اتنا ہی کہنے پر اکتفا کی۔

"نامور مغنی میں اپنے پیارے شوہر کی جدائی میں تڑپ رہی ہوں جس کے لوٹنے کی ابھی تین برس تک کوئی توقع نہیں ہے۔ تم مجھے کوئی

ایسی غزل سناؤ جس سے میرے دل کو راحت نصیب ہو۔ مجھے یقین ہے تمہاری پرسوز آواز میرے زخمی دل پر مرہم کا کام کرے گی۔''
یہ کہتے کہتے وہ مغنی کی آنکھوں میں ڈوب گئی۔ لیکن پھر فوراً سنبھل سی گئی اور سر جھکا کر بیٹھ گئی۔ مغنی اس کی حقیقی کیفیت کچھ کچھ بھانپ گیا۔ سوچنے لگا کہ کہیں وہ اسی کی محبت میں گرفتار تو نہیں؟ ممکن ہے اپنے ملازموں کی موجودگی کے سبب سے اس کا اظہار نہ کر سکتی ہو! بہرحال اس کی خواہش کے احترام کیلئے اس نے باہر کھڑے ہوئے اپنے رفیقوں کو بھی اندر بلوالیا۔ ساز بجنے لگے۔ ڈھول پر تھاپ پڑنے لگی اور سوداگر کی عالی شان عمارت اس کی پرسوز آواز سے گونج اٹھی۔
مغنی نے اس کے سامنے اپنے ایک پسندیدہ شاعر کی ایک منتخب غزل چھیڑ دی۔ جس کے ذریعے وہ اپنی اندرونی کیفیت کا اظہار بھی کر سکتا تھا۔

زمین والوں پہ یہ عشق ستم اے آسمان کب تک
بہت نازاں ہے تو جس پر وہ دور کامراں کب تک
کہاں تک باغباں کا ناز اٹھائیں گے چمن والے
رہے گا گلشن امید بر باد خزاں کب تک

اس کی آواز میں ایک عجیب سا جادو تھا۔ جس کا اسے خود بھی احساس نہ تھا۔ آج تک جہاں بھی اس نے اپنی آواز کا جادو جگایا تھا۔ وہ ہمیشہ کامیاب و کامران رہا تھا۔ اب تو اس نے اپنی آواز میں ایک نیا جذبہ شامل کر لیا تھا۔ وہ اپنی محبوبہ کے سامنے بیٹھا تھا اسے یقین تھا۔ یہاں بھی وہ کامیاب رہے گا۔ یہ حسینہ اپنا دل ہار کر اسکے قدموں میں رکھ دینے کیلئے ضرور مجبور ہو جائے گی۔ جب وہ اشعار گا رہا تھا۔ اس کی آنکھیں جذبات کی شدت سے لال ہو گئی تھیں۔ ادھر سوداگر کی بیوی کی آنکھیں بھی بار بار غم ناک ہو جاتی تھیں لیکن دیکھنے والے یہی سمجھ رہے تھے کہ وہ اپنے شوہر کو یاد کر کے آنسو بہا رہی ہے۔ جب مغنی نے اگلا شعر پڑھا، تو سوداگر کی بیوی کی کیفیت اور بھی غیر ہونے لگی۔

بجھانے سے کہیں بجھنے کی ہے یہ آتش الفت
ارے او دیدۂ گریاں یہ معنی رائیگاں کب تک

مغنی نے پہلے مصرعے کو اتنی مرتبہ دہرایا۔ اس قدر ممتی سے دہرایا کہ ہر مرتبہ اس سے ایک نیا ہی تاثر ابھرتا چلا گیا۔ ملازموں کو اب یہ خدشہ ستانے لگا کہ ان کی مالکن کہیں بے ہوش نہ ہو جائے۔ اس لئے انہوں نے مغنی کو خاموش ہو کر چلے جانے کا اشارہ کر دیا۔ لیکن سوداگر کی بیوی نے مغنی کو جانے سے روک لیا، اور بولی۔
''میں تم سے تنہائی میں کچھ باتیں کرنا چاہتی ہوں۔''
مغنی نے اپنے سارے ساتھیوں کو واپس بھیج دیا اور خود سوداگر کی بیوی کے قدموں میں جھک کر پھر سے بیٹھ گیا۔ بولا۔
''فرمائیے میں حاضر خدمت ہوں۔''
سوداگر کی بیوی کی آنکھیں ابھی تک آنسوؤں سے بھری ہوئی تھیں۔ وہ خاصی دیر تک تو کچھ نہ کہہ سکی۔ آخر تھرتھراتی ہوئی آواز میں بولی۔
''تمہاری آواز میں اس قدر سوز کیوں ہے..........! کیا تم کسی سے محبت کرتے ہو۔؟ مغنی نے جواب دیا۔
مغنی نے جواب دیا۔
''میرے سر سے میرے والدین کا سایہ بچپن سے اٹھ گیا تھا۔ میں بہت چھوٹی عمر سے جگہ جگہ گھوم رہا ہوں۔ موسیقی سے مجھے خاص رغبت ہے۔ اسی میں مجھے خاص تسکین ملتی ہے۔ اب سے پہلے میں نے کسی سے محبت کی ہے یا نہیں۔ اس کے متعلق میں یقین سے کچھ نہیں کہہ سکتا۔ یہ صحیح ہے

کہ میں نے عورتیں بے شمار دیکھی ہیں۔ حسین سے حسین ترین عورتیں، بادشاہوں، امیروں اور سرداروں کی محفلوں میں ہمیشہ شریک ہوتا رہا ہوں۔ وہاں عورتوں کی کمی نہیں رہی ہے۔ لیکن میں سچے دل سے اس بات کا قرار کر سکتا ہوں کہ حقیقی محبت کو آغاز مجھے آپ کا غائبانہ ذکر سن کر ہی ہونے لگا تھا آج تو مجھے یوں محسوس ہوا............!''

سے سے آگے سوداگر کی بیوی نے اسے نہ بولنے دیا، کہا۔

''بس، بس میں سمجھ گئی تم کیا کہنا چاہتے ہو۔ لیکن آئندہ ایسی بات زبان پر کبھی مت لانا۔ سمجھ لو میں اپنے شوہر کی پاک دامن بیوی ہوں۔ اس کے علاوہ میں کسی بھی دوسرے کا خیال اپنے دل میں نہیں لا سکتی۔ لیکن تمہارے جذبات کی میں اس حد تک ضرور قدر کروں گی کہ تم کبھی کبھی یہاں آ کر مجھے اپنے گیت سنا جایا کرو۔ کیونکہ اس سے تمہارے جذبات کو تسکین حاصل ہوگی ایسی تسکین یقیناً مجھے بھی حاصل ہوگی۔ کیونکہ تمہارے گانے کی وجہ سے میرے دل میں میرے شوہر کی یاد تازہ رہے گی۔

جب میرا شوہر واپس آ جائے گا تو اسے یہ معلوم ہوگا کہ اس کی غیر حاضری میں تم نے اپنی موسیقی کے ذریعے میرے دل میں اس کی محبت کو ہمیشہ جگائے رکھا ہے تو وہ بہت خوش ہوگا۔ بہت ممکن ہے اس خدمت کے عوض وہ تمہیں انعامات و کرامات سے بھی نوازے۔''

سوداگر کے ملازم جوان کی باتیں پردوں کے پیچھے سے سن رہے تھے۔ اب پوری طرح مطمئن ہو گئے کہ ان کی مالکن اپنے شوہر کی محبت میں مکمل طور پر سرشار ہے۔ اس سے بے وفائی کی توقع رکھنا اب بے کار ہوگا۔ چنانچہ جب مغنی نے سوداگر کی بیوی کی پیش کش قبول کر لی تو پھر اس کے آنے جانے پر کسی قسم کی پابندی نہ لگائی گئی۔ مغنی قریب قریب روز ہی آنے لگا، اور اب وہ بڑی آزادی سے سوداگر کی بیوی سے تنہائی میں بھی مل لیتا تھا نہیں اس طرح ایک دوسرے سے ملتے ہوئے ایک سال کا عرصہ گزر گیا۔ لیکن دونوں نے ابھی تک ایک دوسرے کو نہیں چھوا تھا۔ مغنی اسی غم میں دن بدن کمزور ہوتا گیا۔ اس کے چہرے کی تازگی رخصت ہونے لگی۔ لگتا تھا اسے رات کو کبھی نیند نہیں آتی ہے۔

سوداگر کی بیوی یہ دیکھ کر فکر مند رہتی تھی۔ لیکن وہ مغنی کو ابھی تک اپنے سامنے صاف اظہار محبت کرنے کی اجازت نہیں دے سکی تھی وہ جانتی تھی آگے بڑھنے کا نتیجہ کیا ہوگا۔ جب مغنی کو یہ معلوم ہو جائے گا کہ اس کے جسم پر پہنے ہوئے بھاری ریشمی لبادے کے نیچے اس کی کمر کے نچلے حصے پر لوہے کا مضبوط کمر بند لگا ہوا ہے تو وہ کتنا مایوس ہوگا! ہوسکتا ہے اس کیلئے یہ صدمہ ناقابل برداشت ہو جائے گا اور وہ خودکشی کر بیٹھے اسی لئے وہ اسے ابھی تک اپنے جسم سے دور ہی رکھتی آ رہی تھی۔

ایک دن جب مغنی اس کے ساتھ حسب معمول تنہا تھا اور اس کے سامنے اپنے عشق کا اظہار کر رہا تھا تو اچانک جذبات کے ہاتھوں بے قابو ہو گیا اور اس کے قدموں سے لپٹ کر زار زار رونے لگا۔ کہنے لگا۔

''اب میرے لئے زندہ رہنا ناممکن ہو گیا ہے۔ میں آپ کو اس قید خانے سے نکال کر لے جانے کیلئے تیار ہوں۔ بس آپ کے اشارے کی دیر ہے اگر آپ نے انکار کیا تو ہوسکتا ہے میں زبردستی اٹھا لے جانے کی بھی گستاخی کر بیٹھوں۔''

اغواء کئے جانے کا سن کر سوداگر کی بیوی اپنے حسین ترین خوابوں میں کھو گئی۔ اس قسم کے خواب اس نے کئی مرتبہ سوتے جاگتے ہوئے دیکھے تھے۔ اس نے سمجھ لیا کہ اس کے خوابوں کے حقیقت میں بدل جانے کی گھڑی آ پہنچی ہے لیکن اسے فوراً ہی لوہے کے کمر بند کا خیال آ گیا۔ اس کمر بند سے چھٹکارا پانا تو کسی طرح بھی ممکن نہیں ہے۔

مغنی کو جب اپنی درخواست کا کوئی جواب نہ ملا تو وہ اور بھی غمگین ہو گیا بے خود سا ہو کر ایک نئی غزل گانے پر مجبور ہو گیا۔

اب سحر کا نہ انتظار کرو — دامن شب کو تار تار کرو
زندگی رنج و غم کا نام سہی — مل گئی ہے تو اس پیار کرو

موسیقی بڑوں بڑوں کی کمزوری ہوتی ہے۔ کبھی کبھی تو یہ اچانک ایسا سیلاب بن جاتی ہے۔ جس کے سامنے کئی ثابت قدم بھی ڈگمگا کر بہہ جاتے ہیں۔ مغنی سمجھ گیا، اپنی محبوبہ کو وہ اب اپنے فن سے ہی شکست دے سکے گا۔ اس لئے اس نے پوری طرح اپنے اندر ڈوب کر ایک لے نکالی۔

ہم سے خوئے وفا نہ چھوٹے گی تم کوئی جبر اختیار کرو

اور چمکاؤ آئینہ رخ کا زلف کو اور تابدار کرو

گاتے گاتے اسے کافی دیر ہوگئی۔ وہ بے حال ہوگیا۔ سوداگر کی بیوی کی بھی یہی حالت تھی۔ آخر اس نے مغنی کے سامنے ہتھیار ڈال دیئے اس کا ہاتھ پکڑ کر بولی۔

میں اعتراف کرتی ہوں کہ میں بھی تم سے محبت کرتی ہوں۔ زندگی بھر کرتی رہوں گی۔ لیکن میں کسی وجہ سے مجبور بھی ہوں، تم نہیں جانتے اس گھر کو چھوڑ کر بھی میں اپنا آپ تمہارے حوالے نہیں کرسکوں گی۔''

اس کے بعد اس نے مغنی کو لوہے کے کمر بند والی بات بھی بتادی جس کی چابی اس کا شوہر اپنے ساتھ لے گیا ہوا تھا۔ یہ سن کر مغنی ہکا بکا سا رہ گیا اسے یقین نہ آیا جو کچھ اس کی محبوبہ نے کہا تھا۔ اس نے لباس کے اوپر سے نیچے کے کمر بند کو چھوا تب ہی اسے یقین ہوسکا۔ لیکن کئی لمحوں تک وہ کھڑا سوچتا رہا۔ اس کے چہرے پر کئی لہریں آئیں اور گئیں، آخر اس نے زبان اس طرح کھولی۔

''میں اس کمر بند کو کاٹ کر پھینک دوں گا۔ ابھی بازار جا کر اتنے تیز اوزار لے کر آتا ہوں جو پلک جھپکتے میں اس غیر انسانی کمر بند کو کاٹ دیں گے۔''

یہ سن کر سوداگر کی بیوی کو غصہ آگیا، بولی۔

''یہ کہتے ہوئے تمہیں شرم نہیں آتی۔ کیا تمہارے خیال میں جب تم لوہے کے کمر بند کو کاٹ رہے ہوگے تو میں تمہارے سامنے کپڑے اتار کر کھڑی رہوں گی۔''

مغنی نے اپنی غلطی کیلئے فوراً معذرت چاہی۔ لیکن ساتھ ہی اس نے ایک اور تجویز بھی پیش کردی۔

یہ کام میں اپنے ایک لوہار دوست کے بھی سپرد کرسکتا ہوں۔ میں اس کی آنکھوں پر پٹی باندھ دوں گا تاکہ وہ تمہاری حسین کمر پر نگاہ نہ ڈال سکے۔ لیکن وہ اپنے کام میں اتنا ماہر ہے کہ آنکھیں بند ہونے پر بھی وہ اپنا کام حسب خواہش انجام دے لے گا۔''

سوداگر کی بیوی نے یہ بات بھی منظور نہ کی اور مغنی سے کہا۔'' جاؤ اور مجھے میرے حال پر چھوڑ دو۔''

مغنی کو وہاں سے جاتے جاتے ایک ایک اور بات کا خیال آیا چنانچہ اس نے پلٹ کر کہا ''حسین عورتوں کا سب سے بڑا دشمن ان کا موٹاپا ہوتا ہے۔ اگر آپ اپنا وزن کم کرنا شروع کردیں تو آپ کے جسم کی کشش بھی برقرار رہے گی اور اس کمر بند سے بھی نجات حاصل ہوجائے گی۔''

سوداگر کی بیوی اچھی اچھی مرغن غذاؤں کی بڑی دلدادہ تھی۔ اس قسم کی تجویز کو وہ کسی صورت میں قبول نہیں کرسکتی تھی۔ چمک کر بولی۔

''اس کا مطلب یہ ہوگا کہ تمہاری خاطر میں خود کو بھوکا ماروں!

کھانا پینا چھوڑ دوں!

لیکن بھوکا پیاسا رہنے سے بیمار پڑ جانے کا بھی تو خطرہ لاحق ہوسکتا ہے۔

پھر بھلا تم میری طرف نظر اٹھا کر بھی کیوں دیکھو گے۔ جاؤ جاؤ تمہاری ایک بھی تجویز معقول نہیں ہے۔

مغنی کا دل بھی ٹوٹ گیا۔ بہت افسردہ ہوکر اب وہ وہاں سے جانے والا تھا کہ پلٹ کر پھر آیا اور بولا۔

''خدا کے لئے میری ایک تجویز پر غور ضرور فرمالیجئے کیا آپ مجھے اس بات کی اجازت دے سکتی ہیں کہ میں آپ کے سامنے مسلسل کئی روز

تک گا تا رہوں۔؟ مجھے یقین ہے اپنی موسیقی کی بدولت میں آپ کے بدن میں ایک ایسی سنسنی پیدا کر دینے میں کامیاب ہو جاؤں گا۔ جس سے آپ کا کمر بند خود بخود کمر سے نیچے پھسل جائے گا۔ انتہائی ہیجان کے کسی بھی لمحے میں ایسا ہو جانا ممکن ہے۔ آپ کو پتہ بھی اس وقت لگے گا جب یہ کمر بند سرک کر آپ کے قدموں میں آ گرے گا۔''

سوداگر کی بیوی نے اس کی نئی تجویز کو بھی ہنسی میں اڑا دیا۔

کہنے لگی۔

''تم پہلے بھی تو کئی بار گانا سنا چکے ہو۔ کبھی ایسا ہوسکا؟ میں جانتی ہوں تم مجھے صرف افسردہ بنا سکتے ہو۔ کسی اور بات میں کامیاب نہیں ہو سکتے۔''

اب وہ وہاں سے بالکل ہی مایوس ہو کر چل دیا۔ پھر کئی مہینوں تک اس نے پلٹ کر سوداگر کی بیوی کو اپنی صورت نہ دکھائی.........لیکن سوداگر کی بیوی کو اپنے ملازموں کے ذریعے اس کے بارے میں خبریں ملتی رہیں کہ وہ گلی کوچوں میں مارا مارا پھرتا رہتا ہے۔ اب اسے اپنے تن بدن کا ہوش بھی نہیں رہتا ہے۔ کسی کی فرمائش پر گانا بھی نہیں گاتا ہے۔ بس ایک خاموشی اس نے اختیار کر رکھی ہے۔

لوگوں میں یہ بھی مشہور ہو گیا ہے کہ وہ سوداگر کی بیوی کے عشق میں مبتلا ہے اور وہ دن دور نہیں جب وہ بالکل پاگل ہو جائے گا۔ آخری سوداگر کی بیوی کے لئے خاصی پریشان کن تھی۔ کیونکہ اس سے اس کی بدنامی ہو رہی تھی۔ لیکن رفتہ رفتہ وہ بھی اس کی محبت میں گرفتار ہونے لگی۔ اسے احساس ہونے لگا کہ محبت کے میدان میں مغنی زیادہ ثابت قدم نکلا اور وہی اسے سے سچا عشق کر رہا ہے۔ اگر مر گیا تو لوگ ہمیشہ اس کے چرچے کیا کریں گے لیکن اسے کبھی اچھے نام سے یاد نہیں کیا جائے گا۔ کیونکہ مغنی کی موت کا سبب وہی بنے گی۔ اس معاملے میں تھوڑی سی قربانی وہ بھی دے سکے تو اس کا نام بھی امر ہوسکتا ہے۔ یہ سب کچھ سوچ کر سوداگر کی بیوی فاقے کرنے کا منصوبہ بنالیا۔ شروع شروع میں تو اس نے کھانے پینے کی مقدار میں کمی کی۔ پھر غذائیت سے بھرپور اور لذیذ چیزیں ترک کر دیں جس سے وہ جلد ہی پتلی ہو گئی پرکشش ہو گئی۔ آئینے کے سامنے جا کر وہ اپنے آپ کو دیکھتی تو خوشی سے پھولی نہ سماتی۔ کبھی کبھی اس کا جی وہ ساری میٹھی اور لذیذ چیزیں کھانے کو مچل اٹھتا جو اسے ہمیشہ ہمیشہ مرغوب رہ چکی تھی وہ چیزیں اس کے خوابوں میں بھی آتی تھیں۔

ایک روز وہ اچانک اچھے اچھے ذائقوں کو یاد کر کے رو پڑی۔ اس نے اسی دم اپنے محبوب کا خیال دل سے نکال پھینکا اور اپنے ملازموں کو حکم دیا کہ وہ اس کے سامنے بہترین قسم کے سارے کھانے فوراً حاضر کریں۔ پہلے تو نوکر بہت حیران ہوئے، کیونکہ اس نے ایک عرصے سے عمدہ قسم کے کھانوں کی طرف نگاہ اٹھا کر نہیں دیکھا تھا لیکن وہ فوراً ہی دودھ، گھی، شہد اور چینی وغیرہ سے بنائے ہوئے قسم قسم کے لذیذ ترین کھانے لے کر حاضر ہو گئے۔ جنہیں دیکھتے ہی وہ ان پر ٹوٹ سی پڑی۔ کھاتے ہوئے وہ دل ہی میں یہ عہد بھی کرتی گئی کہ اب وہ کبھی بھوکا رہنے کی کوشش نہیں کرے گی۔ زندگی کی بہترین مسرت ایسی ہی لذیذ غذاؤں کے کھانے میں ہے۔

کچھ ہی دنوں میں اس کے جسم کے قوسیں پھر سے ابھر گئیں۔ جن پر سے خوراک میں کمی کر دینے کی وجہ سے گوشت غائب ہونے لگ گیا تھا اور وہ اس بات کی قائل ہو گئی کہ کسی سے عشق کرنے کیلئے بھوکا رہنا قطعاً ''ضروری نہیں ہے۔ مغنی بھی اب شہر چھوڑ کر جا چکا تھا۔ معلوم نہیں وہ زندہ بھی تھا یا نہیں!

ایک روز اچانک وہی مغنی پھر اس کے دروازے پہ حاضر ہو گیا۔ اس نے ملاقات کی اجازت چاہی۔ سوداگر کی بیوی نے اسے ایک مدت سے نہیں دیکھا تھا۔ اس نے مغنی کو فوراً اندر بلوایا۔ مغنی کو آتے ہی اس کے سامنے ایک نئی تجویز پیش کر دی۔

''میں آپ کی خاطر دور دراز کے علاقوں میں بھٹکتا رہا ہوں۔ میں ایک ایسی جڑی بوٹی کی تلاش میں تھا۔ جس کے بارے میں سن رکھا تھا

کہ اس کے استعمال کیساتھ لذیذ کھانوں سے محروم نہیں ہونا پڑتا۔لیکن اس سے بدن کی فالتو چربی بھی کم ہوتی جاتی ہے۔''

سوداگر کی بیوی اس وقت بڑے اچھے موڈ میں تھی۔اپنے سامنے شکر چڑھے باداموں کی ایک پلیٹ رکھے بیٹھی تھی۔وہ ایک ایک بادام اٹھا کر منہ میں اڈالتی اور دانتوں کے درمیان آہستہ آہستہ پیستی اور مسکراتی جاتی تھی۔

''اچھا تو پھر تم نے وہ جڑی بوٹی حاصل کر لی۔''؟

مغنی نے جواب دیا،

''اس جڑی بوٹی کا صحیح پتہ ایک بڑھیا کو تھا۔اسے بھی میں نے دور افتادہ ایک گاؤں سے ڈھونڈ نکالا۔وہاں وہ جادوگرنی کے نام سے مشہور ہے۔اس نے بے شمار امیر و کبیر گھرانوں کی ایسی بہو بیٹیوں کا بڑی کامیابی سے علاج کیا ہے جو اچھی خوراکیں کھانے کی وجہ سے بہت فربہ ہو چکی تھیں اور اس طرح اپنی دل کشی سے محروم ہو جانے پر افسردہ بھی رہتی تھیں۔اس بڑھیا کی دی ہوئی دوا سے انہیں اپنے بدن کی خوب صورتی پھر سے واپس مل چکی ہے اور ان کی صحت پر بھی برا اثر نہیں پڑا ہے۔''

یہ کہہ کر مغنی نے جیب میں سے ایک چھوٹی سی ڈبیہ نکالی اور کہا۔

''سوداگر کی بیوی نے خوش ہو کر وہ ڈبیہ لے لی اور تھوڑی سی دوا اس نے اسی وقت چاٹ لی۔

اس کے بعد وہ دن میں کئی کئی مرتبہ اسے استعمال کرنے لگی۔دوا نے واقعی اپنا اثر دکھایا۔وہ کچھ ہی روز میں دبلی ہو گئی۔اس کے بدن میں جگہ جگہ بھرا ہوا پلپلا گوشت غائب ہو گیا۔

ایک دن وہ مغنی کے ساتھ اپنے مکان کے بائیں باغ میں تالاب کے کنارے کنارے ٹہل رہی تھی کہ اچانک اس کی کمر کے ساتھ چپا ہوا لوہے کا کمر بند سرک کر نیچے گر پڑا۔پاؤں کے پاس گرے ہوئے کمر بند کو اس نے حیرت سے دیکھا۔پھر مسرت کی ایک عجیب سے جوش میں مبتلا ہو کر اس نے کمر بند کو زور سے ٹھوکر ماری۔کمر بند ایک پیڑ کے ساتھ جا ٹکرایا اور اس خود کو مغنی کے حوالے کر دیا۔لیکن اس وقت کسی نے دروازے پر زنجیر کھٹکھٹائی۔اس کے ملازم کسی غیر ملکی شہری کی آمد کی خبر لے کر آئے تھے اس نے گھبرا کر اس آدمی کو بلوا بھیجا۔پردے کھنچوا دیئے گئے۔اس نے پردے کے عقب سے اس غیر ملکی شخص کو سر جھکائے کھڑے ہوئے دیکھا جو اپنے ساتھ کئی صندوق بھی لایا تھا

اس نے کہا۔

''یہ سارے صندوق ہیروں اور جواہرات سے بھرے ہوئے ہیں۔انہیں آپ کی خدمت میں پہنچا دینے کا حکم آپ کے شوہر نے ہی مجھے دیا تھا۔ان کا انتقال ہو چکا ہے۔ایک زہریلے سانپ نے انہیں ڈس لیا تھا۔آپ کا نام مرتے دم تک ان کی زبان پر رہا۔مرنے سے پہلے انہوں نے ایک اور چیز بھی آپ تک پہنچانے کی ہدایت کی تھی۔یہ ایک چابی ہے۔''

سوداگر کی بیوی نے پردے کے پیچھے سے ہاتھ بڑھا کر وہ چابی لے لی۔یہ وہی چابی تھی۔جس کے ساتھ ایک پرچہ بھی بندھا ہوا تھا۔جس پر لکھا تھا

''میری پیاری بیوی!

اب تم آزاد ہو

خدا حافظ............!''

دو چابی سینے کے ساتھ لگا کر زور زور سے رونے لگی۔مغنی نے جو اس خبر کو سن کر بہت خوش تھا اسے سمجھایا۔

''اب تو آپ مکمل طور پر آزاد ہیں۔کوئی خطرہ نہیں رہ گیا۔اب ہم شادی کر کے ہمیشہ ساتھ رہ سکتے ہیں۔''

لیکن اس کی بات سن کر سوداگر کی بیوی کو اچانک غصہ آ گیا

چلا کر بولی۔

"نکل جاؤ یہاں سے۔اب کبھی مت آنا۔ میں تمہاری صورت تک دیکھنا نہیں چاہتی۔ میں اپنے پیارے شوہر کو کبھی بھلا نہ سکوں گی اور بقیہ عمر اسی کی یاد میں گزار دوں گی۔"

یہ میرا ایک مقدس فریضہ ہوگا۔"

یہ کہہ کر روتے روتے اس نے لوہے کے کمر بند کو پھر سے اٹھایا جسے تھوڑی دیر پہلے اس نے ٹھوکر مار کر دور پھینک دیا تھا۔اس میں چابی لگا کر اسے کھولا اور اپنی کمر کے گرد پہلے سے بھی زیادہ سختی سے کس لیا اور چابی تالاب کے اندر پھینک دی۔

مغنی دل برداشتہ ہو کر وہاں سے چل دیا۔اس حسینہ کو حاصل کرنے کی اب اس کے دل میں کوئی امید نہیں رہ گئی تھی۔ وہ کسی دور دراز کے شہر میں جا کر رہنے لگا۔اور وہاں اس نے کئی سال گزار دیئے۔لیکن محبوبہ کی یاد اس کے دل سے کبھی نہ نکل سکی۔ وہ ابھی تک اس کے دل میں بستی تھی اور اسے ہمیشہ بے قرار رکھتی تھی۔

ایک روز اس کا ایک شاگرد جو اسی سوداگر کی بیوی کے شہر میں رہتا تھا اس سے ملنے کیلئے گیا تو مغنی نے سب سے پہلے اپنی محبوبہ کے بارے میں سوال کیا۔

"تمہیں سوداگر کی بیوی کا کچھ حال معلوم ہے۔؟"

شاگرد نے کہا۔

"استاد کیا عرض کروں! وہ تو بڑی عجیب وغریب قسم کی عورت ہے۔اس کے متعلق کئی قصے مشہور ہیں۔ میں نے تو اسے نہیں دیکھا ہے لیکن جن لوگوں نے دیکھا ہے۔وہ کہتے ہیں کہ وہ پہلے سے بہت زیادہ موٹی ہوگئی ہے اور اس کی کمر میں کسی وجہ سے بہت شدید درد رہتا ہے۔لیکن وہ اس کا علاج بھی نہیں کراتی۔اگرچہ درد کی شدت سے ہمیشہ تڑپا کرتی ہے۔

لوگ یہاں تک بتاتے ہیں کہ کبھی کبھی وہ تالاب کے کنارے جا بیٹھتی ہے۔اس نے کئی بار تالاب کا سارا پانی خارج کرلیا ہے اور تہ میں جمی ہوئی مٹی کے ذرے ذرے کو اپنی نگرانی میں ہٹوا کر دیکھا ہے۔

معلوم نہیں کہ وہ کس چیز کی تلاش میں ہے۔شاید کوئی بہت ہی قیمتی چیز ہوگی۔ جو تالاب میں گر گئی تھی ....اور اب اسے نہیں مل رہی ہے!"

اس کے شاگرد نے کہا اور مغنی کی سمجھ میں نہ آیا کہ وہ ہنسے یا روئے۔

ٹیلی گرام

جوگندر پال

پچھلے بارہ برس سے شیام بابو تار گھر میں کام کر رہا ہے، لیکن ابھی تک یہ بات اس کی سمجھ میں نہیں آئی کہ یہ بے حساب الفاظ برقی تاروں میں اپنی اپنی پوزیشن میں جوں کے توں کیوں کر بھاگتے رہتے ہیں، کبھی بدحواس ہو کر ٹکر کیوں نہیں جاتے؟ ٹکرا جائیں تو لاکھوں کروڑوں ٹکراتے ہی دم توڑ دیں اور باقی کے لاکھوں کروڑوں کی قطاریں ٹوٹ جائیں تو وہ اپنی سمجھ بوجھ سے نئے رشتوں میں منسلک ہو کر کچھ اس حالت میں ری سیونگ سٹیشنوں پر پہنچیں ''بیٹے نے ماں کو جنم دیا ہے سٹاپ مبارک یاد!'' یا ''چوروں نے قانون کو گرفتار کر لیا ہے۔'' یا ''افسوس کہ زندہ بچہ پیدا ہوا ہے۔'' یا .... ہاں اس میں کیا مضائقہ ہے؟......... شیام بابو مشین کی طرح بے لاگ ہو کر میکانکی انداز میں برقی پیغامات کے کوڈ کو رومن حروف میں لکھتا جا رہا ہے لیکن اس مشین کے اندر ان ہی اندر ان بوکھلائی ہوئی انسانی سوچوں کا تالاب بھر رہا ہے......... کیا مضائقہ ہے؟ جیسی زندگی، ویسے پیغام .... ''کرتا ہوں سٹاپ کشور'' اس نے کسی کشور کے تار کے کوڈ سے آخری الفاظ کاغذ پر اتار لئے ہیں اور وہ اس بات سے برآمد ہوتے ہوئے ایک ایک لفظ کو قلم بند کرتا جائے۔ سوچنا سمجھنا اس کا کام ہے جس کے نام پیغام موصول ہوا جو......... دھیرج!...... دھیرج کو کوئی پکارے تو آواز کو تو سارا ہجوم سن لیتا ہے لیکن صرف دھیرج ہی مڑ کر دیکھتا ہے کہ کیا ہے......... خلاف معمول نہ معلوم کیا سوچ کر شیام بابو تار کا مضمون پڑھنے لگا ہے .... ''شادی روک لو سٹاپ میں تم سے بے انتہا محبت کرتا ہوں سٹاپ کشور'' وہ ہنس پڑا ہے......... وہ دوسرے ہنگامے میں۔ بے چارہ تھوڑی سی محبت کر کے باقی محبت کرنا بھول گیا ہوگا، مگر اب کوئی راہ نہیں سوجھ رہی ہے تو باقی سب کچھ چھوڑ چھاڑ کر محبت ہی محبت کئے جانے کا اعلان کر رہا ہے۔

محبت ہی محبت کرنے سے کیا ہوتا ہے بے بی؟

طلاق، ڈارلنگ! طلاق ہو جائے مگر محبت قائم رہے۔

اور......! شیام بابو ای اور تار کا یہ مضمون پڑھنے لگا ہے......... میں آپ کو موت کی خبر پا کر مجھے بے حد دکھ ہوا ہے......... شیام بابو پھر ہنس دیا ہے۔ میں آپ کو یقین دلاتا ہوں، اپنے باپ کی موت پر مجھے اتنا افسوس ہوا ہے کہ لفظوں میں بیان نہیں کر سکتا۔

تو کیوں کر رہے ہو بھائی؟

تاکہ میرا رونا نکل آئے۔ آئیے، آپ بھی میرے ساتھ روئیے۔

سمجھ میں نہیں آ رہا ہے کہ بندروں کو چپ کیسے کرایا جائے۔ سب کے سب روتے ہی چلے جا رہے ہیں۔

ارے بھائی، کیوں رو رہے ہو؟

مجھے کیا پتہ؟ اس سے پوچھو۔

تم ہی بتا دو بھائی، کیوں رو رہے ہو؟

مجھے کیا پتہ؟ اس سے پوچھو۔

تم.........؟

مجھے کیا پتہ؟

تم تو آخری بندر ہو بھائی...... بتاؤ، کیوں رو رہے ہو؟

بس یوں ہی سوچا کہ ذرا فرصت میسر آئی ہے تو ایک بار جی جان سے رولوں ۔ میرا ایک کام کیجئے ۔ آپ کو زحمت تو ہوگی، مگر میرے رونے کو کسی تگڑی سی المناک خبر میں پیش کرنے کے لئے ایک ارجنٹ ٹیلی گرام کا ڈرافٹ تیار کر دیجئے لکھئے .... میری ماں مرگئی ہے .... ٹھہرئیے ، وہ تو غریب اسی روز مرگئی تھی جب بیوہ ہوئی تھی اس دن سے ہم نے اس کی طرف دھیان ہی نہیں دیا .... لکھئے ، میرا بھائی مرگیا ہے .... ہاں ، یہی لکھئے .... مگر نہیں ، سب کو معلوم ہے کہ ہماری آپس میں بالکل نہیں نبھتی .... میری بہن .... نہیں ، وہ تو پہلے ہی مر چکی ہے .... میں .... ارے ہاں ! یہی لکھئے ، میں ہی مرگیا ہوں ۔ مجھے سب کو فوری طور پر خبر کرنا ہے کہ میں ہی مرگیا ہوں ۔

مبارک باد پیش کرتا ہوں سٹاپ .... شیام بابو کے خود کار قلم نے جلدی جلدی لکھا اور وہ اپنی تحریری سے بے خبر سا سوچ رہا ہے ، مجھے دیکھ کر کون کہہ سکتا ہے کہ میں زندہ ہوں ۔ میں زندہ ہوں تو یہ میز بھی زندہ ہے جس پر جھک کر میں اپنا کام کئے جا رہا ہوں ۔ چونکہ یہ میز کھائے پئے سوئے بغیر زندہ رہ سکتی ہے ۔ اس لئے اس کی ڈیوٹی یہ ہے کہ ہمارے دفتر کے اس کمرے میں چوبیس گھنٹے خدمت بجالانے کے لئے اپنی چاروں ٹانگوں پر کھڑی رہے ، اور مجھے چونکہ اپنی مشین کی ٹک ٹک کو بھی چلائے رکھنا ہوتا ہے اس لئے میرے لئے یہ آرڈر ہے کہ آٹھ گھنٹے یہاں ڈٹ کر کام کرو اور باقی وقت میں اپنی مشین کی دیکھ بھال کے سارے دھندے سنبھالو .... ہاں ، یہی تو ہے ۔ میں جیتا کہاں ہوں ؟ دفتر میں تو صرف پروڈیکشن کا کام ہے ۔ مشین چلنا بند ہو جائے تو پروڈیکشن پر برا اثر پڑے گا ۔ اس لئے سارے دفتری ٹائم میں تو مشین یہاں چلتی رہتی ہے اور اس کے بعد مجھے ہر روز ساری مشین کو کھول کر صاف کرنا پڑتا ہے ، اس کی آئیلنگ گریزنگ کرنا پڑتی ہے ، اس کے ایک ایک ڈھیلے پرزے کو کسنا پڑتا ہے .... اور یہ سارا کام بھی مجھے اکیلے ہی انجام دینا ہوتا ہے ۔

پچھلے ساڑھے سات برس سے ، جب سے شیام بابو کی شادی ہوئی ہے ، اس کی بیوی وہیں اپنے ماں باپ کے گاؤں میں ان ہی کے ساتھ رہ رہی ہے ۔ شادی کے موقع پر وہ اس کی ڈولی اٹھوا کر گاؤں سے باہر تو لے آیا ہے ، لیکن پھر جب سمجھ میں نہ آیا کہ اسے کہاں لے جائے تو ڈولی کا مونسہ واپس گاؤں کی طرف مڑوالیا .... یہ تم نے بہت اچھا کیا بیٹا .... اس کی ساس نے کہا تھا .... کہ ایک بار ہماری بیٹی کو گاؤں سے باہر لے گئے ۔ تم سے کم رسم تو پوری ہوگئی ۔ اب چاہو تو بے شک ساری عمر یہیں رہے ۔ یہ گھر بھی تو اسی کا ہے .... لیکن اس کا کوئی اپنا گھر کیوں نہیں جہاں اسے وہ ے آتا تو اس میں بوئی ہوئی انسانیت کی آبیاری ہوتی رہتی ۔

شروع شروع میں تو شیام بابو کی بے چینی کا یہ عالم تھا کہ سوتے میں بھی بیوی کے گاؤں کا رخ کئے ہوتا .... تم گھبراؤ نہیں سنیہ دتی ۔ میں دن رات کرائے پر کوئی اچھا سا کمرہ لینے کی مہم میں جٹا ہوا ہوں ۔ جیسے ہی کوئی مل گیا ، تمہیں اسی دم یہاں لے آؤں گا .... مگر برا ہو اس بڑے شہر کا ، جو اپنے چھوٹے دل میں ایک کے اوپر ایک کئی کمرے بنائے ہوئے ہے مگر اتنی اونچائی پر رہائش کے کرائے کے خیال سے اسے یہاں رہنے کی بجائے یہاں سے لڑھک کر خودکشی رچ سوجھتی ہے ۔ پورے ساڑھے سات برس اسی طرح گزر گئے ہیں ۔ وہ میاں اور بیوی ساڑھے پانچ سو میں کے فاصلے پر رہاں ۔ شیام بابو میں کم تین سو پینسٹھ دن تک اپنی تیس دن کی ارنڈ لیو کا انتظار کرتا رہتا اور وقت آنے پر گاڑیوں ، بسوں اور تانگوں کو بدل بدل کر وہ گویا اپنے دو پیروں سے سرپٹ بھاگتے ہوئے وہاں جا پہنچتا اور اس کی خواہش اتنی شدید ہوتی کہ اپنی تیار بیٹھی ہوئی بیوی پر وہ بے اختیار کسی درندے کی طرح ٹوٹ پڑتا ۔ ایک .... دو .... تین سال تک تو وہ ہر سال گیا ، لیکن چوتھے سال عین چھٹی کے دنوں میں وہ بیمار ہوگیا ، پھر پانچویں سال جو جانا ہوا تو اس کے بعد ڈھائی سال میں ایک بار بھی نہیں جا سکا ۔ جو پیسے وہاں جانے میں ضائع ہوں گے ۔ ان میں سے آدھے بھی منی آرڈر کرادوں گا تو بیسیوں کام نکال لے گی .... ہاں ، اس کا ایک دو سالہ لڑکا بھی ہے جس کے بارے میں اس کی بیوی نے اسے لکھا تھا کہ وہ اسے اپنی پانچویں سال کی چھٹی پر اس کی کوکھ میں ڈال آیا تھا ۔ لیکن شیام بابو اپنا حساب کتاب کر کے اس نتیجے پر پہنچا تھا کہ اس کا بیٹا اس کا بیٹا نہیں ۔ شاید اسی وجہ سے ڈھائی سال کے اس عرصے میں وہ ایک بار بھی اس کے پاس نہیں گیا تھا ۔ لیکن اس سلسلے میں اس نے بیوی کو کبھی کچھ نہیں لکھا ہے .... جو ہے سو ٹھیک ہے .... وہ بھی کیا کرے ؟ اور میں بھی کیا کروں ؟ .... کبھی اچھے دن آگئے تو سب اپنے آپ ٹھیک ہو جائے گا اسے

اور اس کے.......... ہمارے بچے کو.......... اس کا ہوا تو ہم دونوں کا ہی ہوا.......... یہیں اپنے پاس لے آؤں گا.......... اور پھر ہم چین سے رہیں گے، بڑے چین سے رہیں گے۔

اس کے دفتر کا کوئی ساتھی اس کا کندھا جھنک رہا ہے۔ مشین میں شاید کوئی نقص پیدا ہو گیا ہے اور وہ رکی پڑی ہے.......... شیام بابو!

آں.......... ں!.......... شیام بابو نے ہڑ بڑا کر اپنی آنکھیں کھول لی ہیں۔

طبیعت خراب ہے تو گھر چلے جاؤ۔

کون سا گھر؟ نہیں ٹھیک ہوں، یوں ہی ذرا اونگھنے لگا تھا.......... ٹک ٹک.......... ٹک.......... ٹک! میشن پھر چلنے لگی ہے۔

تمہارے لئے پانی منگواؤں؟

ارے بھائی، کہہ دیا نا، ٹھیک ہوں۔

اس کے ساتھی نے تعجب سے اس کے کام پر جھکے ہوئے سر کی طرف دیکھا ہے اور اپنے کام میں الجھ گیا ہے۔

شیام بابو کو اپنا جی اچانک بھرا بھرا سا لگنے لگا ہے۔ عام طور پر تو یہی ہوتا ہے کہ اسے اپنی خوشی کی خبر ہوتی ہے نہ اداسی کی۔ اسے بس جو بھی ہوتا ہے بے خبری میں ہی ہوتا ہے۔ اسے معلوم ہی نہیں ہوتا کہ وہ کیا کر رہا ہے اور یوں ہی سب کچھ بخوبی ہوتا چلا جاتا ہے۔ وہ بے خبر سا اپنے آپ دفتر میں آ پہنچتا ہے اور اسی حالت میں سارے دن قلم چلا چلا کر اپنے ٹھکانے پر لوٹ آتا ہے اور پھر دوسرے دن صبح کو عین ویسے کا ویسا ڈیوٹی پر آ بیٹھتا ہے ۔یعنی معلوم ہی نہیں ہوتا کہ وہ کون ہے، کیوں ہے، کیا ہے؟.......... کوئی ہو تو معلوم بھی ہو.......... اس دن تو حد ہو گئی: وہ یہاں اپنی سیٹ پر بیٹھا ہے اور اس کا باس یہاں اس کے قریب ہی کھڑا پوچھ رہا ہے، بھئی، شیام بابو آج کہاں ہے؟

شیام بابو.......... شیام بابو!.......... شیام بابو یقینی طور پر اس کی آواز سن رہا ہے، مگر سن رہا ہے تو فوراً، جواب کیوں نہیں ہیں دیتا ....س سر!.......... ایسے بھولے بھٹکے چہرے شاید ہماری آنکھوں میں ٹھہرنے کی بجائے روحوں میں لڑھک جاتے ہیں۔ ان سے مخاطب ہونا ہو تو اپنے ہی اندر ہو لو، پی ہی تھوڑی سے جان سے انہیں زندہ کر لو، ورنہ یہ تو جیسے ہیں ویسے ہی ہیں۔

گوشت کو رگوں میں خون دوڑنے کی اطلاع ملتی رہے تو یہ زندہ رہتا ہے، ورنہ بے خبری میں مٹی ہو جاتا ہے۔ جب شیام بابو کی اپنی زندگی بے پیغام ہے تو اسے کیسے محسوس ہو کہ ٹیلی گراموں کے ٹیکسٹ برقی کوڈ کی اوٹ میں کھلکھلا کر ہنس رہے ہیں، یا دھاڑیں مار مار کر رو رہے ہیں ف، یا تجسس سے اکڑے پڑے ہیں۔ سوکھی مٹی کے دل پر آپ کچھ بھی لکھ دیجئے، اے اس سے کیا؟ شیام بابو کو اسے سے کیا، کہ کوئی کسے کیا پیغام بھیج رہا ہے ؟اس کی قسمت میں تو کسی کا پیغام نہیں، محبت کا یا نفرت، خوشی یا غم کا.......... اسے کیا؟.......... ٹیلی گراموں کے گرم گرم ٹیکسٹ کا کوڈ اس کے ٹھنڈے قلم سولی سے لٹک کر سپاٹ سی صورت لئے کاغذ پر ڈھیر ہوتا رہتا ہے.......... یہ لو، الفاظ تو نرے الفاظ ہیں، بس الفاظ ہیں، الفاظ کیوں ہنسیں یا روئیں گے؟ ان کو پڑھ کے ہنسو، روؤ، یا جو بھی کرو، تم ہی کرو.......... یہ لو!

لیکن اس وقت یہ ہے کہ شیام بابو کو اپنا جی یک بارگی بہت بھرا بھرا لگنے لگا ہے۔ سوچوں کا تالاب شاید بھر بھر کے اس کے دل تک آ پہنچا ہے اور وہ انجانے میں تیرنے لگا ہے اور سوکھی مٹی میں جان پڑنے لگی ہے۔

.... سٹاپ میں بدیس سے لوٹ آیا ہوں سٹاپ.......... اور عین اس وقت صاحب کے چپراسی نے اس کی آنکھوں کے نیچے ہیڈ آفس کا ایک لیٹر رکھ دیا ہے۔ اس نے لیٹر پر نظر ڈالی ہے اور پھر چونک کر خوشی سے کانپتے ہوئے اسے دوبارہ پڑھنے لگا ہے۔ اسے سرکاری طور پر اطلاع دی گئی ہے کہ تمہارے نام دو کمروں کا کوارٹر منظور ہو گیا ہے!

کیدار بابو.......... جمیل.......... کشن!.......... ادھر دیکھو دوستو۔ دیکھو، میرا کیا لیٹر آیا ہے؟

کیا کیا ہے؟

میرا کوارٹر منظور ہو گیا ہے!

تو کیا ہوا؟......... بائیں، کیا کہا.............. کوارٹر منظور ہو گیا ہے؟! ہاں!

بہت اچھا!........ بہت اچھا! سب کے لئے چائے ہو جائے شیام بابو!

ارے چائے ہی کیا ع، کچھ ادھار دے سکتے ہو تو جو چاہو منگوا لو۔

ہاں، تم فکر نہ کرو۔ میں سارا بندوبست کئے دیتا ہوں............ یہ تو بہت ہی اچھا ہو گیا شیام بابو!......... رامو......... ادھر آؤ رامو، جاؤ ہوٹل والے کو بلا لاؤ......... جاؤ......... اب بھابی کو کب لا رہے ہو شیام بابو؟

آج چھٹی کی درخواست دے کر ہی جاؤں گا کیدار بابو!......... شیام بابو تصور میں اپنے کوارٹر میں بیٹھا کھانا کھا رہا ہے اور اس کے کندھوں پر اس کا لڑکا کھیل رہا ہے......... کیا نام ہے اس کا؟......... دیکھو نا ع، دماغ پر زور ڈالے بغیر اپنے اکلوتے بچے کا......... اپنا ہی تو ہے......... نام بھی یاد نہیں آتا۔ کوئی بات نہیں شکر اور دودھ گھلتے ملتے ہی گاڑھے اور میٹھے ہو جاتے ہیں.......... اری سن رہی ہو بھلی لوگ ؟اگلی چپاتی کب بھیجوگی؟ دفتر کے لئے دیر ہو رہی ہے۔

لو، شیام بابو، ہوٹل والا تو آ گیا ہے......... بس ایک ایک چاٹ، ایک ایک گلاب جامن اور کیا؟ ایک ایک سموسہ......... چلے گا نا شیام بابو؟......... لکھو ہمارا آرڈر بھائی پرنانند!

شیام بابو کو پتہ ہی نہیں چلا ہے کہ دفتر میں باقی سارا وقت کیسے بیت گیا ہے۔ وہاں سے اٹھنے سے پہلے اسنے سب ساتھیوں سے وعدہ کیا ہے کہ کل سویرے وہ ان سب کو ان کی بھابی کی تصویر دکھائے گا۔

اتنی بھولی ہے کہ ڈرتا ہوں اس شہر میں کیسے رہے گی۔

ڈرو مت شیام بابو۔ بھابی کو لانا ہے تو اب شیر ببر بن جاؤ۔

دفتر سے نکل کر تیز تیز قدم اٹھائے ہوئے شیام بابو چوراہے پر آ گیا ہے اور پان اور سگریٹ لینے کے لئے رک گیا ہے.......... اور پھر تمباکو والے پان کا لعاب حلق سے اتارتے ہوئے نتھنوں سے سگریٹ کا دھواں بکھیرتے ہوئے ہلکی ہلکی سردی میں حدت محسوس کرتے وہ بڑے اطمینان سے اپنے رہائش کے اڈے کی طرف ہو لیا......... ایک چھوٹی سی کھولی جس میں مشکل سے ایک چارپائی آتی ہے۔ ابھی پچھلے ہی مہینے خان سیٹھ نے اسے دھمکی دی تھی بھاڑے کے دس روپے بڑھاؤ نہیں تو چلتے بنو......... ہاں!

چوہے کے اس بل کا کرایہ پہلے ہی پچاس روپے وصول کرتے ہو خان سیٹھ۔ اپنے خدا سے ڈرو!

لیکن خان سیٹھ نے اپنے خدا کو ڈرانے کے لئے ایک بھیانک قہقہہ لگایا......... بلی شریف نہ ہوتی بابو، تو بولو، کیا ہو جاتا؟......... ساٹھ روپے، نہیں تو خالی کرو......... ہاں!

اسی مہینے خالی کر دوں گا اور سیٹھ سے کہوں گا، لو سنبھالو اپنی کھولی خان سیٹھ۔ تمہاری قبر کی پورے سائز کی ہے.......... لو!......... نہیں جھگڑے وگرے کا کیا فائدہ؟ چپکے سے اس کی کھولی اس کے حوالے کر کے اپنی راہ لوں گا۔

بس سٹاپ آ گیا ہے اور بس بھی کھڑی ہے، لیکن بہت بھری ہوئی ہے۔ شیام بابو نے فیصلہ کر لیا ہے کہ وہ پیدل ہی جائے گا۔ یہاں سے تھوڑا ہی فاصلہ تو ہے......... اس کا سگریٹ جل جل کر انگلیوں تک آ پہنچا ہے، لیکن ابھی اس کی خواہش نہیں مٹی ہے۔ اس نے ہاتھ کا ٹکڑا پھینک کر ایک اور سگریٹ سلگا لیا ہے......... ساوتری کو میری سگریٹ پینا بالکل پسند نہیں......... پیسے بھی جلاتے ہو اور پھیپھڑے بھی۔ اس سے تو اچھا ہے میرا ہی ایک سرا جلا کر دوسرے کو ہونٹوں میں دبا لو اور دھواں چھوڑتے جاؤ! میرا مزہ کیا سگریٹ سے کم ہے؟......... اری بھلی لوگ، ایک تمہارا ہی مزہ تو ہے۔ سگریٹ وگریٹ کی لت کو گولی مارو......... آؤ!......... اس نے خیال ہی خیال میں بیوی کو سینے سے لگا لیا ہے اور مخالف سمت سے آتی

ہوئی ایک عورت سے ٹکرا گیا ہے، گویا اس کی ساوتری نے اس سے الگ ہونے کے لئے اپنے آپ کو جھٹکا ہو.........ارے! اس نے اندھے پن میں اپنا ہاتھ اس عورت کی طرف پھیلا دیا ہے..........ایڈی اٹ! وہ عورت غصے سے پھنکارتی ہوئی آگے بڑھ گئی ہے...........اور شیام بابو شرمندہ ہو جانے کے باوجود خوش خوش ہے اور عورت کی پیٹھ کی طرف مونہہ لٹکا کر اس نے بہ آواز بلند کہا ہے۔ آئی ایم ساری میڈم۔ لیکن اس عورت کی پھنکار پھر اس کے بند کانوں کے باہر ٹکرائی ہے۔ ایڈاٹ!

شیام بابو اپنے ذہن کو جھاڑ رہا ہے اور اڑتی ہوئی گرد میں اس کی بیوی زور زور سے ہنس رہی ہے...........اور ٹکراؤ پرائی عورتوں سے! ایک میں ہوں جو بلا روک ٹوک ساری دراز دستیاں سہہ لیتی ہوں۔ میں اور کی طرف ذرا نظر اٹھا کر دیکھوں..........کسی اور کی طرف ذرا نظر اٹھا کر تو دیکھوں..........کسی اور کی طرف دیکھنے کی مجھے ضرورت ہی کیا ہے؟ میرے لئے تو بس جو بھی ہو تم ہو..........شیام بابو نے اپنے آپ کو ڈانٹ کر کہا ہے..........نیں، تم نے اپنی بیوی کے ماتھے پر خواہ مخواہ کلنک کا ٹیکہ لگا رکھا ہے۔ تمہارا بچہ تمہارا ہی ہے..........اور اگر مان بھی لیں کہ وہ تمہارا نہیں، تو اس میں ساوتری کا کیا دوش؟ اس کا سارا سال تمہاری ارنڈلیو کے دس بیس روز کا تو نہیں...........چل سب ٹھیک ہے، میرا بچہ میرا ہی ہے.........ہمارے نیٹو کی آنکھیں کی طرح چھوٹی چھوٹی ہیں۔ ماتھ مجھ پر گیا ہے، مگر ناک..........میں بھی کیسا باپ ہوں کہ دو سال اوپر کا ہو لیا ہے مگر میں نے ابھی تک اسے ایک بار بھی نہیں دیکھا۔ پچھلے سال مجھے ایک چکر کاٹ آنا چاہیے تھا.........آج چھٹی کی درخواست دینا بھی بھول گیا ہوں۔ اب کل پہلا کام یہی کروں گا اور اس ہفتے کے آخر میں یہاں سے نکل جاؤں گا..........ساوتری کو چٹھی بھی نہ لکھوں گا اور اچانک اس کے سامنے جا کھڑا ہوں گا..........ساوتری!..........اور وہ آنکھیں مل مل کر میری طرف دیکھتی رہ جائے گی..........ساوتری..........وہ رو دے گی..........یہ مجھے کس کی آواز سنائی دی ہے..........ہائے اب تو اٹھتے بیٹھتے تمہاری ہی صورت دکھائی دیتی ہے نیٹو کے بابو۔ اب تو آ جاؤ!..........میں آگے بڑھ کر اسے گلے لگا لوں گا اور وہ میرے بازوؤں میں بے ہوش ہو جائے گی۔ ساوتری! ....ساتری!..........اپنی کھولی کے سامنے پہنچ کر اس نے بے اختیار اپنی بیوی کا نام پکارا ہے۔ لیکن وہاں اس کے تار گھر کے رامو نے آگے بڑھ کر اسے جواب دیا ہے..........بابو جی؟

ارے رامو، تم! کیسے آئے؟..........شیام بابو اپنے حواس درست کر رہا ہے۔ باجو جی!..........رامو کی آواز بھاری ہے اور وہ بولتے ہوئے تامل برت رہا ہے۔

اتنے اکھڑے اکھڑے کیوں ہو؟..........بولو نا!

آپ کا تار لایا ہوں۔

میرا تار؟

ہاں بابو جی، یہ تار آپ کے ہاتھ سے ہی لکھا ہوا ہے، مگر آپ کا دھیان ہی نہیں گیا کہ آپ کا ہے۔

تار کا لفافہ ایک طرف سے کھلا ہے لیکن شیام بابو اسے دوسری طرف سے چاک کر رہا ہے۔

ڈسپیچ والے کشن سنگھ کو بھی خیال نہ آیا شیام بابو، کہ یہ تار آپ کا ہے۔

شیام بابو نے تار کا فارم کھول کر دونوں ہاتھوں سے اپنی آنکھوں کے سامنے فٹ کر لیا ہے۔

مجھے بھی آدھا راستہ طے کر کے اچانک خیال آیا بابو جی، ارے، یہ تار تو اپنے بابو جی کا ہے..........میں اسے پڑھ چکا ہوں: بہت افسوس ہے کہ..........ساوتری نے خودکشی کر لی ہے شاپ..........

☆ ☆ ☆